Gaea

Gaea

特殊傳說

THE UNIQUE LEGEND

護玄／著

vol.3 新版

特殊傳說 3

目錄

特殊傳說
THE UNIQUE LEGEND

登場人物介紹

Atlantis 學院

姓名：褚冥漾（漾漾）
年級/班別：高中一年級/C部
性別：男
袍級/種族：無/人類
個性：非常普通的男高中生，個性有點怯懦，不太敢與人互動。

姓名：冰炎（學長）
年級/班別：高中二年級/A部
性別：男
袍級/種族：黑袍/？
個性：脾氣暴躁、眼神銳利。不過是標準刀子口豆腐心的好人～

姓名：米可蕥（喵喵）
年級/班別：高中一年級/C部
性別：女
袍級/種族：藍袍/鳳凰族
個性：個性爽朗、不拘小節，喜歡熱鬧。非常喜歡冰炎學長！

姓名：雪野千冬歲
年級/班別：高中一年級/C部
性別：男
袍級/種族：？/？
個性：有點自傲，知識豐富像座小型圖書館；討厭流氓！

姓名：西瑞・羅耶伊亞（五色雞頭）
年級/班別：高中一年級/C部
性別：男
袍級/種族：無/獸王族
個性：個性爽朗、自我中心。出身於暗殺家族，打扮像台客。

其他

姓名：褚冥玥
身分：一般的大一生，漾漾的姊姊
性別：女
種族：人類
個性：直率強硬，是個很有個性的冷冽美女。異性緣爆好！

第一話　委託者

地點：Atlantis

時間：上午八點二十分

學長他們初賽結束後的第一個假期，我抱著枕頭在床上大睡特睡，順便作著沒有任何生命威脅的高級美夢時，一通手機打斷了我的歡樂時光。

誰那麼不識時務！

我抱著枕頭非常不想搭理那通打斷人美夢的電話，可是它又一直響個不停且聲音好像有越來越大的趨勢，我只好心不甘情不願地騰出手去接那通吵人電話。

一接通，電話另一端有很多吵鬧的聲響，感覺好像在滿熱鬧的地方，「漾漾，出來玩！」手機那頭傳來喵喵的聲音。

妳一大早打電話把我挖起床就是要出去玩嗎！

「快點快點，今天天氣很好耶。」

天氣好是睡覺最好的時候妳不知道嗎？

「喔……」我瞄了一眼時鐘，好早啊……

就在我想問她要去哪邊玩時，外面的門突然被人狠敲了幾下，聲音直傳到房間裡，「等一下，有人找我，等等打過去給妳。」我連忙掛掉電話跳下床。說眞的，宿舍裡一大清早會來敲我門的沒有幾個，而這幾個人剛好都是不能等、否則他們等久就會把你的房門拆了讓你房間變透風的那一種。

我連忙中斷手機用跑的衝出房間，連儀容都還沒來得及整理。

打開門，果然是學長站在外面，他穿了休閒服跟牛仔褲，看起來今天似乎不用工作。

「你今天有沒有事情？」劈頭就是一句話往我這邊砸過來。

「呃？」

「我有事情要去你們原世界一趟，你要不要順便回家？」學長抬高了一下手，上面掛著黑色的小背包，「星期一學校還要籌備會場暫時停課，從現在開始有三天假期，你可以回家住，自己再回學校。」

回學校的方法很簡單，撞火車就可以了。其實我本來有點煩惱回家方式的，因爲要坐有內臟的貓公車是一種折磨；而我又不敢隨便用移動陣，那個要是弄不好也免回家了，直接下地獄，現在學長要讓我搭順風車我簡直是求之不得。

「好，等我一下。」我立刻衝回房間先發了一通簡訊給喵喵說要回家不能跟他們出去，然後拿了我現在正在讀的符咒書和紙筆，撿起那天聚會回來就被我亂丟的背包打開。

一隻金色的眼睛在瞪我。

「哇啊！」包包被我摔出撞上牆、咚地一聲掉在地上。

完全被遺忘的黑色蝴蝶結滾出來，居然還維持那個漂亮的形狀完全沒有變化！

高手！學長你真的是打蝴蝶結的高手！居然持久力這麼夠！

聽見我的聲音，學長很快地跑進來，一把將地上的蝴蝶結拿起，「我都忘記有這個東西。」

你忘記！你還眞的給我忘記！

我突然為蝴蝶結黑蛇感到悲哀。

「被你關幾天之後，咒力好像變得更凶了。」學長抓著蛇翻看了一下作出結論。

廢話，被綁在包包裡面完全遺忘好幾天，我想不管是什麼都會變凶吧！

「你要嗎？」他把蛇抓到我面前和我三目相對。

我完全可以看見金色的眼睛傳來想把我大卸八塊的熊熊怒火，於是立馬推絕，「不用了，謝謝。」開玩笑，我又不是五色雞頭那傢伙，要這東西幹嘛！

「這個把詛咒之力消除之後可以重新當成使役用，很容易上手。」

詛咒之力消除？我瞄了一眼放在書桌上還在玻璃罐裡完全沒用到的「白蟲」。

怎麼消除？難不成又是要洗乾淨嗎！

「不是，這個比較費工夫，不過你如果不要，我就送去給夏碎了，他對這類東西很有興趣，也很喜歡拿來研究。」學長騰了手掌向下，地板上出現一個比較小的圓形法陣，然後他把蝴蝶結丟進去，一下子就消失了，「這是傳送物體的移送陣，很簡單，你可以找安因教你。」

「好。」我點點頭，最近因爲時間變多了，我往安因那邊跑的頻率也變高，我想學長絕對也知道這件事情才會這樣說。

「對了，學長你要去辦什麼事情？」我滿好奇的，因爲通常學長的工作似乎不多到我那個世界，都是在這邊或是其他更靈異的地方，很難得他今天會主動約我。

難怪天氣會放晴！

學長瞄了我一眼，冷哼了聲：「其實沒什麼大事，就是某地方的封印跑了，然後地底下封印的東西慢慢醒過來；對方不知道透過誰指定要我過去處理。」他從背包裡拿出帽子戴在頭上，我看見學長束在腦後的銀髮整個都變成黑色、連眼睛也是，活生生在我眼前上演變色秀，「如果你要跟去看的話會晚一點到你家，不要的話我就先送你回去。」

地底下的封印？

「我要去。」我很好奇在我住的世界裡的那些事情，與這兒不同，因爲那邊畢竟是我出生的地方。

我的世界有什麼封印呢？

那一瞬間，我突然想到各種動漫畫跟電影上的東西。

「那好，走吧。」

巨大的移送陣同時出現在我們腳下。

※

這次的時間久了一點。

我先看見法陣四周衝起了銀色的光點之後，過了好幾秒才來到另一個完全不同的地方。

對我來說非常熟悉的地方，高樓、街道，永遠停不了的汽機車飛馳聲響。

我回來了，在即將邁過學院的第二個月後，我回到我原本所住的世界。

眼前出現的景物一點也沒有因爲時間而改變，依舊是充滿水泥建築物的地方。

不曉得是不是在學院待久了，綠色植物和造景看太多，現在看見林立的都市建築我反而覺得有點不習慣。而且，這裡的空氣是灰色的。在進學院之前，我怎麼從來沒有發現過？

「走吧，那個地方離這裡很近。」學長壓低了帽子，幾乎蓋住大半張的臉，然後往外走去。

我這才發現我們在一條沒有人會注意到的小巷子裡面。

巷子外就是一條大馬路，四周是辦公大樓，不遠處還有大型綜合醫院，到處都傳來人聲和喇叭聲。

學長很熟悉環境似地，一點猶豫都沒有便自行過了馬路往醫院附近走，繞了一條街後他走進一排高圍牆裡面，那是一間很大的廟宇，裡面擺滿了神像什麼的，一大股白煙從裡面天花板冒出來，是間香火非常鼎盛的廟。

我老媽有時候也會到其他廟裡拜拜，可也沒這麼誇張，這裡進去好像就會被煙給熏死。

「是這裡拜託的嗎？」我盯著冒白煙的廟，嗯、非常有嫌疑。

「不是，我只是好奇那股煙會熏昏多少坐在上面的靈。」學長停著看了一下，轉頭就走，「拜託我去看的地方是那邊。」

順著學長指的方向看過去，我只看見一棟正在搭建的大樓，應該是剛蓋沒多久，還都是鋼筋水泥什麼的，上面有幾個工人綁著安全繩來回工作，「那個？」

果真是很漫畫的設定啊……出事的地方永遠都是醫院，不然就是廟宇還是正在建築的東西。有沒有一點新意啊！

「是那個。」學長啪地一聲從我後腦打下去，我才看見還在動工的大樓底下有一家小店，是那種臨時鐵皮屋，專門做工人生意，裡面有裝了啤酒、飲料、礦泉水的小冰箱，也有熱爐烤香腸便當之類的一堆，應有盡有。

那間小店？

我懷疑地轉過頭，看見學長很慎重地對我點頭……真的是那個？

「就是那家店，走吧。」學長也懶得繼續跟我廢話了，直接就走過去。

店家是個阿伯，大概四、五十歲上下，正在翻香腸和糯米腸，遠遠就可以聞到陣陣的香味；有時候一些路過的人也會跟他買，不過主要還是都賣給建地工人與路過的工人、運將比較多。

前看後看左看右看，這個阿伯完全不像是會找異能學院的那種人啊……難不成這個阿伯其實跟電影裡面演的一樣，脫掉人類外皮之後，其實並不是人類而是別種東西？

「你好，我是Atlantis學院的黑袍。」學長居然非常直接地當著阿伯的面就問了，完全不管會不會嚇到一般平凡百姓，「您爲什麼會知道我們，還能指定我來？」

嗯，這個我也很懷疑。

平凡到不行的阿伯怎麼會知道那種不正常的殺人學校？

阿伯放下手中的糯米腸，也很鎮定地抬頭看著學長，「啥米阿踢懶踢死學院？」一口台灣國語。

我看見學長的後腦掉下黑線。

「阿伯，我們是問你是不是有找人家來處理怪事情？」我搶在學長前面跟一臉莫名其妙的阿伯溝通。

有時候跟阿伯不可以講太正經的，不然他會聽不懂。

香腸阿伯先是一臉疑問，幾秒之後轉成恍然大悟，「啊！有啦有啦！前幾天我女兒有給一張卡叫我打電話給裡面的人啦，說啥米要找最黑的人。」

最黑的人……

「褚，你敢笑我就扁你。」學長的拳頭冒出青筋。

我咬了舌頭不敢眞的笑出來以免被扁。

「阿你們是那個電話來的人喔，架肖連（這麼年輕）喔。」香腸阿伯發出不可置信的聲音，「找你們的是我女兒啦，她等等就過來，你們先在這裡等一下嘿。」然後阿伯很帥氣地從口袋裡拿出手機撥了號碼。

學長的臉很冷，整個都快結冰了。

我完全可以體會他的感覺，眞的。

「學長你要不要吃香腸？」爲了緩和氣氛，我拿了錢給香腸阿伯，想玩旁邊打鋼珠的小木檯。以前我老爸帶我出門時都會打香腸，可是我倒沒玩過，因爲我頗倒楣，玩什麼都不會中，而且還有極大可能會拆了別人的玩具檯。

瞇著眼睛不是看香腸，學長盯著那個彈珠檯子，「打香腸？」

「嗯，打中的話就可以換香腸。」

「？」他用一種疑問的表情看我。

原來黑袍不知道打香腸嗎……

「學長你要不要玩看看，反正在這邊等也是等。」我閃開位置，讓出了檯子，「反正是碰運氣的東西，隨便玩一下就好了，就當作是打彈珠就可以了。」

是說，我不確定學長有沒有玩過打彈珠就是了。

學長用一種很認眞的表情看著檯子。反正是打彈珠不是打敵人沒必要這麼嚴肅吧……等等！你千萬不要拆檯子！

登地一聲，彈珠被彈出，撞了框框和邊圈幾下之後，掉進去貼著彩色膠帶的洞口裡面。

「喔喔，年輕人你運氣不錯喔，這樣三條。」香腸阿伯笑著朝我招手：「那邊阿弟你要不要玩，阿伯免費請你玩一次。」

我愣了一下，「我？」

我一定打不中。

「褚，你玩看看。」學長讓開位置給我，指尖在玻璃上面敲了兩下，把剛剛的話還給我：「不會打不中的，是碰運氣的東西。」

可是我運氣一直很差……

「你看上面的圈洞。」學長指著他剛剛打進去的小洞，「你就打進去這個吧，不多也不少，你只要想著剛剛好能玩一次就好的數量。」

不多也不少是嗎？

我盯著那洞看了一下。

嗯，學長這樣說的話，也許我應該可以打進去。

然後彈珠彈出來，眞的不偏不倚地掉進那個洞裡面！

「耶！」我第一次打彈珠中獎！

今天很幸運。

※

我跟學長用六條香腸向阿伯換了兩個大腸包小腸，一人拿了一個就站在旁邊吃，等待那個找學長的人過來。

建築工地的聲音很大，還有工人走來走去的吆喝聲，有時候會有兩、三人成群結黨出來打香腸，休息一下就又走回去。大概是因爲我跟學長看起來有點格格不入，有時候會有一、兩個好奇的工人過來搭訕問一下話，推說是學生等人之後大多就會離開了。

「這個味道眞奇怪。」一邊咬東西，學長邊發出感想。

「你們之前到這邊處理事情的時候不吃小吃嗎？」哪邊奇怪了，對我來講還頗好吃耶，至少糯米腸是手工的，跟外面現在很多那種咬不斷的塑膠皮現成品不一樣。

學長搖頭，小心翼翼地將外層紙袋慢慢撕開一點，「我會到這裡都是因爲工作，平常工作不吃東西，如果住宿的話，飯店或者旅館會幫我們準備，所以沒想過買路邊的東西吃。」

難怪上次學長會問我紅豆餅的事情。等等……「你說你工作不吃東西，你現在還吃？」我盯著學長手上已經少了三分之一的香腸糯米腸看。

「我打算今天先偵查，明天才正式處理。」學長瞄了我一眼，然後把油紙袋撥開一點，接著舔去了沾在手指上的醬料，完全看得出來他不太會吃這個東西，動作整個很小心生疏，「如果是因爲封印被破壞而醒來的話，我需要一點時間確定封印種類。」

「喔。」感覺還滿悠閒的，應該是很簡單的任務吧？

我把吃完的紙袋揉一揉，丟進香腸阿伯的攤位垃圾桶。

「阿你們那個是什麼學校？」過了一陣子暫時沒客人後，香腸阿伯很好奇地隨口發問了，「爲啥有黑的還有紫的？」

「是普通學校啦，有幫人家處理一些事情而已。」我實在是不知道要怎樣向阿伯解釋我們學校，因爲兩個月前這個也是我的疑問。

學長還在吃東西，完全沒加入話題的意思。

「是喔，阿現在小孩子在學校還要幫學校處理事情喔？」香腸阿伯疑惑地看了學長一眼，不解。

「嘿啦，賺點零用錢這樣。」我隨口扯了最簡單的說法給他，「就學校打工而已。」要是他知道所謂的「賺點零用錢」是什麼賺法，大概會嚇很大。

香腸阿伯又問了一些學校的事情，然後沒兩分鐘就給打斷了。

「爸！」突然站在攤位前面出聲打斷我們聊天的是個感覺上很精明幹練的大姊，一身深藍色的套裝、綁著俐落的髮型和中規中矩的高跟鞋，一看整個可能就是辦公室主管級，「你不用一直過來攤攤位啦。」

咚地一聲，學長將垃圾隔空拋進垃圾桶裡，然後不曉得從哪裡抽了衛生紙擦手。

「妹妹，這兩個年輕人說要找妳。」香腸阿伯咧了樸實爽朗的笑跟那個大姊說，完全無視於對方剛剛說什麼，「就妳前幾天叫我給妳打的那個電話，他們說是那個的人。」

大姊很懷疑地看著我、又看向學長，視線來回看了半晌才吶吶地開口：「我是人家介紹我找你們的，可是你們未免也……」

太年輕了，我知道，幫妳接下去。

「如果妳懷疑我們的辦事能力那就免談，我沒興趣浪費自己的力氣證明給別人看。」學長冷哼了一聲，然後非常、非常率性地轉頭就走。

這樣眞的可以嗎？

……

眞的不回頭？

我連忙跑著跟上去，「學長，她是委託人耶？」跟著學長走了好大一段路，通過了紅綠燈路口，他連頭都不轉也不管委託人，就這樣超直接走掉。

「那又怎樣？」學長看了我一眼，「既然她對我的能力有所質疑，那就讓她另外去找人不是就好了？也省了我的時間。」

學長的能力當然是不用懷疑的……可是問題是一般人不知道啊！

我跟著他繞進去馬路對面的便利商店，電動門一開，除了服務員親切的招呼聲之外，撲面而來的就是涼涼的冷氣。

好一陣子沒有這種感覺了。

我看著滿滿一字排開的糖果餅乾，又是很懷念的景色。

「褚，我們跟一般所謂的靈能師不同。」學長走到飲料櫃打開，彎下腰拿了兩瓶蜜豆奶然後走去結帳，出了自動門之後拋了一瓶給我，「因為信任而信任，這是最基本的要求。她是因為人家介紹的，但是她本身對於朋友的介紹有所懷疑，加上看見我們很年輕所以相信度就大大減少。這樣一來就算替她處理了事件之後，她頂多也只有之前看錯人或者是有種賺到的那類想法。」

「沒有得到信任的工作，我是不做的。」

其實我不是很懂學長的意思，感覺滿固執的就是了。

「那就放著事情不管它？」那個封印怎麼辦？

「那是人類自己弄出來的，我也不是很想管。」學長哼了聲，「不過我的委託者不只她一個。」

還有第二個？

※

學長帶著我走到剛剛那間廟宇。

「我的另一個委託者在這邊。」學長看著廟，然後說。

「欸？」這不就是學長說只是好奇會熏昏幾個靈的地方嗎？

就在同時，廟宇的煙好像更大了些，我發現我腳底下突然出現了白色的煙絲，小小的、風一吹很容易散開那種。煙絲出現沒多久後，有個人就這樣突然出現在我們旁邊。

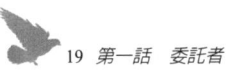

是個小女孩，大概十一、二歲，穿著藍色的褶裙與白色的制服上衣，乾乾淨淨的就是個國小學生的樣子。

「委託者？」我懷疑地看著學長。

「嗯。」

學長對那個小女孩微微點了頭，「讓您久等了，初次見面，七之主春秋。」

女孩微笑著彎了彎身，「您好，果眞黑袍都是沉穩的人，一見就讓人感覺安心呢。」然後她也對著我微微躬身，「這位想必也是學校中的學生，將來必定也是厲害的人物。」

我覺得將來我可能也很難厲害得起來。

正確地說，我完全看不到我的將來啊啊啊啊啊——

「他還得等很久。」學長勾起冷笑，一語命中我的痛，「我收到通知，不知道您委託我有什麼事情要處理？」

女孩指著那棟正在建造的大廈，也就是我們剛剛來的那邊，「那兒本來是封印卷之獸的地方，前年被人買走了當作建地。原本的封印被破壞之後，現在底下的卷之獸已經慢慢甦醒過來，我擔心將會發生什麼事情。」

呃，我覺得這個情節我好像在哪邊看過。

不就是漫畫嗎！

×××封印被破壞之後，然後底下的邪惡大王衝出來把世界上的人殺得亂七八糟，最後出現

個×××將封印重新整合，接著就變成了太平，從此人們過著幸福快樂的生活，END。

啪一聲，學長從我後腦巴下去中斷我的妄想。

我突然覺得有件奇怪的事情，照理來講現在應該是夏天了，在學校那邊就算了，怎麼回到我們這邊的世界也沒有很熱？

以前到了這時間，應該已經熱到快變成乾屍了；而且天空好像也有點陰，四周空氣稍微有些悶。

「颱風要來了。」學長站在我旁邊抬頭看了一下天空，不知道什麼時候開始，天就灰灰的，雲飄得很快。

對喔，往年的這個時候應該都會有颱風，學校還曾放過好幾次颱風假。

颱風眞是學生的好福音啊！

是說，現在學院應該沒有颱風可以給我們放假吧？

不過學院一天到晚都在放假，有沒有颱風假大概也都沒差了。

等等，不對啊，颱風來之前不是也會悶熱嗎？我整個疑惑起來，旁邊的兩人組早就不管我繼續講他們的。

「照推測，卷之獸害怕風水，如果颱風來的話，也許可以推延牠甦醒的時間。」女孩也跟著看了一下天空，「不過這不是長久之計，我希望可以盡早將卷之獸移到別處去，以免干擾到牠的安睡。」

學長點點頭，「好的，我一定辦到。」

非常自信地答覆。

我想，如果是我的話一定沒辦法這麼乾脆地回答。我該學的東西果然還有非常多，等到有一天，我應該也可以像學長一樣吧？

應該、純屬應該。

「那就拜託兩位了。」女孩彎下身子，深深地說著。

然後，從她身上慢慢地化成一道白色的輕煙，那個女孩當著我們的面就這樣消失了。

「這樣委託就成立了。」學長從口袋裡拿出手機打了簡訊不知道傳到哪邊，「七之主春秋是湖水之神，我們現在踏的地方以前是一片湖，之後因為建設被填平了，所以她現在和這間廟裡面的靈住在一起。」

我看了一下，這是土地公廟，沒有祭拜什麼湖神的。

「她已經被遺忘了，沒有人知道這裡曾經有過湖，只有我們知道，所有的事情都會記載在書本上面，你回去之後可以在圖書館查到。」收起用完的手機，學長抬起頭，黑色的髮被風吹得亂飛。

「好。」我點點頭，筆記下來。是說不曉得這裡的圖書館有沒辦法查到開發前的記錄喔？

就在差不多決定好、學長也好像要帶我回家時，我聽見有高跟鞋的聲音往這邊來。

是剛剛那個大姊追過來了。

「兩位不好意思。」大姊有點喘地在我們面前停下來，然後遞過來一張名片，「我是林邦建設公司的祕書，剛剛很抱歉，可以重新再委託你們一次嗎？」

學長接過名片，皺著眉看了一下，然後遞給我。

上面印著「洪月」兩個字，旁邊是董事長祕書職位。

「我打過電話確認，不好意思剛剛對你們無禮，如有得罪的地方請見諒。」她很有禮貌地向我們行了個禮，「我想重新委託你們幫我們公司解決事情。」

我偷偷看了一下學長。洪大姊看起來好像真的很煩惱的樣子，學長不接的話她還是會找別人，到時候被騙錢怎麼辦？

紅色眼睛瞪了我一下。

「最近我們建築工地、也就是剛剛你們等的那個地方晚上經常有地震，可是附近居民都說沒有；不過早上工人到場時，卻又發現有部分建築被震垮，所以我們對這件事情很頭痛。」還沒讓學長有拒絕的機會，大姊很快就搶了話說，「真的要拜託你們，不然我們公司就做不下去了。」

好像滿嚴重耶……

「好啊，可以幫忙你們。」意外地，學長回答得非常乾脆，「不過這件事情不是我的專長，要他來。」

我看見一根指頭指著我。

……

等等！

我？

※

我好像聽見學長說要把任務給我做。

這一切都是幻覺……我昏了。

「褚，你昏夠久了。」啪地一聲，我後腦被人一巴拍下去，差點沒有直接顏面朝地撞上，幸好我有站穩，不然前面地上的石角現在就會插在我腦袋上了。

欸，當人在發呆時，很容易恍神飛出的你不曉得嗎……

我回過神之後，那個套裝大姊剛好走遠。

他們剛剛究竟在說什麼？告訴我，他們剛剛應該都沒說什麼才對吧！

「你想說什麼就說吧。」學長拿起帽子拍一拍又戴回去。我們兩個現在就站在人來人往的商區路口，來來往往的人很多，魚貫地走來又離去。

時間的流逝眞是迅速啊。

「呃……其實也沒有什麼大不了的……」我只是覺得搞不好自己應該開始重拾撰寫遺書之路，幸好上次有經驗了，這次比較知道應該怎麼處理。

啊……突然覺得空氣是香甜的，雖然飆過去的車排出很多廢氣。

不知道是不是經過兩個多月的「磨練」，現在我的心情居然異常平靜。

「放心，死不了的，我會在你還有一口氣時，立刻轉回去叫提爾幫你治好。」冷冷的一句話拋過來。

這話好耳熟啊……我想起來了，是第一次遇到學長時，他的火車地獄殺人發言！

「哼哼，不過會滿痛就是了。」學長瞇著眼睛補了一句話給我，我馬上有種心底涼颼颼還結成冰塊的最高錯覺。

「我知道。」因為我已經很有經驗了。

對了，我終於知道哪邊不對勁了。

我在學校兩個月居然還沒住到醫院過耶，除了第一天入學被嚇昏以外。

歷史上的新發現！我打破了我長久的詛咒紀錄！喔喔，天啊，這眞是太奇妙了。

搞不好因爲學校是殺人學校的關係，然後就這樣跟我的衰運負負得正，所以才比較不衰了是不是？

「不可能會發生那種事。」路口的綠燈一亮，學長拋下這句話拔腿就走，我只好立刻跟上。

給我點小小的希望你會怎樣！

走了一段路之後，我認出這是什麼地方了。這是上次跟喵喵她們一起去看電影的市中心另外一區，已經沒落的商城。聽我老媽說，這邊很多年前繁華得要命，每晚都營業到凌晨，不像現在早早就收店打烊了還比較不會浪費電錢。

這樣還離我家滿近的，步行很快就會到家了。

走在前面一點點的學長壓了壓帽子，沒有停下腳步，「實際上那個洪姓委託人的工作並不太難，你可以應付得來，順便試試其他種類的符陣也好。七之主的委託工作你才完全無法插手，就當經驗看看吧。」

「欸？」我看了一眼學長，有點意外，「我還以爲她們兩人委託的是同一件事情。」因爲地點都是工地那邊嘛，照理來說應該是同個案子才對，漫畫都這樣演。

學長搖搖頭，黑色的長髮在我眼前左右甩動，這讓我想起某種洗髮精廣告，「兩件事情不一樣，卷之獸是一種古代精獸，是專事保護某種物體的一種動物精靈，就是要甦醒也不會引起什麼地震之類。」

保護的精靈？

我皺起眉，完全沒聽過這回事。一般來講有什麼神蹟的話這邊照理說應該會蓋個廟啥的……大概是功勞統一都歸給地區土地公了吧，像剛剛那個七之主也一樣都沒人知道。

「當年卷之獸在人類走入文明歷史之後，自願被七之主春秋封印而沉睡，就封印在原本的湖水邊，沉睡了至少有上千年的時間了。」

我拿出筆記本一邊走一邊抄。不過上千年推算回去，這邊應該還是很久遠的古代吧？搞不好還沒現在這麼大，壓根就是無人小島之類的地方。

看看眼前的馬路上排滿了等紅綠燈的車子。

嗯，其實滿難想像的。

第二話　前、同學與臨時起意

地點：Taiwan

時間：下午兩點三十分

「時間差不多了，你有沒有要吃點什麼？」

看著手錶，走在前面的學長順口問道。

「欸、應該沒有。」我不久之前才吃了大腸包小腸，現在還不會餓。

瞄了一下時間，兩點半，原來我們不知不覺已經花了不少時間在任務上。

奇怪，我怎麼都沒感覺，時間過得也太快，快到奇怪啊！

「冥漾！」就在我與學長走入市區之後不久，突然有人從後面出聲拍了我的背一下。

回頭，看見還算滿熟悉的臉。

「你朋友？」前面的學長停下腳步轉過身看了我一眼，大概是沒想到我會被人叫住。

後面是一群人，有男有女，大概五、六個，大半都不是我認識的人，不過剛剛叫我的那一個我倒認識，是我國中時的同學。

應該是週末出來逛街之類的吧？畢竟今天是週六，人會出現在市區都是正常。

「嗯，他是國中的同班同學，叫何政。」我先向學長大致介紹了一下，才轉過頭看我以前的同學。加上暑假，大概有四個多月沒見面了，突然覺得有一點陌生，他以前是長這個樣子嗎？好像我也從來沒有清楚地記住這個人，「阿政，他是我現在學校的高二學長。」

學長禮貌性地朝我同學一點頭，沒有說什麼交誼的話。

我瞄了一眼阿政的朋友，大部分都穿得很……青春流行。實際上我跟他也不算很好的朋友，以前在學校頂多就是班上會互相打招呼、借個功課抄來抄去而已，沒有深交。

基本上當我偶爾回想過去的時候，我發現我國中三年真正的好朋友可能就只有那麼一個，就是一開頭出現的那個資優生。

他人真的很好，是個唯一不看衰我的好人。

「學長你好。」何政咧了嘴哈哈地打了招呼，態度有點輕浮不正經。我聽見他身後有女生在問他我是誰，然後何政回說「就是我一直跟你們講到的那個人啊」。

「褚，走了。」感覺上不是很熱衷認識其他人的學長轉頭就要離開。

完全可以感覺到他對我以前的同學一點好感也沒有。

他們那邊有個燙鬈長髮的女生突然拉住學長，「阿政的以前同學跟同學的學長，既然大家都有認識的，乾脆就和我們一起去唱歌吧，反正人多才熱鬧啊。」她很好奇地偏頭要看學長帽子底下的臉，然後學長拍掉她的手皺眉轉頭。

我覺得他沒把那個女生的手折了算是大慈大悲了。之前有一次在保健室，我看到輔長亂拍他還被連環腳技重擊，當場蓬毛土著變成扁毛土著，唉唉大半天爬不起來。

由此可知，學長非常痛恨別人亂碰他。

「冥漾，跟你學長一起過來玩吧，反正你們看起來好像也沒有啥事要幹。」何政感覺上還滿熱心地發出邀約。

我搖搖頭，「我們還有事情耶。」要先回家報到，不然老媽一定會跟我算帳。

「走啦走啦。」一群人開始起鬨，可是不認識的幹嘛起鬨啊？多了我和學長還是少了我們有什麼關係嗎？

鬧成這樣不去也很怪。

「你想去就去吧。」學長環著手冷冷發出聲音。

可是我又不太想去。

「學長也一起來啊！不會叫你們請客、放心啦。」裡面一個看起來年紀應該比較大的人衝著我們咧嘴笑，「反正阿政的朋友嘛，走啦走啦。」說著，幾個人圍過來拉拉扯扯，半推半就地帶著我們走。

從以前到現在，我對這種人多陣營最棘手。

意外地，學長居然還乖乖地順著他們的意跟他們去，該不會是不想出手不然會屍橫遍野的最終考量吧？

嗯，這個倒是有可能。可是學長什麼時候變得那麼好心？

想不通。

跟著人群走，我知道他們想去哪一間店，因爲市區裡面只有一家針對學生開出優惠幾人就可以免費唱幾小時之類的，以前常常聽到其他同學講，不過我倒是沒去過。

公共場所對我而言太危險了……也對別人很危險。

「對了冥漾，你現在還和以前一樣嗎？」就在我旁邊一起走的何政發出問題。

「一樣啊，怎麼了？」我瞄了一眼前面，那個年紀比較大的人在跟學長聊天，單方面的，因爲學長偏過臉完全不甩他，眞難爲他還可以自己說得很快樂。另外一些不認識的就聚在一團大聲笑鬧，路過的人都閃避然後像是怕惹麻煩一樣地走開。

「呃，我不是這個意思，你好像沒以前那樣全身都傷口了？」

「啊？」當然沒有全身傷口，因爲輔長那邊的藥好用到爆。

我突然想起來我忘記什麼了！我忘記問那是什麼藥膏這麼好用了！

「認識學長他們之後變得比較少受傷。」這個應該算實話，只有無數瀕臨死亡的恐怖經驗，倒是沒受什麼傷，比起來只單純受傷眞是太好了！

我以前竟然不懂珍惜只有單純受傷的時光！

「喔，那不錯啊。」不知道是不是我的錯覺，我總覺得何政好像想問什麼的樣子。

大概跟我聊天很無聊，何政一下子就回去他同伴旁邊哈哈笑笑地不知道在說什麼。我快跑了兩步，到前面跟學長並肩走。

學長正在若有所思地看著自己的拳頭。

呃……不是吧？

「如果我要讓他閉嘴，應該一拳就夠了。」瞪了一眼那個還在自說自話的人，學長很有把拳頭往他臉上招呼的預備氣勢。

「這邊市區還是不要搞出騷動比較好。」拜託啊老大，你在這邊揍人會被警察追的。

「放心，黑袍不管在哪邊都有特權。」學長拍拍我的肩。

問題不在這邊好嗎？

✻

結果後來學長也沒一拳賞對方直接升天。

我們被帶到市區的歡唱中心，不愧是假日，出出入入的全部都是年輕的學生，成年人比較少。

踏入建築物的那一秒，不知道爲什麼，我突然全身起了雞皮疙瘩，裡面感覺好冰。

有什麼東西在這裡嗎？

「這個地方出出入入的東西還滿多的。」學長抬頭環視了裝潢奢侈的大廳一眼，很簡單地給了我一個結論。

能不能麻煩請您說明所謂的東西是什麼？那個多字輩的數量是什麼意思！

「你在學校混那麼久了還看不見是嗎？」學長轉過頭，瞇起眼睛看我。

那種感覺就好像被什麼毒蛇猛獸盯上一樣，全身都會不自覺地往後縮。

還有，我在學校的時間基本上一點都不久，只有兩個月，而且裡面還要扣掉我被嚇到失神的空白時間。

不過與其說看不見，我倒是一直有種毛骨悚然的感覺，總感覺這裡不是什麼好地方，潛意識一直告訴我還是趕快離開會比較好。

「兩位，你們的朋友已經進包廂了喔。」旁邊的服務生出聲提醒，我才發現不知道什麼時候大廳裡面就剩下我們兩個人。

怎麼要走都沒人先招呼啊？眞是沒禮貌。

我們問了包廂號碼之後，在好心服務生的帶路下走過長長走廊，在一間大包廂門口停下，道過謝之後服務生就先走了。

就在我要開門時，一陣明顯壓低的聲音就從門縫先傳出來，聽得不是很清楚，不過大約知道他們在說什麼。「欸，你剛剛不是說你那個同學是個衰人，走到哪裡就衰到哪，怎麼我們走那麼久還沒看到？害我們亂期待一把的，你可不要耍我們喔。」

「我哪知道啊，他以前眞的很衰，誰知道他突然不衰了。」

「啊！搞不好等等唱歌時會看到……」

「哈哈哈，那我要用手機拍起來上傳到臉書給大家看。」

「我也要！」

我把門重新關起來，隔絕了聲音。

我知道我跟他不熟，他們沒道理好心請客讓我來唱歌的……真的，我都知道。

就像以前一樣。

「你還想唱歌嗎？」站在後頭的學長拿出手機，猛然出聲打斷我的思考，「基本上我也不太喜歡讓不認識的人請，乾脆我們找其他人來吧。」

「耶？」我瞪大眼睛，訝異。

學長撥了幾個號碼，然後也不管我要驚訝還是驚嚇，很自動自發地就與手機接通那一頭的人自動對話起來，「嗯……你幫我查查我接的工作這邊是不是有間店也有列名在工作接受單上，我好像在不久之前有看過。」對方像是應了幾聲，學長點點頭，「我人就在這裡，你問問店主意願。」

說完，學長就把手機掛掉。

「工作？」我剛剛很明顯有聽到這個字眼。

「嗯，我打給那個死要錢的傢伙。」學長又撥起手機，這次很快就接通了，「要不要來褚的世界唱歌？我請客。」

「你打給誰！」我倒退一步，學長居然自動自發約別人來。

「夏碎。」

「赫！」

這次他沒打了，改成簡訊，很快發出去，連我都來不及制止，你是傳說中的一指神功族嗎，竟然瞬間就打完了，「跟你們班幾個同學，我看你們平常走得也很近。」

「我們班？」

等等！我們班？

我們班有死對頭啊——！

「順便發給亞里斯那三個，你們相處也不錯的樣子。」

學長！夠了！住手！

我深深覺得學長想把這間店給翻掉，他把會狗咬狗的人全部都叫來是怎樣！

很快地，手機又響起來，學長順手就接起，「嗯，好，那這個工作我順便處理掉。」接著掛掉，不用幾秒鐘。

「我們來算看看幾個人會到。」

我突然有點昏，想回家了。溫暖的家，有舒服床的家。

只要逃出這裡用跑的很快就可以回到我可愛的家。

「兩位客人有問題嗎？」剛剛那個服務生拿了毛巾要過來，看見我們還站在這邊，好心地又走來詢問。

「給我另外開一間包廂。」學長很豪邁地抽出傳說中的萬用付帳卡，炫光閃耀著刺瞎我的眼，「我要你們店裡最大間的。」

服務生愣掉了。

※

我昏了。

我發現我今天一直接收到很大的衝擊，讓我的腦袋很難運轉。

打個比方來說，就好像三百年忘記上油的齒輪一樣。頭暈暈的，我需要休息，眞的需要，我一整個不想知道接下來會發生什麼事情……不如一拳打昏我吧學長……

「冥漾你們怎麼還在外面不進來？」小包廂的門突然被拉開，似乎正打算出來的何政看見我們站在門外便停下腳步，很疑惑地問著，「快進來啦，我們都已經在點歌了耶！」

「那個……」我在想要怎麼告訴他因爲學長不爽開了一間大包廂揪人來玩，所以不跟你們唱的事情。

「不好意思，請不要擋在路中間好嗎？」就在我還在思考的同時，一隻手突然從旁邊冒出來，一巴就把路中間的何政按著臉推回去包廂裡面，「看來我應該是最早到的人。」

說眞的，萊恩平常頭髮長長蓋在臉上亂七八糟的流浪漢樣子，突然在不是很明亮的走廊冒出來那瞬間，眞的很像看到鬼。而且他跟學長一樣，也是弄成黑髮才過來，那種黑色髮更加強了那種感覺。

「哇啊！」何政眞的嚇到了。

因爲我在學校已經被嚇到習慣了，所以這種程度我奇妙地已經完全不爲所動了。

「叫什麼叫，閃邊。」第二個是萊恩的搭檔千冬歲，他嫌惡地看了旁邊的人一眼，然後就直接逼到我眼前來，「漾漾，你居然跑去看不良少年比賽沒有來看萊恩比賽。」厚眼鏡發出精光一閃，我有種被公司上司抓到上班在打電動的異樣感覺。

不對！他又沒有付我薪水我幹嘛怕他！

「呃……因爲我迷路。」可是我還是很怕。

「因爲本大爺比較帥！漾～當然要來看我！」

來了！出現了！

我在那一秒看見天雷崩地，到處擦出邪惡的火花還有閃電。

神祕的花襯衫台客出現在走廊的一角，而且還自行利用走廊燈打光，擺出一個帥氣的姿勢。

不過，這種好像神祕人出場的氣氛完全被他的萬年花襯衫海灘褲加夾腳拖鞋給破壞掉。

「亂講！萊恩根本比你好上千萬倍！」

「哼哼，流浪漢怎麼跟我比。」

基本上你們兩個是半斤八兩，一個是台客一個是流浪漢。還有你們的對話還眞像菜市場在吵架誰家老公好的歐巴桑。

事主的萊恩完全不理那兩個當場在走廊吵起架的人，然後跟學長不知道低聲在聊什麼東西。

「你們站在這邊做什麼？不進包廂嗎？」打斷後面那兩個卯起來吵的輕柔聲音，是來自於偉大的庚學姊，接著所有人才想起了那個不知道被遺忘多久的領路服務生。

服務生完全石化，滿頭充滿了黑線，不知所措地站在原地看著眼前出現的奇怪人群。

我打賭他現在心中一定在思考要不要報告上面這裡有怪人。

「話說回來，我還沒來過這種地方。」一邊推著眼鏡，千冬歲好奇地四處看著。

「真俗。」五色雞頭永遠不會忘記吐槽。

真不好意思，我也只來過一次。

「對了，夏碎說他臨時有事。」學長收好手機，這樣對大家說：「晚一點不過來的話就不來了。」

有一秒不知道是不是我看錯，千冬歲的表情疑似有點失望。

「喵喵也說晚點過來，說什麼要打扮之類的，真是搞不懂有什麼好打扮的。」萬年流浪漢發出陰沉的聲音。

連基本整理都沒有的人我想應該很難批評別人吧？

好不容易回過神的服務生，帶著我們往裡面拐了幾個彎之後，打開了一扇玻璃門扉。

出現在我們面前的是新的包廂——裡面很寬廣，十幾個人在裡面跳街舞都不成問題。

讓我錯愕的不是場地的寬敞，而是裡面有三位已經染黑頭的大爺不知道什麼時候已經大剌剌地蹺腳、舒舒服服地坐在其中一張沙發上悠哉地翻著點歌譜。

「哈囉，你們好慢。」雷多咬著在門口販賣機買的魷魚絲舉起一隻手對我們打招呼。

……

我瞄向伊多。

預知可以用在這種地方的嗎？

※

「很久沒來唱歌了，有點不習慣。」

所有人各自落坐之後，庚開始翻著手上的點歌譜這樣說：「左商店街裡也有唱歌的地方，立體模擬的，下次大家再一起去唱如何？」

「贊成！」一堆聲音附和。

說真的，我很難形容現在是什麼狀況。我好像一個剛從火星回到地球的地球人，然後突然發現就算在地球裡面我還是被火星人包圍那種感覺。

啪地一聲，學長從我後腦巴下去，「誰是火星人！」

「沒有、沒事。」我捂著腦子坐遠一點。

不過眞不愧是豪華大包廂，一整面螢幕牆，跟我之前經驗到的等級完全不一樣。椅子是超軟舒適沙發座，就連服務生送上來的點心、飲料都很高級，像是小蛋糕、手工點心等等，難怪人家都說有錢好辦事。

學長，你又讓我開一次眼界了。

不知道從哪邊搶到一支麥克風的五色雞頭一秒出現在螢幕牆前面，後面映出他大大黑黑的影子，「接下來，就讓本大爺來爲大家演唱『男兒當自強』！」然後帥氣地甩了甩他的五色頭毛，一腳跨在不知道什麼時候被他拖過去的小冰桶上面。

「噗！」不好意思，我不小心把飲料噴出來。

「咳咳……」千冬歲嗆到了。

「……」庚學姊手上的簿子掉到地上，發出聲響。

「幹什麼幹什麼！你們這些人什麼反應！不懂這首歌的精髓嗎！」五色雞頭的聲音直接在麥克風裡面擴大，整間包廂都嗡嗡響，「這是本大爺才唱得出的代表佳作！」

抱歉，我的疑問是你這個外星雞怎麼會唱中文歌。

擴大的震撼鼓聲直接在包廂裡響起，非常熱血、相當熱血、熱血到了最高點！

就在同一分同一秒的這個同時，包廂門被人一腳踹開，砰地一聲完全打斷五色雞頭張大的嘴正要發出的聲音。

我很明顯聽到麥克風傳來發音不準的「操」一聲。

「剛剛是誰動手推人的，出來！」

何政他們那攤的老大身後跟著那票男男女女堵在包廂外面，很明顯就是來找碴。

唉，所以說，現在的年輕人眞是衝動。

男兒當自強的歌很震撼地在整間包廂喝喝喝地繼續唱，然後沒人發話。

我看見五色雞頭快長出獠牙跟尖角了。

「剛——剛——是——誰——打——斷——我——唱——歌——！」

「我要點這首。」

有人正在按鍵輸入。

「居然有花木蘭中文版，點這個！」

有人正在懷念卡通歌。

「接下來讓在下爲大家繼續演唱。」不知道什麼時候拿了另一支麥克風，雷多很帥氣地站在螢幕牆另一邊，煞有其事地用他口音很重的中文趁著間奏之後開始把「男兒當自強」接下去唱。

我的疑問是，爲什麼你們都會唱這首歌？

難不成這首歌其實在那個世界非常流行！謎底終於解開了！

「好啊好啊！」咬著魷魚絲的萊恩很捧場地用力鼓掌。

堵在門口的人愣住了。

我看見有女生可疑地在看過一室帥哥之後（當然不包括我），馬上臉紅了。

五色雞頭把手上的麥克風往觀眾席一丟，然後喀喀喀按著關節發出聲響，殺氣騰騰地往門口走去，「剛剛是誰打斷我唱歌！」

「誰要吃蛋糕？」千冬歲拿起整盤小蛋糕傳下去。

「我要。」有人接過蛋糕。

「香草牛奶的不錯吃耶。」閒聊。

我覺得包廂好像已經畫分成兩個不同的世界了，你們給我看看門口啊喂！

「哼！有種一個人出來！」很顯然地，何政那方帶頭者已經不管剛剛是誰推人了，反正就是也看五色雞頭不爽，很直接就嗆聲下去。

「怕你不成！」我在五色雞頭的臉上看見了名爲「喜悅」之物。

「要打通通出去打，不要在裡面吵，好煩。」學長一把將五色雞頭推出去鱷魚潭，然後砰地一聲把包廂門關起來、還上鎖。

欸……這樣等等怎麼救人啊？當然我指的絕對不是救五色雞頭。

門外傳來很淒慘的哀號，複數的，不是單一人。

「漾漾，跟我們合唱！」雙胞胎兄弟不由分說地把我從門邊拖到螢幕牆前，然後我很黑線地聽見某首……不管是誰都會唱的歌。

好耳熟的旋律。

這不就是那美妙的童年之聲？

……

你們居然給我點哆啦×夢！

「世界名曲啊世界名曲。」雷多捲起了麥克風線，一臉正經地說。

「世界名曲啊世界名曲。」雅多做了完全一模一樣的動作。

你們的心電感應是搞笑用的嗎？

聽著非常可愛的童年音樂，我突然覺得腦袋上掉下黑線。

「我們來玩暗黑點歌法好了。」閒閒沒事幹的庚學姊說出了一個會讓人發寒的名詞，「現在我把點歌碼亂按，每個人開始輪流秀一段，唱不出來的要娛樂大家。」

「我突然想到我還有事情先走了。」我立刻一秒往門口跑。

「已經來不及了。」學長陰惻惻地邪笑著：「我在門口加了咒文，當心被咬。」

我馬上縮回正要拉門把的手。你好邪惡啊學長！

完全不問世事的雷多兩人已經很快樂地唱起他們的世界名曲，而且還外加舞蹈行進。

我只能乖乖地回到沙發坐下。

「漾漾，這個很好吃喔。」千冬歲把魷魚絲遞過來。

然後我才發現另一件悲慘的事，桌上除了小蛋糕跟餅乾之外，有一大半幾乎都是魷魚絲。這鬼東西是從哪邊長出來的啊！拜託你們至少也買包瓜子好不好！

就在我為了沒有瓜子而悲傷的同時，台上兩位耍寶兄弟檔已經唱完哆啦×夢之世界名曲下台一鞠躬，「輪伊多。」兩人非常有默契地把麥克風交出，轉而陷害據說是他們最重要的大哥。

伊多很鎮定地站起身，一臉嚴肅地從身後拿出筆記本。

「我早就從先見之鏡看見你們會幹這種事情，都已經準備好了。」然後，他翻開小抄。

……

唱歌有必要做到這種地步嗎老大？

※

三秒之後，伊多遇到他這輩子最大的難題。

只見他站在螢幕牆前，很靜、很靜且動作優雅地環視著四周，幾秒之後，慢慢張開了唇——

「我不會唱台語歌。」

四周一片安靜。

包廂裡面轟隆隆的音樂傳來傳說中的阿爸年代老歌，叫作「舞女」。

音樂被庚學姊卡掉。

「處罰、處罰！」雷多跟雅多開始起鬨，然後萊恩跟千冬歲也跟著一起鬧。

說真的，我剛剛還真的忘記萊恩也在，他在陰暗處幾乎已經完全和背景融合，一點存在感都沒有。

「好吧，你們要什麼處罰？」伊多聳聳肩，很甘心地受處罰。

「吞劍！」

啪一聲！

喔喔喔喔！我第一次看見學長巴雷多的後腦！

「那現場做出半徑三十公分的沼澤。」雅多在之後很認眞地另外提出一個新的處罰項目。

呃，等等……現場做出沼澤？

「這個可以。」伊多點了頭，然後很緩慢地走到門口邊，「放這兒應該就可以了，我從星界引了些沼澤過來。」他不知從哪邊拿出了一支粉筆，然後彎身在地上喀喀地畫出了一個法圈陣。

他居然在包廂的地毯上亂塗鴉……

就在直徑六十公分左右的大圓圈畫好之後，我看見一點一點亮亮的東西開始從圈子中心往外擴張開來，然後整個圈都在發亮。

「星界的星砂沼澤。」伊多拍拍手把粉筆收起來，如是說。

這個亮亮的東西是沼澤？

騙人的吧！沼澤不是應該又臭又黑還有泥巴泡泡在滾嗎？

「漂亮！」

所有人一致通過。

「謝謝。」很優雅地一躬身，伊多抬起頭，「那下一位就輪到萊恩先生了。」超有禮貌地點名陷害中。

萊恩從牆壁陰影浮出來……不是，他從座位上站起來，非常、極度從容不迫。

音樂再度響起了，轉成另外一首……「流浪到淡水」。

爲什麼還是台語歌？

我懷疑負責輸入號碼的庚學姊根本在整人。

「呼呼呼……呵呵呵……哈哈哈哈……！你以爲這樣就可以讓我認輸了嗎！」萊恩一甩髮，馬尾綁起來，一秒進入戰鬥姿態，「來吧！不管什麼挑戰我都歡迎得很。」

他也不會唱台語是嗎。

這是我的結論。

很漂撇的音樂直接給他下去，萊恩轉過去用屁股面對大家，然後盯著螢幕牆上的字幕、開始唱歌，「有緣無緣……」

「噗！」

我的飲料二度噴出。

「哈哈哈哈哈哈哈哈——」一堆人狂笑起來然後在沙發椅上打滾。

國語！國語！台語歌你居然翻成國語唱！

好樣的！

學長從我身邊站起來，「我去洗個手。」

然後他就逕自走到門口拉開門，也沒人管他要去哪邊。

等等……開門不是會被咬嗎？

「我也去洗手。」我從沙發上跳起來，慢慢地靠近門邊，小心翼翼地伸出手──然後用力抓上門把往內拉！

沒被咬？真的沒被咬！

我被學長騙了！

※

離開包廂之後，門外面很安靜，隱隱約約只有包廂裡面還有點吵鬧的聲響。

四周一片空蕩。

五色雞頭打到哪邊去了啊？

「漾～」說鬼鬼到，我立刻轉頭，果然看見某大獲全勝的人站在走廊另一邊很瀟灑地撥頭髮，你該不會很滿意這邊的走廊燈吧老大，「本大爺把他們丟回去他們包廂裡面了，放心，裡面好像有你朋友所以我有手下留情沒死人。」

問題並不在這邊好嗎老大……沒我朋友就會死人嗎！

「我要去廁所，你先進去吧。」說真的，我有點擔心被五色雞頭整理過的那些人，想先繞過去看看有沒有怎樣。

「好！」五色雞頭挽起袖子走回包廂，然後傳來很洪亮的聲音，「本大爺的主題曲勒！還給我！」

我把門關起來，杜絕了吵雜的聲音。因爲包廂都有做隔音，離門遠一點之後，走廊就突然變得很安靜，偶爾經過其他包廂還有那種吵雜聲響傳出來，再來就是服務生四處叩門送東西的聲音了。

不知道爲什麼，我突然覺得走廊變得很冷，涼颼颼的，跟剛開始一腳踏入大廳時有一樣的感覺。這讓我想起學長曾說過這邊有很多東西在進出。

雞皮疙瘩突然從我手臂上冒出來。

南無阿彌陀佛大慈大悲觀世音菩薩還是××上帝百萬眾神，剛剛我是胡亂想的，我啥都不想看見我全部都不想看見，就算有什麼出入很多的東西也不要來找我啊……

大概是禱告成功了，我很順利地走回剛剛何政他們開的包廂，因爲怕一開門被他們遷怒海扁，所以我很小心、很小心地偷偷打開了一條縫往裡面看。裡面的人沒有我想像中全都趴倒，反而像是活屍一樣全部站得直挺挺的，而且目光呆滯直視前方，完全不知道他們在看什麼東西。

我想五色雞頭應該不會惡毒到用強力膠把他們固定位置，就是不知道用什麼方法惡整他們。

「不好意思，我要進去囉？」我推開門，他們還是沒有什麼反應，繼續呆呆地裝屍體站在原地，連眼珠都不轉一下。

繞到站離我最近的何政面前，我小心地在他眼前揮了揮手，「你們還醒著嗎？」

沒人回應，看來應該是全部張著眼睛睡著。

就在我想拍拍他的臉把他弄醒時，一道白霧劃過我的手邊，那個神出鬼沒的鬼娃突然就擋在我面前。

「褚冥漾，這些人全都被下了咒語，一小時之內都會維持這樣，觸碰者也會變得跟他們一樣，吾家建議您最好不要動他們。」鬼娃用一種很沉重的語氣這樣告訴我，我立刻就把手給縮回來。

被下咒？

我就知道五色雞頭一定不會乖乖放過他們。

「他們被下什麼咒語？」事關我以前同學的生死，還是問清楚一點得好。

鬼娃沉默地轉過頭，然後瞇著眼睛看了半晌之後才轉回來，「這是羅耶伊亞家的禁屍咒文，專門用來對付暗殺目標四周的人。遭此咒文降下的人看不見也聽不見、同時也感覺不到時間流逝與周圍一切變化，等他們清醒之後也不過以爲自己才過了眨眼一瞬的時間。」

「耶？這麼好用？」我覺得是很不錯的咒文，例如以後有課不想上的時候可以用在老師身上之類的，多美妙。

「使用此咒文有很多限制，且被施咒之人大半都是無力反抗的人類才會有效，稍微有些力量的人就完全行不通了。」鬼娃一語打破我的奢望，「此咒文非常容易學，但是使用方式有限，已經有很多暗殺者不使用此咒了；通常他們覺得直接讓對手斃命會快速些。」

我想也是。

「這個咒文目前已經得到許可被列入詛咒的基本教材當中，褚冥漾若是有興趣可以自己試看看。」

「啊？」試看看？什麼跟什麼，「你要我試什麼東西？」

「禁屍咒文。」鬼娃很理所當然地就地開班授課起來，「這是風與水組合而成的逆向咒文，寫法非常簡單，請將您的手掌伸出來。」他伸出手……拖著長長布料的手在我面前。

「？」我很乖地把手放上去。

兩秒之後，我後悔了，「喂——！」

鬼娃不知道從哪邊生出來一支紅色奇異筆抓著我的手掌就直接在掌心上給我亂塗鴉！

「不要亂叫，這是禁屍咒文的基本畫法。」塗鴉告一段落之後，鬼娃把手還給我，上面多了一個圈，裡面還有一個字樣的圖案。

「等等，我把它抄起來。」我四下找了張紙先把圖案抄畫好收到口袋裡面，「這個要怎麼用？」不是光畫在手上就可以了吧？

「人的額心中央有一個靈穴，往額頭中間拍下去就可以了，也不用唸咒文什麼，因爲這個咒印本身就帶著詛咒之力。」

「這麼簡單？」我看了一下鬼娃，很想當場實驗看看。

「說過了，這個對吾家無用。」鬼娃馬上看穿我的野心，哼了兩聲：「只對那種沒防備的人類有用。」

「喔。」也就是說我要找就找有仇的人試看看就是了。

「那就這樣了，切記千萬不要去碰被詛咒下印的人，因爲會連環影響，吾家先告退了。」眨眼之後，鬼娃又突然消失了，眞的是來無影去無蹤。

我看著手上大紅色的印子，開始有點煩惱了。

「這個要怎麼洗掉啊……？」

第三話　神祕的住戶

地點：Taiwan

時間：下午三點五十三分

抱著被塗鴉的手掌，我重新站在走廊上。

不知道爲什麼，走廊好像比剛剛還要冷，有點像是站在冷凍庫前面吹冰風那種感覺。店家不可能在走廊安裝十幾個冷氣狂吹拚命吹死命吹吧？而且我還一直起雞皮疙瘩，感覺好像不是有什麼好事情會發生……我看先去廁所把手給洗乾淨好了，不然等等誤拍自己還是別人就很麻煩了。我可沒打算要在走廊上面當活屍。

轉了幾圈之後，我按照走廊上的標示圖走到最後面的公用男廁。說眞的，頗大，而且裡面還用了底壁全鏡面的設計，整間廁所有被加大、加長的視覺錯覺，大概七、八個小便斗一拉長像是十幾個，看起來還滿壯觀的。

廁所的燈是昏黃色的，有擺一些裝飾品，看起來很高級。

奇怪，剛剛學長不是也說要來廁所，怎麼在路上沒有看見？還是因爲我在那邊待太久了，所以他老早就回去包廂了？

四周看一下，洗手台上面有附洗手乳，看裡面也沒啥人，我直接按了洗手乳開始搓那個紅色奇異筆印子。可惡的鬼娃，什麼東西不用給我用奇異筆畫，不知道奇異筆很難洗掉嗎！

就在我開水要先沖掉一些泡泡時，後面的有門單間廁所突然傳來馬桶的沖水聲，然後門慢慢地被打開，在我這個位置因爲有鏡子的關係看得一清二楚。

有個東西從裡面走出來。同時，我愣了一下，完全呆滯。

沒錯，那是一個「東西」，因爲不是人的樣子，所以我才說他是東西。那是一個黑黑的、很像棒槌形狀的東西，直立的，下面分叉兩隻腳一步一步移動出來，然後在洗手台最邊邊的洗手槽站好。

我什麼都沒看到我什麼都沒看到……根據經驗判斷，現在逃走他一定追上來，所以我要很鎮定，假裝什麼都沒有看見地繼續洗手。所以我也沒有轉頭去看那個鬼東西，很鎮定地平常心繼續去擠洗手乳，然後繼續搓手。

鬼娃！我被你害慘了！

黑色的棒槌就站在那個地方，我不確定他是不是把臉轉過來看我，因爲我從鏡子反射看見他對著我的那面黑上面出現兩粒黃黃疑似眼珠的東西。

我很鎮定我很鎮定，你嚇不了我！你絕對嚇不了我！一根黑色棒槌根本沒有什麼好恐怖的！我不怕你——

說眞的，我好怕你，老大拜託你快走吧……

那個黑炭棒槌還眞的給我打死不走。

我繼續用力搓手，鬼娃用的也不知道是哪一牌的奇異筆，超級難洗的，搓到現在連顏色都沒有退掉，還是紅得很明顯。

就在我抬頭要看鏡子確定那個黑棒子走了沒有的同時，我二度重新愣掉一次。不知道什麼時候，我身後多了幾個模模糊糊的影子晃來晃去，有的是人的形狀有的好像不是，可是也說不出來那個是什麼東西。我又再次想起來學長說過這裡很多東西在出出入入的事情。可是，也未免多得太過分了吧！

我只是一個路過的洗手客，你們可以不用這麼熱情地招待我啊。

「你看得見嗎？你看得見嗎？」不知道什麼時候繞到我身後的黑棒槌在我後面聞來聞去，有種性騷擾的嫌疑，他發出一種很沙啞的聲音，而且低得有點聽不太清楚他在說些什麼，「看得見嗎人類？人類你看得見嗎？」

你當我是白痴會回答你嗎！

「看得見嗎人類？其實你看得見對吧！你一定是看得見然後裝傻對吧？我猜得沒錯，你一定是看得見然後要假裝看不見對吧？」黑棒槌說話的樣子讓我有一種他有精神分裂的嫌疑。可是因爲黑棒槌胡亂發話，我發現後面那些模糊模糊的東西有靠過來的趨勢，而且還越靠越近是怎樣！

「你看得見，你一定看得見，你這個人類一定看得見！別裝了，你絕對看得見！」

我有一種青筋迸裂的感覺，主要是黑棒槌的語氣太過欠扁了。

「你一定看得見你一定看得見……」

「我看得見就看得見啦！怕你喔！」還沾著洗手乳的手直接一巴往黑棒槌巴下去，我有一種豁出去的赴死感。

意外的是，黑棒槌就直挺挺地站在原地，沒有繼續發音。

我看見有一道紅色的圈圈印子出現在黑棒槌的兩顆黃眼睛上面，然後慢慢地沒入、消失，黑棒槌就完全不會動了。

不是吧？這樣也可以喔？

不是說只對沒力量的有效嗎？又騙我！

我錯愕地看著手掌，上面的圈印已經不見了。

「他眞的看得到！」一團一團模糊的影子不知道是從哪邊發出尖銳的聲音，我趕快把手上的洗手乳沖掉然後退到門口邊，看見那一團一團的東西突然就固定了位置沒有再移動了。就在完全停下來之後，其中一團人型的就從裡面走出來，模糊的樣子慢慢明顯起來，變成一個穿著旗袍的女人，頭髮挽起，感覺很像那種×零年代的舊打扮。

「小姐，這裡是男廁妳走錯了。」這是我的第一個反應，沒想到男廁裡面會出現女鬼，搞不好是色鬼！

「這裡是我家！」女鬼怒吼了。

好，很好，雖然她發音有點怪，不過可以溝通，「妳家住在馬桶嗎？」我又倒退兩步，因爲那個穿旗袍的女生走過來。她的臉色整個是死白的，而且還半透明，不用想我也知道自己遇到什麼東西，可是我還是很鎮定、非常地鎮定。

「這裡曾經是我家，被你們這些後來的無知小輩打壞了我們的住所，就給我付出代價來！」旗袍透明女生舉起雙手，伸出殭屍般的長指甲咧開嘴，裡面還有獠牙跟血絲，完全就是在看恐怖片的那種感覺。

說也奇怪，我眞的沒有以前那種害怕到不行的感覺，眞的是有被狠狠嚇過有差耶！

「等等，這個人類會下咒。」另一團影子突然拉住了旗袍透明女，「人類，你到底是誰？」

我是誰？我是最正常不過的正常人啊……

「我是路過的普通人，你們不要隨便在這裡亂搗蛋，不然就不只這樣了！」我偷偷握了握口袋的爆符，打算如果這堆東西一起衝上來的話，也可以馬上丟了炸彈就跑。

突然有一種今天遇到很多事情的感覺，我好想回家啊……

幾團影子可能有聽進去我的話，然後湊在一起說了些什麼，接著另一個影子也逐漸清晰了起來，是個牛頭人身的實體。「我們敬您也是有能力的人，不過我們住在這邊已經很久了，這裡本來是供奉我們的地方，後來因爲地主貪了大筆的財富便把我們的住所拆掉，我們已經無家可歸就只能窩在這個地方裡面，平時也沒有離開這個範圍，根本不會到處搗蛋。」

牛頭人身講話起來比較沉穩些，感覺上就是頗誠懇。

「你們沒有搗蛋爲什麼走廊外面冷得跟鬼一樣，騙誰啊。」而且大廳也是，如果說就住在廁所裡面，怎麼會其他地方也都冷。

「那個不是我們弄的，我們的住所範圍眞的只有廁所。」

我幹嘛在這邊跟廁所妖怪提出質疑？

「要不然是什麼？」

所有模模糊糊的影子非常非常整齊地舉起右手指向我，「是它！」

是我？不對，我站在廁所門口。如果不是我的話……

我機械式地、慢慢回過頭。

對上一雙布滿血絲的巨大金魚白眼。

※

我突然覺得，火星世界眞的是無所不在。

就算是已經回到了我的世界，它依舊纏繞在我的身邊。

那雙反白血絲大金魚眼轉動了幾圈，巨大的瞳孔就停在我身上。

別鬧了！現在不是在電影上演啊！

它眞的是「一雙眼睛」，其他本來應該有的像是臉皮、鼻子啊什麼的都沒有，就是兩顆連著血絲、肉絲的眼球飄浮在半空中。老實說，很像魚丸。

「那個是欲動之眼。」裡面的模糊影子突然騷動起來，好幾個更是直接竄入鏡子中消失得無影無蹤，像是被嚇壞了一樣。

什麼什麼眼？你剛剛說那個是什麼會動的眼？它會動沒有錯啊我看得很清楚，而且我知道它絕對不是普通的眼睛你們不要再提醒我了！

我倒退了好幾步，然後貼在牆壁的鏡子上。那兩顆眼球就這樣飄進來，它一進來整間廁所立刻冷了起來，感覺好像還可以看見疑似乾冰的白色霧氣到處飄。

很快地，剛剛還聚集了一大群的影子全部都消失了，剩下那個被詛咒一秒還很長的黑炭棒被遺留在原地當它的活體裝飾。

「請快點離開這邊，否則被欲動之眼盯上就會發生不好的事情。」剛剛那個牛頭人身又從鏡子裡面出來，催促。

「我很想離開，可是你沒有看到它堵著門嗎！」我也知道一定會發生不好的事情，基本上我已經遇到夠多了，例如像你們就是，誰沒事上廁所洗手還會被鬼圍！

牛頭人身也看到兩顆眼球圍在黑炭棒旁邊飄，就堵在門口、我剛剛洗手的地方，「您是有能力的人，您應該想想辦法。」

最好我是有能力！

就在同一秒，眼球之一突然整個瞳孔裂開，出現了龐大的血口與閃亮亮的銀色獠牙，猛然一口就把黑炭棒給喀喳一聲吞下去，而且完全沒有被變成直立殭屍的跡象。

我知道什麼叫作不好的事情了。

它居然把嘴巴僞裝成眼睛！心機眞重！

「你要我想什麼辦法！」我不知道從哪來的勇氣跟力量把牛頭人身從鏡子扯出來，「這個什麼什麼眼睛的我根本跟它不熟，要想啥啊！」

「至少打退它啊！」牛頭人身掙扎又縮一半回去鏡子裡面，「欲動之眼只有感受到力量時才會出來，您也要負一半的責任！」竟然開始給我推託了！

基本上說到力量，應該是某包廂裡面那票人要負全部責任，因爲那裡根本就是巨大力量集中地啊！

眼珠轉過來了，直勾勾地盯著我們倆……應該說一人一鬼看。接著它的瞳孔又慢慢裂開，出現了白森森的牙……我看見疑似喉嚨的東西。

「先躲再說！」牛頭人身一把抓住我的手就把我往鏡子裡面拽進去。

咚地一聲，我摔得頭昏眼花，等到回過神來之後，我才發現我看見的東西已經全部變成左右顚倒，就像很多漫畫裡面寫的一樣。

我被抓到鏡子裡面的世界！

現在要怎麼辦？

先拍照留念嗎！

「我看這邊擋不住它，要不要先撤到最裡面？」聽見講話的聲音我立即轉過頭，看見剛剛的旗袍女生與牛頭人身正在講話，不過說來也奇怪，那個女生現在看起來沒有剛剛那麼厲鬼模樣，感覺還頗像一般人，而且氣質還很好。還有剛剛看見的幾團模糊影子一進到鏡子裡面來之後也不是影子了，紛紛以各自形體出現，有的是人而大部分幾乎都是小動物。

「撤到最裡面也一樣，剛剛老頭公被吞下去了，現在不知道要怎麼辦。」牛頭人身看了我一眼。另外一邊沒出聲聚在一起的其他妖鬼感覺上像在發抖。

「誰可以說一下那是什麼眼球？」我舉手發問。

「那是欲動之眼，聚滿了生物邪氣的形成體。它在這裡已經很久了，都是吃各式各樣生物邪念壯大自己，不然就是像剛剛一樣吃有力量的東西。」很認真的牛頭人身給我簡略的解釋，「原本很小而且只有一顆，現在已經變成那樣子了。」

也就是說它本來應該是小魚丸現在變成超大魚丸囉？

那就跟動漫畫那些什麼吸收了人類慾望還是日月菁華等等最後異變成妖怪那種東西沒什麼兩樣啊，「你們剛剛說那個什麼老頭公是……」

「剛剛被吃掉那個傢伙，他本來是這裡的結界護神，一直沒讓欲動之眼進來過。」旗袍女生狠狠地瞪了我一眼，咬牙切齒地補上：「從來沒有失誤！」

好吧，我知道是我的錯，可是是那傢伙先過來騷擾我的！如果他不要過來隨便騷擾我的話，我會賞他那一巴掌嗎！不會吧對不對，所以追根究柢應該是他錯得比較大。

就在眾人很有默契同時全默那一秒，在我身後的玻璃鏡突然發出很清脆的巨大聲響，我立刻轉頭，看見鏡子好像被人從另一端狠狠地衝撞了下，崩出蜘蛛絲般狂裂的痕跡，四周也開始紛紛落下細小的玻璃碎片。

「它要來了……」裡面的動物靈很驚慌地縮成一團團毛球，整堆軟綿綿的小動物全部都塞在一起。

「放心，我們擋下它，你們趁這機會先躲好。」牛頭人身和旗袍女站出來，紛紛進入隨時應戰的狀態。旗袍女就和剛剛一樣突然變得寒氣逼人然後長指甲、咧嘴血牙，牛頭人身則變了一倍大，然後整身的肌肉賁起。

這兩位應該是裡面最大戰力吧，照眼下的狀況看來，我更認定我想的應該沒有錯。

看到現在，其實我覺得我應該爲他們做一點事情。

如果一直置身事外的話，走出這裡一定會被學長海扁，我直覺就是會發生這種事情。

「我跟你們一起出去。」

有時候，我眞的覺得我的嘴巴動得比大腦快很多。

※

好，現在讓我想想看我應該怎麼辦？

我想起來我身上還帶著一點東西，一些有用的一些沒有用的。除了爆符之外就是護符，還有什麼呢……？

「我現在將我們三人送出鏡子外，會從洗手台那邊出去，先由背後攻擊欲動之眼把它逼出我們的住所。」旗袍女很愼重地說著。

鏡子又給狠狠地撞了一下，碎開巴掌大的空間，我們都看見那個碎塊之後出現了帶著牙齒的瞳孔。那種感覺很像是上廁所被偷窺，眼睛在對面骨碌碌地不停轉動。

通常女生遇到這種狀況千萬別著急也別害怕，找個長條銳利的東西戳過去就行了，這是來自於我姊的教誨。不過這個地方哪裡有長條形的東西啊？

「還有問題嗎？」

「好，走！」

問語讓我回過神，我立即搖頭。

就在旗袍女話聲一落，接著我腳下整個一落空，就從洗手台上摔下來。

「好痛……」眞的爆痛。請想像摔下來時先撞到大理石的洗手台然後滾到地板上再撞一次，連續兩次叩讓我直接看見滿天的星星和開小花。

很俐落站穩的旗袍女和牛頭人身第一時間就各自往兩顆眼珠衝，看起來應該是打算一人拚死擊倒一顆。

我不懂估計對手的實力，可是我覺得旗袍女和牛頭人身應該是打不過，因爲那玩意給我的感覺就是比他們還要強。

果真，兩顆眼珠不用幾秒一左一右直接就把攻擊者給撞在牆面的玻璃上。

說眞的，如果不是知道眼珠會吃人，這種畫面看起來有點好笑，不過現在我可笑不出來。

我看著牆底，也就是剛剛進去的那面鏡子牆，已經差不多被撞碎一半，好幾片碎片都剝離得很嚴重。

我該做什麼？我有能力可以做什麼？

「我很想保護他們。」那些住在鏡子裡面、小小的動物靈。摸索了口袋之後，我翻出那張千冬歲之前給我，後來被加工過變成詛咒血紅的眼球護符，「如果可以幫助我，就先保護那面鏡子與鏡子後面的東西。」記得學長說過，心意最重要的老套之話。

我的心意……就是想保護那些東西。

血紅眼珠滾動了兩下之後，突然整個捲了起來，打個比方，炸春捲有沒有看過？

那張紅色的春捲皮就這樣脫出我的手，筆直地穿過兩顆眼珠中間然後啪一聲張開貼在殘缺到極點的鏡子牆壁上。接下來不知道是不是錯覺，我看見有個金紅色的小光以護符爲中心點然後擴張開整面牆。

「做得好！」牛頭人身豁然一下把眼球給衝撞開，然後一把揪了旗袍女往後跳開，就停在離我三步遠的前方。

眼珠慢慢轉過去，看起來好像還想衝撞壁面，可是顫抖了兩下之後就停止了動作，慢慢轉回來看著我們。

那麼，現在怎麼辦？

隨學長一起回來時，我想應該不會碰到什麼大麻煩，所以只帶了兩張爆符在身上。基本上學長的爆符我不敢亂用，我自已的爆符連隻老鼠都炸不翻所以一定沒啥用處，這讓我目前陷入一種很矛盾、兩難的境界。

「你們兩個先躲進去，我想辦法把它引開。」我看了看旗袍女跟牛頭人身好像都有受傷，而且牛頭人身還縮水回來本來的尺寸，應該是打不動了。如果我跑得夠快的話，直接衝回去包廂求救一定可以解決這兩顆邪惡的魚丸之眼。

「不行，我們不可以放您在外頭。」牛頭人身很堅持地說。

「放心，我沒事。」頂多被咬兩口，沒死前緊急送醫都還可以救。

「不可以，您一定要跟我們進去避難，否則我們都將被同道恥笑。」

我突然發現，牛頭人身搞不好可以跟某個喜歡沒有未來的白痴拜把當兄弟，一個是深情對喊，一個是患難見眞情，還該死地頗搭！

我想想，這時候如果是其他人會怎麼辦？

「你們馬上給我滾進去！」凶氣加上殺氣，還要配上惡狠狠的目光。

這句話有用，旗袍女不由分說地拖著牛頭人身就跳進去鏡子裡，然後洗手台的鏡子整個全部變成黑色，什麼都映不出來。

所以說學長的台詞眞好用，有一種異樣的威脅爽感。

兩顆眼球瞳孔全對準我，我幾乎可以看見瞳孔慢慢地裂開了。

先冷靜想一下，之前遇到這種場面時，爆符怎麼用的？

我拿出一張爆符放在手上開始進行聯想。不可以太誇張的東西、不可以太詭異的東西，要很實用的東西。通常看到眼珠會想到的第一件事情就是戳瞎它，可是手指我已經有了，所以我並不想再來一隻手指。那還有啥？湯匙？把它挖出來嗎？別搞笑了！它老早就已經被挖出來在這裡還活跳跳的。

等等！有可能是我之前的思考方向錯誤，如果用女生的邏輯來思考通常看到緊跟不捨的眼珠會想到什麼東西？

叩喀一聲，有個冰冰的東西掉在我手上，然後我低頭看，差點自己昏。

「我沒說我要防狼噴霧劑啊——！」

※

有句話叫作大勢已去。

我知道，就是形容我這種人。

一罐小不啦嘰的防狼噴霧劑在我手上，純黑牌，跟殺蟲劑是同一家工廠製造的。我完全可以想像得到學長知道他的爆符繼殺蟲劑之後又變成防狼噴霧劑時會有什麼反應。

一、先愣掉。
二、把我宰了。
三、本戲END。

喀喀喀……

一個很像木板門要開不開被卡住的聲音出現在我頭上，接著我抬頭，看見有根尖牙就出現在我眼前。

萬籟寂靜，世界突然像是失去聲音。

一切多麼美妙，整個已經到達高僧遺忘自我的境界。

「哇啊啊啊——」我聽見我自己的叫聲然後一秒後退幾十步，那顆張嘴的小人眼跟著轉過來，喀喀喀地慢慢往我這邊跟來。

情急之下，我也想不出啥更冷靜的法子了，防狼噴霧拿起來先噴了再說！

那顆眼球定在原地三秒，我看見有個魚丸眼「嘎」地一聲很大聲，整顆往後倒彈然後撞在剛剛的鏡子牆上，整個瞳孔都裂開，裡面冒出煙……是說，這應該是爆符不是硫酸吧？

兩秒之後，往上仰的瞳孔磅地一聲猛然噴火。

喔喔！超級壯觀的畫面！

眼球的眼白部分整個都在顫抖，瞳孔裂開的嘴整個一直噴火一直噴，有種給人正在看以前那種地上噴火煙火的錯覺。

另外一顆眼球看到自己的另一半當場變成魚丸火山，就維持在原地一直瞪著我，動也不動。

「通常這種時候，直接一次解決就不會讓它有時間可以思考反擊了。」一個黑色的影子擦過我臉邊，直直貫穿那顆敵不動我不動的眼珠，整個插在牆上。

爆符的黑槍。

轟然一聲，完好的眼球炸掉，整個碎開在地上然後消失。

「學長！」救兵啊！我有一種看到活神仙的感覺。

「我不是說過不要再給我用那種莫名其妙的東西出來嗎！」學長先看了一眼我手上的黑色罐裝防狼噴霧，然後看了一下那個還在噴火的眼球火山，「你是想炭烤之後給包廂裡面那堆人當零食嗎！」

好像眞的有這道菜。

「那個、那個我……」我覺得有必要解釋一下我爲什麼在這裡動手，還有牆壁裡面那些動物妖怪的事情。

「不用解釋了，我全部都知道。」學長接過我手上的黑色噴霧劑，那玩意在學長手上咚地一聲整個變成一股黑煙消失殆盡，「我剛剛就站在這看，你這次反應力還可以。」

……你就站在這裡看？

你見鬼地站在這裡看？那我怎麼完全沒有看到你在這裡！

「被你看到我還可以當黑袍嗎？」學長環著手，用一種很鄙視的目光看我。

說的也是……等等！問題不在這邊！

「那剛剛眼球跑進來時你也在看？」

學長點頭。

我不知道應該說什麼了。

「褚，這種東西其實算是下級妖靈，你自己遲早都得單獨對付。」跨過地上一室的碎片，學長一把將鏡牆上的護符撕起來遞還給我，「不過你的反應比我想像中還好些，比兩個月前還要好很多了。」

就是說你在測試我？

「嗯……是這樣沒錯，我認爲有達我的最低標準。」還給我坦承不諱的學長很大方地認同我心裡想的事情。

我還可以說什麼？當然什麼都不能說，因爲學長是老大嘛。

我能對老大說什麼呢。對吧？當然什麼都不能說。

就在我們都沒講話、大眼瞪小眼的空檔中，牛頭人身與旗袍女重新從鏡子裡面出現，「兩位……」我想他們剛剛應該也有看見學長解決了眼球，而且還是非常輕鬆的那種解決法。

「與我無關，剛剛的事情都是這傢伙自己想要解決的。」學長重重地拍了一下我的肩膀，害我整個人差點站不穩偏了一下，「不過你們在這也不是辦法，遲早還是會被驅逐，我勸你們趕快離開這邊去找新地方住還比較實際。」

旗袍女面有難色地與牛頭人身對看了一眼，「說真的，現在大樓太多，靈氣之地減少，我們真的沒地方去了，所以只能待在這邊。」

難道廁所的靈氣就很多嗎？

你們是專門吸收來上廁所的人類的精華吧我知道。

學長瞪了我一眼然後偏著頭想了半晌，「這樣吧，我可以替你們導向去另外一個地方，你們要保證去了之後不再回來，如何？」

「自然是好！」牛頭人身只考慮了幾秒就回答了。

「很好。」學長拿出一小截的粉筆，然後走到洗手台那邊的鏡子，很快地在鏡面上畫了個圓形法陣，「如果相信我的話就過去吧，別回頭。」

※

我想，學長之所以會是黑袍，就是什麼都做得比我們還要周到。

今天換作是我，我大概會請他們繼續委屈到可以自己找到地方爲止。

旗袍女轉回過身進到鏡子裡面，不久之後，好幾個模糊影子就跟在她的身後走出來。

「非常謝謝您。」他們一致地向學長道謝完之後又朝我點點頭，一下子就消失在法陣裡面。

最後還沒離開的牛頭人身走到剛剛還在噴火、現在已經不噴、只剩下一個焦黑大圓球的眼珠前面，然後彎下身把手插進眼珠裡摸了摸，半晌後拿出一個黑亮的東西來。

我看仔細了，那好像是個寬寬的手環，黑色的，上面有個金色的十字花紋，感覺很古樸，應該是有點年代的東西。

「這個是老頭公的原形，就送給你吧。」牛頭人身拉了我的左手，把那個黑手環直接扣在我的手腕上。

照理來說應該是很感動的畫面。

可是我很掙扎，因爲我想說一句話……

爆燙的啊老大！

那手環剛剛被大火烘烤你還直接給我戴到手上！你是沒看過鐵板燒是不是！

「謝謝。」含著淚還要道謝，我有一種啞巴吃黃蓮的悲慘感覺。

「有緣再見。」牛頭人身很帥氣地對著我們兩個一揮手，馬上就消失在法陣之中。

然後……

「很燙嗎？不用繼續裝了。」學長很涼、很涼地說。

我一秒把手環脫下來，整個手腕都紅起來。那個牛頭人身到底是不是存心整我現在已經無從確認。

手腕有點小水泡，紅紅腫腫怪恐怖的。

這個時候要進行災害宣導，請跟著我一起做沖脫泡蓋送五個大動作！

「手過來。」學長朝我勾勾手指，然後伸出手掌。

我乖乖地把手給他。

學長右手拉住然後左掌就蓋在我的手腕上，低著頭不知道唸了些什麼東西。我感覺手腕有種莫名的冷度，幾秒後學長移開手。

這眞是太奇妙了！整個燙傷都消失了！

原來學長也會治癒法術！

「我不會。」他很誠實地打斷我的感動，「我學的是轉移，治癒還沒有時間學習。」

轉移？

學長把左手蓋在大理石的洗手台上，兩秒之後移開手，大理石上猛然出現被火燒燙過的痕跡，「這個手環你就戴著吧，算是不錯的東西。」學長聳聳肩，「對了，這個欲動之眼的工作我剛剛有接下來，晚一點你應該會有入帳。」

接下來？就是剛剛打電話回去會計部時候接的？

學長看了我一眼，點點頭，然後逕自就走出廁所。

「廁所怎麼辦？」我連忙跟上去，回頭看了一眼，廁所已經整間爛得差不多了。

「委託人自己會看著辦。」

嗯，好答案。

走出廁所之後，繞了幾圈回到剛剛的包廂，裡面的人還在唱歌，而且我隱約還聽見不知道是雷多還是雅多的聲音和五色雞頭在合唱。

曲目：愛的路上我和你。

他們看起來還沒玩完是吧？我現在很猶豫其實應該不要進去，反正他們玩瘋了也不會發現我消失。

「不可能。」學長站在我身後發出冷冷的笑聲。

我只好硬著頭皮打開門。

打開門那一秒我有一種好像……來到了外星球的感覺。房間裡有隻人面蜘蛛快速地從門口爬過去，後面還跟了人面魚游過去，然後螢幕牆左右，一邊出現小圓範圍的熱帶雨林，另一邊出現圓範圍的沙漠仙人掌附沙。

你們究竟玩到哪裡了！

這些詭異的東西是從哪邊生出來的？

服務生看到房間會發瘋然後撞牆自殺吧！

「不要擋路！」

學長從後面一腳往我屁股踹下去，我整個人重心不穩往前踉蹌了好幾步踩空。

然後、往下沉。

……

…………

是哪個混帳把沼澤放在門口的！

第四話　外宿

地點：Taiwan
時間：下午五點十七分

我發現自從認識這些人之後，我原本沒有、現在冒出的頭痛指數如同老年阿伯般，每日開始節節升高，完全不受控制。

某種靈異的噗嚕噗嚕聲響從我身邊傳來。

「漾漾，你怎麼沒跨過去啊？」把我從星沙沼澤裡拖出來的是之前我還以爲是天使，後來才認清楚她原來也是惡魔的喵喵，「星沙沼澤裡面都會有一些吃骨魚，要小心喔。」

吃骨魚是什麼鬼？

那字面上聽起來就很不吉利的東西到底是什麼鬼！

喀喀一聲，就在喵喵將我拉出來的同時，我聽到有某種東西跟在我下面一起被拖出來，而且還發出了靈異到讓人不想知道是什麼東西跟著你的聲音。

不要看不要看，千萬不要回頭看，不然我一定會後悔！

「你看，跟出來了。」喵喵像是拍灰塵還是拍垃圾一樣，在我身後拍了兩下，有某種東西又滾下去的聲音，咚地一聲，然後就消失了。

什麼東西跟出來！

應該沒有什麼東西會跟出來，我知道這一切都是我的錯覺，所以沼澤裡面什麼都沒有，我想太多了。對，就是這樣沒錯！

我被拖出沼澤之後，才發現身上黏的全部都是白沙沒有水啊泥什麼，拍一拍就乾淨了，一點殘餘都沒有留下來，還真是特別啊。

正想看看那到底是什麼沙時，災難突然從旁邊降臨，「漾漾你居然偷跑，接下來輪到你了。」千冬歲直接把我拖到螢幕前，不知道是不是我多心，我從剛剛開始就一直覺得螢幕牆旁邊有個不明人形一半陷入在牆裡面。

那是錯覺、那是錯覺，我知道那一切都是錯覺。

「你們唱就好了啦……」我一點都不想被輪到啊老大，真的、一點都不想。

鏘一聲，萊恩亮出雙刀直接插在地板上，也不知道等等怎麼賠，變臉後的萊恩老大一臉陰森森地看著我，「我們都已經唱過了，你敢不唱？」

「對不起，我唱。」我馬上拿著麥克風走回原地。

要知道變臉過後的萊恩跟變臉前的不一樣，最好不要隨便讓他冒火。

「漾漾，我們已經進行到雙唱處罰了，你要再點一個人喔。」不知道什麼時候手上多了一個很大的巧克力聖代，庚學姊一邊吃一邊告訴我這個殘酷的事實。

雙唱？啥鬼？

「不好意思，可不可以解釋一下那是什麼東西？」我覺得我可能已經跟不上流行了，大概兩年後就要進養老院，所以現在這些年輕玩意我都不太了解。

「就是兩個人一組唱歌，其中一個人沒唱出來兩個一起受罰。」喵喵很熱心地替我解釋。

已經玩到這種地步了嗎……

我大概可以想得到人面魚和人面蜘蛛應該是從這個遊戲裡面出現的。

「漾～快點找一個人。」五色雞頭很豪邁地坐在單人沙發上還蹺腳，手上一杯不知道是什麼的飲料，一直在冒泡泡。

說到點人……我瞄過去看學長，他用一種「點我就等死」的表情看我。

好啦，我知道你的意思了……

那我該點誰啊？

伊多跟萊恩剛剛見識過了，他們兩個肯定不太會唱。雷多跟雅多只會惡搞我不敢求，五色雞頭的歌我也不敢恭維。不知道庚還是喵喵她們唱得如何？剛剛沒有聽到所以不太清楚，不過就女生而言，應該比大部分男生都會唱吧？

「喵喵，把妳的人面蜘蛛拿走！」五色雞頭啪地一聲把爬來爬去的人面蜘蛛像蒼蠅一樣打下來。

「咬死你最好。」喵喵用力地吐了舌，完全沒有把蜘蛛抓走的打算。

等等，人面蜘蛛是喵喵的？也就是說她剛剛被處罰過了！

我一秒打消找喵喵的念頭。

「庚，這隻魚是哪邊的品種？」將在他頭上繞來繞去的人面魚抓下來丟在桌上，學長隨口發問。

「阿林多爾的人面魚。」

……我放棄找她們了。

就在我自暴自棄打算隨便選一個人然後認命地接受震撼處罰時，包廂的門給人一把推開，走進來一個人。他好像知道門口有沼澤圈，還很順腳地跨過去，完全跟我剛剛笨笨地中陷阱呈現對比。

「不好意思，工作臨時有變化，來晚了。」走進來的是原本應該不會出席的夏碎。

那一秒，我好像在一堆死灰裡面看見救命的火花。

呃、希望他是。

※

「夏……」

我看見千冬歲猛然站起身，好像想說什麼。

不過夏碎就是微笑地跟他點點頭，然後將身上的紫袍給脫掉放在一邊，就坐到學長身邊的空位、硬生生截斷他未出口的話；見到對方如此，千冬歲也就無聲地坐回原位。

完全看得出來他是匆匆忙忙趕過來的，因爲袍子上還沾了某種不明物體，「各位現在唱到哪邊了？」

「現在玩兩人雙唱啦。」雷多一看到又有人出現，開始起鬨，「剛好輪到漾漾，夏碎大人剛好搭成一組。」他一講，連喵喵跟萊恩也開始鼓譟叫好。

「那我就不客氣囉。」夏碎就是很大方地微微一笑，也沒有說什麼，接過麥克風就走到螢幕牆前站在我旁邊，「那，歌呢？」

「亂點的。」庚學姊隨手又輸入一組號碼。

一個很輕快的音樂響了起來。

我的臉也差不多黑了。

不是台語歌就是卡通、動畫歌，我眞的懷疑庚學姊有百分之九十的整人嫌疑。

爲什麼KTV裡面會給我出現獅子王的歌曲！還是山豬跟牠同伴的那首主題曲！

見鬼了！

一聽到音樂，差不多整間人都吹起口哨拍手叫好。你們是都知道這首是啥歌對吧！

爲什麼你們會知道？

「這首兩人雙唱的剛好，褚應該會吧。」夏碎小聲地在我耳邊說。

拜託，我當然會，想當年動畫剛出來時還紅透半邊天勒，路上都聽見小鬼在那邊唸，怎麼可能不會唱。

「很好，那就開始吧。」看到我的表情，差不多也猜到的夏碎拍了下我的肩膀，「阿……」我震驚了。

沒想到夏碎居然眞的會唱！嚇到我了！

一斷音時我還沒回過神，聽到落空的音樂之後我連忙補上接著唱。

「喔喔喔喔——！」底下在聽的人爆出掌聲鼓勵，整個就是很振奮，突然就唱出成就感來了，然後我更加賣力地和夏碎一起輪流接唱。

那首動畫歌很短很短，一下子就沒有了，不過好像是我玩得最高興的一首歌。

一唱完，大家都很用力地鼓掌。

「沒想到漾漾唱歌居然不錯聽。」喵喵蹦過來拉著我的手回到沙發，「等等我們也合唱。」她衝著我猛笑，非常認眞地說。

「呃……好啊。」我不知道我唱得好不好聽，因爲我也很少唱歌就是。不過看他們那麼樂，我想應該是還可以聽啦。

「接下來自由點唱時間，第一發是冰炎殿下跟夏碎大人！」不知道什麼時候拿了麥克風站在最前面，搖身一變變成司儀的雷多，推推臉上不知何時冒出的墨鏡，很帥氣地踩在剛剛被五色雞頭拿去當道具沒有收回來的冰桶上。

學長跟夏碎？

這個組合倒是很有趣，大家都知道他們兩個是好搭檔，現在連唱歌都是搭檔就是了吧。

某種很民俗搖滾的音樂響起。很耳熟的音樂……我知道了，好像是最近的新歌，可是不是中文的，他用了很多大地系的樂器和電子音樂加在一起，如果我沒有記錯的話它還是一首對唱歌。

是男女對唱歌、而且還是殺氣很重的那種……

我突然發現一件事情，剛剛學長好像沒有被點到唱歌對吧！

「咳咳，接下來讓遲到的我與早到的冰炎給大家帶首歌。」

全部人都愣掉了。

不是因爲搭檔合唱，是夏碎剛剛咳咳兩聲之後，變成……女生的聲音，而且是那種你閉上眼睛聽，絕對會認爲是二十歲出頭美女的那種靈異聲音。

他是鬼！一定是！

他是萬年難以消除的恐怖厲鬼。

果然會跟學長搭檔的也絕對不是什麼正常人。

我再度深深體會到這一點。

❋

歡唱大會結束之後，剛好是晚上十一點整。

我們整整在裡面唱了將近七、八個小時。

好可怕……

我下次不敢隨便跟他們來這種地方了。

「你們有沒有把裡面整理乾淨？」將剩下時數帳款都結清之後，學長隨口一問。

「有。」喵喵還是很精神地用力舉手回答，「喵喵有整理得很乾淨很乾淨喔！」

可以很明顯聽出來，喵喵講話都有點沙啞了。

我覺得這個應該就是自作孽，一大群人關在裡面瘋狂唱了七、八個小時，不沙啞都難，而且裡面還包括了瘋狂處罰競賽。

「好好玩，下次換我們請客。」顯然是迷上歡唱遊戲的雷多拿出記事本，然後一本正經地轉向他老哥，「選一個黃道吉日吧。」

「……」這是伊多的回答。

「不好意思我們要先告辭了，今日一遊沒有告知族中，得先回去報告了。」眾人裡還維持原樣沒有變聲的雅多，畢恭畢敬地向學長等人打了招呼，「漾，今天很謝謝你們的招待，下回兒也請讓我們回禮。」

「呃？」並不是我招待的啊。

「我們等等也有工作要先走囉。」萊恩與千冬歲兩人看了一下手錶，也表示要先離開。

「喵喵想睡覺了。」打了一個大大哈欠，喵喵揉了揉眼睛。

「那我們就在這邊解散吧。」

「好。」

「掰掰囉。」

沒有幾秒的時間，原本剛剛的一大群人瞬間散光光。

學長與夏碎還站在旁邊不知道在說些什麼。

出到大門口之後，我才發現今天晚上的風很大，而且有點冰冰涼涼的好像飄雨絲。

對了，我想起來他們有說過這兩天颱風會來。

我放在口袋裡的手機突然響了兩聲，有簡訊傳進來，打開一看上面署名是來自於學校的會計部。打開內容，裡面果然又是一筆可以嚇死我，可是嚇不死其他人的天價。

因爲之前有經驗了，所以我的驚嚇程度從最高級變成普通高級，只是驚恐了幾秒就回神了，不過這次砸掉廁所竟然沒被求償，八成是店家自己吸收了，不幸中的大幸。

「嗯，這個工作比我想的還要多一點。」不知道什麼時候湊到我身後看簡訊的學長猛然出聲，差點嚇到我鬆手。

「夏碎學長呢？」最後一個人也不見了，現在剩我們兩個還站在大風吹的街頭。

「他還有工作，先走人了。」

「喔。」大家還眞忙碌。

風忽大忽小，猛地傳來呼呼的巨大聲響，果然是颱風要登陸的感覺。不知道是不是習慣學校那種安安穩穩的詭異平靜天氣，現在一回來就碰到颱風，突然有點不習慣起來，感覺好像已經很久沒有看到天氣變化了。

「其實學院也有天氣變化，只是爲了方便，會將所有的變化壓制到最小，以免學生上課不便；畢竟學生上課時經常會使用符咒法陣等等，若是天氣驟變會影響該有的學習。」學長在旁邊的飲料機投了兩瓶飲料，然後拋了一瓶給我，「被壓抑的話，例如外面天氣現在是暴雨雷電，可能學院當中只會是細雨飄絲，而溫度在大結界影響中也不會變化太大。但這些僅僅就是在學院當中而已，一出了學院的門，外面的天氣依舊照著自然而動。」

也就是很可能會發生夏天時我在學院裡面明明是常溫，結果一踏出學院馬上變人乾這種事情嗎？

「差不多就是這樣。」學長點點頭，算是同意我的想法。

原來是這樣，因爲我一直住在宿舍裡面沒有四處亂跑，而宿舍是學院的一部分，難怪我會覺得那邊的天氣一直都是這樣沒有變動過，我懂了。

……

不對！等等！

那意思也就是說如果學校爽的話，裡面變成沙漠也是有可能的事嗎！

我突然覺得生命堪憂。

「現在這麼晚你回家可以嗎？」好像不想回答我學校爽變天氣的問題，學長話題一轉，轉向另外一件事。

被這麼一提醒我才想起來，這種詭異的時間跑回家我老媽不知道會不會罵人。

半夜十一點多耶……

感覺上很像不睡覺在外趴趴走亂遊蕩的青少年。

我老媽跟老姊都是睡覺起床很定時那種人，上床休息時間絕對不會超過十一點，不曉得現在回家敲門把她們挖起來會不會被凌虐？

「不然你今天先跟我去住宿，明天再回家吧？」

就在我想想覺得有點怪怪、要回答學長時，另一邊傳來很大的叫罵聲。

「靠！你們是黑店喔！沒唱多久收那麼貴要死！」

我看見幾個人跟服務生起衝突。

幾個被五色雞毛惡整的衰鬼。

「褚，不用管他們了。」

學長按著我的肩膀這樣說。

那一整群人指著帳單衝著店家叫罵，我也看見店裡面有好幾個服務生也臉色不善地出來圍在旁邊，就是看他們要怎樣鬧事，「明明才唱四個小時要收七小時的錢，你們搶匪喔！」

「不好意思，這位先生，你們佔用包廂七小時多的時間，這個記錄上面都有，我們只是按計價算帳而已。」應對的服務生遞上店內的帳單，馬上被何政那邊帶頭的暴怒撕碎。

「我聽你在放屁！」

「我們店裡都有做定時記錄，如果你們要存心來鬧的話我們就報警，看看誰對。」服務生的語氣也轉向強硬，有種很難轉圜的餘地；同時也跟同伴使了個眼色，不知道是什麼意思。

「有膽你去報啊！當心我撂兄弟來砸店！」

兩邊的火氣都很大，有種一觸即發的感覺。

我想一想，反正剛剛進帳也還算滿多的，做個好事幫何政個忙，以後同學就兩不相欠了，應該可以吧？

而且這件事情追根究柢還是五色雞頭搞出來的。

「褚，有時候想當好人也得看對象。」學長環著手看著不遠處已經火衝開罵的那群人，冷冷地哼了聲。

「還好吧，反正就這麼一次，我又不是常常都幫忙。」而且我覺得不幫個小忙的話，等等可能很快就可以看見街頭流血事件了。然後警察來、記者報，明天不是頭條也是社會版大新聞，標題叫「青少年深夜徘徊ＫＴＶ，白唱歌不付錢與服務生發生火爆衝撞」。

接著版面上放大的相片裡就可以看見我同學排排站，臉上被打了馬賽克還是黑槓槓，因爲他老兄還未成年。

「我去幫他們結個帳，一下就好。」我想，大概鬼迷心竅還是什麼，也有可能是長久以來都被他們看不起，好不容易有個什麼東西可以贏他們的心態作祟吧。

總之，很難說得清楚。

不到五分鐘之後，我在櫃台幫他們結完將近萬元的帳款，又出了店門。

服務生一收到款項之後，也不管他們是不是還在叫囂什麼，在店長出面時紛紛回到店裡不管那幫人了。

「褚，走吧。」學長在那群人還沒注意到是我結帳之前，就一把拖著我的領子往偏暗巷子的地方走去，確定了沒有人跟進來才放開。

「現在要去哪？」我突然想起剛剛提到的住宿問題。我在台中住這麼久，倒是還沒有住過台中的旅館什麼的。不過以前跟家人出去玩時住過幾個地方。

不過不知道爲什麼，很倒楣的我，每次住到的房間百分之九十九都有問題，機率之高，令人嘖嘖稱奇。

「隨便找家舒服的旅館住。」

學長彈了一下手指，我才注意到不知道什麼時候地板上已經出現法陣，一秒之後我們已經不在剛剛的暗巷子裡，變成另外一個地方的轉角角落。

一走出角落，我看見眼前是一整棟傳說中的……豪華精緻大飯店。

這個叫作隨便找？

老大你的標準也太高了一點喔！

這個地方怎麼看都是那種一晚睡下去等於平民百姓一個星期、一個月甚至是一年血汗錢的好野人專用的神祕地方。

「走了，進去了。」學長不由分說一把拖了我就走。

「等等，你也給我整理儀容一下。」

「襯衫牛仔褲整理個屁。」冰冷的語言毫不留情地往我頭上砸。

嗚嗚，學長你說話也太直接了吧，讓我做做樣子自己心安也不行嗎？

剛一靠近自動門就大大地開啓，迎面的冷氣帶著清香，閃亮的光出現在眼前，裡面整個富麗堂皇得讓我好想轉頭就逃啊。

我是窮人我是窮人……這地方是外星球這地方是外星球……

啪一聲學長一巴砸在我腦後。

「不好意思，請問兩位同學有事情嗎？」很快迎上來的接待女服務員稍稍看了我們一下之後，很有禮貌地問。

這裡整個地方就只有我格格不入，看起來還比較像來倒垃圾的。

「住飯店、開房間。」

「噗！」我差點被自己的口水嗆死。

一個人住就算了，學長請你記得還有一個我啊！

這是什麼鬼話！

「啊？」顯然，服務員也態態反應不過來。

不遠有個看起來好像比較高階、不知道是主管還什麼的人匆匆地走過來，「怎麼了？」他先向我們兩個禮貌性地點了頭，才轉過身問那位服務員。

「我們兩個要住宿，用一間雙人房就可以了。」學長口氣有點懶洋洋的，然後從口袋掏出那張萬能付帳卡給主管。

因爲現在靠得很近我才注意到，學長的卡片長得跟我不久前申請的不太一樣，上面多了一個黑金色的花紋，下面寫了字，我看不懂。

那個主管一看到卡片先愣了一下，接著整個態度都大轉，「很抱歉怠慢了，兩位請隨我過來。」整個就是變得非常有禮貌外加戰戰兢兢。

難不成那張卡片上寫了什麼威脅他全家嗎？

啪地一聲，我的腦袋二度被砸。

※

「這個房間給兩位使用，希望兩位會滿意。如果有需要什麼服務，房間裡都有服務鈴，我們有專人隨時待命。」主管帶著我們搭著電梯直升十來樓，然後才在一扇房門前停下來。

說眞的，我的眼皮在跳。

「好，謝了。」學長收回卡片跟鑰匙卡，在主管走掉之後才自行打開房間的電子鎖。

所以說眞不愧是大飯店，連房門鎖都用得這麼先進，我們上次去住宿的地方都還是給鑰匙，有時候還會抽到爛鑰匙，要插對角度門才會開。

就在我魂遊九重天時，學長已經開了門走進去，然後按了室內燈。

有那麼一秒我差點眼睛被閃到抽筋。

這是人住的地方嗎？眞的是人住的地方嗎！

我看見一間金光閃閃、瑞氣千條的超級豪華大房間。

我的眼睛抽筋了。

救命！

「很囉唆耶你，快進去啦！」學長神出鬼沒地繞到我後面把我踹進去那個大房間。

好傻眼、整個都傻眼。

地毯是白色長毛、傳說中的超柔軟逸品。房間挑高樓中樓，下面是小客廳上面是大圓床，外加觀景豪華按摩浴缸，整面的大型玻璃透明牆，讓你半夜睡不著看著閃亮亮的夜景到昏，自用小廚房還有不知道幾吋的大型液晶電視螢幕……總之就是奢華到我都不敢踏出一步怕踩爛一根毛要賠的地步。

這是惡夢，這是一個閃亮亮的可怕惡夢。

「我記得上次問過，這邊一個晚上好像要七萬多元的樣子。」學長硬把我拖進去小客廳隨地丟棄，然後很熟稔地走到小型廚房裡面給自己沖茶。

「七七七七七七七七……」

我耳朵抽筋聽錯了我耳朵抽筋聽錯了我耳朵抽筋聽錯了……

那個不是正常人可以住得起的數字是什麼？

不就是我老爸拚死拚活、流血流汗一個半月才會出現的薪水數字嗎！

「放心吧，黑袍在各地倍受禮遇，我上次來工作也是住這個地方，一毛錢都不用付。」很怡然自得地坐進長毛白色大沙發裡，學長拿著杯子整個人陷了一半下去，讓他看起來本來就不怎麼雄壯威武的身體更小了一號，「像白袍、紫袍也一樣，另外我們學校的學生、像你，如果要來住的話是算作實習費用，一般而言，這邊的飯店會巴不得我們入住，連學生住都便宜得不得了。」

所謂的便宜是指住總統套房很像住民房嗎？

「大概就是那個意思。」學長居然還點頭。

想想也是，住進來一個黑袍等於萬一好死不死飯店有神祕離奇事件發生時，隨時都有個萬能保全者可以幫忙。

「嗯，褚你要記住，我們能在各地接受許多禮遇幫助，或是優惠時就更要格外愛惜這些資源，必要時的確得幫忙場地主人；因爲在我們之前的前輩們就是這樣替我們打下基礎與各界的信任，所以現在我們才能夠暢行無阻。」學長放下杯子，很認眞地這樣告訴我。

「我知道了。」我也很認眞地點頭。

「那好，我要去睡了，好累。」

「欸？」

話題一下子跳出三千公里遠。

不過當我看著這個豪華至極的房間之後，我可能稍稍有點了解學長說的話。

因爲信任與相輔相成的基礎建立，所以現在連渺小如我都能夠受惠得利。

我想，不管在什麼地方應該都會是這樣。

「我也要睡了。」

今天爆累的，明天還要處理那個工地事情哩……

那就睡吧。

看著挑高樓層上的柔軟床鋪。

不知道爲什麼我突然有一種感覺……

我今晚很可能會失眠了。

第五話　颱風天的家裡

地點：Taiwan
時間：清晨五點十一分

那天晚上我作了一個怪夢。

夢裡四處都是黑的，像是一條黑色的小路，盡頭很光亮。

我隨著亮光走，走出了那條不知道多深的小路時，在光亮的另一頭看見了另一個人。

那個人是我最熟的人，可是他現在的樣子又跟我平常時候看見的他不太一樣。

站在光亮處的是學長，他穿著平常的黑袍大衣。可是他和平常不同，一頭像是血也像是火的紅髮隨著不知哪邊來的狂風飛散，血紅色的眼睛看著光亮處的另外一頭。

他沒有看向我，給人的感覺異常冰冷，不知道該怎麼說，就是不太對勁。

光亮處那方飛過來一個東西，有翅膀，好像是隻很大的鳥，渾身發亮，所以我看不清楚那東西的模樣，只知道牠就棲息在學長的手臂上。

四周很冷。

那隻應該是鳥的東西身體越來越亮，慢慢地將周圍的景物給映出來。

是個天然的地下石窟。

一個我曾去過的地方，冷得像是地獄、葬著精靈族最大禁忌鬼王之地。

我跟學長就站在河的旁邊，然後，學長面無表情地看著河水。

記得那下面有鬼王的屍體，而且他還曾復活過一次。

基於人本好奇，我也小心翼翼地移動身體，然後踮了腳往水下看。

或許這一輩子，我最後悔的事情就是看到水下物。

※

「褚，醒一醒。」

還沒睡醒，我突然就被人拎起來然後迷迷糊糊之間感覺兩頰就是啪啪的劇痛傳來。

嚇醒，瞪大眼睛我看見學長扯住我的衣領，另一手還高高地舉起，明顯就是行凶的動作。

如果我沒醒你老大是還打算多給幾巴掌是吧？

「幹、幹嘛。」我連忙兩手捂著臉頰，很怕他一時興起又來個兩巴掌。天知道學長的手勁有多強，再被他摑個幾次我的平臉大概會變成腫臉。人家睡得好好的，突然被賞巴掌到醒，我想如果被賞的這個人不是我而是五色雞頭，大概早就我們出去外面一決生死、不死不罷休之類的了。

學長鬆開手，從我床上跳下去，像貓一樣，輕得一點聲音都沒有，「你剛剛夢到什麼？」他整理凌亂的衣服跟長髮，看起來好像也是剛剛睡醒的樣子。

我看了一下落地窗外的天色，昏昏暗暗的黑藍色，還很早。

外面在下雨，雨頗大的，整面落地窗玻璃上都是雨水，可以從不斷飛過去的雜物來推測風應該也很大，不過這裡有做隔音，所以聽不出來。

「你剛剛夢到什麼？」學長就站在床邊重新發問。

我剛剛夢到什麼？

「也沒什麼，就夢到上次去的那個什麼鬼王的地方。」我不知道學長幹嘛要問這個，怪夢我也常常作啊，又不是第一次。不過話說回來，剛剛我明明有往下看，看到一個我覺得應該不該看見的東西，怎麼起床之後完全沒有印象那個是什麼？

糟糕，我不會有老人痴呆了吧。

站在床邊的學長慢慢把手抬起來，就在我以爲他又要呼我巴掌時，他緩慢把手轉過來，我才看到他手上抓著一個黑色小小的東西，正在不停掙扎亂動，可是完全掙脫不出學長的手掌心，「這個東西叫食夢鬼，專門吃有力量的夢。」

「有力量？」啥鬼？睡到一半靈魂出竅那種嗎？

「例如預知夢、眞實夢、詛咒夢、咒殺之夢那些東西。」學長皺著眉然後手指掐緊，那個黑色小東西發出一個小小細細的尖銳聲響，然後整個消滅，連灰都沒有剩下來。「食夢鬼是有害的，如果就放任他啃食有力量的夢，輕則醒來虛脫，重則永遠醒不過來，但也不會再作夢了。」

我愣一下，然後開始冒冷汗了。

自從進到學校以後，我發現我好像經常不經意地身在某種詭異的危機之中。

「食夢鬼平常很少見到，我想大概是颱風的自然現象也有某程度的影響。」一邊走下樓中樓的樓梯，學長邊打了個哈欠，「突然跑進來害我沒睡飽就醒來抓……」完全的抱怨口氣。

其實我覺得我應該比較有資格抱怨。

學長是被驚醒的。

我是被呼巴掌醒的，怎麼想都覺得我比較痛啊！

房間的燈一下全都亮起來，整個室內擺設立即又閃亮到讓我眼睛刺痛。

學長在下面走來走去，沒多久我就聽見浴室傳來水聲，應該是在盥洗。

我又躺回床上偷偷瞇了一下，過一會兒才完全清醒過來。

「你要叫客房服務的早餐嗎？」整理完衣著之後，學長在下面的小廚房翻出了土司跟牛奶，逕自丟到烤箱裡面烤起來，然後端著牛奶走出廚房到下面的小客廳沙發坐著。

看見學長吃早餐的動作，不知道爲什麼我突然有點鬆了一口氣。

這樣就代表今天晚上要去看的什麼卷之獸應該不會很難對付，不然學長就不會吃東西了。

「不用了，我也吃麵包就好了。」天知道叫客房服務還要多花別人多少錢。

我從軟綿綿的床上跳下來，摺好棉被也跟著下了樓梯，下面已經傳來烤麵包的香氣。

果然不愧是高級套房，連麵包都香成這樣子。

「在廚房裡面，自己去弄，好像還有料理包。」學長按開了電視，是新聞頻道，正在播報颱風資訊，還有今日停止上班上課等等。

外面的風雨果然很大，我看了一下窗外還是很暗的天色才走進廚房。

小廚房的設備很完善，昨天剛住進來時馬上就跑去盥洗睡覺所以沒有注意到，裡面幾乎什麼都有，從冰箱到瓦斯爐、流理台、烤箱和微波爐等等，廚房用具幾近齊全。小冰箱裡面塞得滿滿的食材、幾乎都是新鮮剛進，看起來應該是有在定期更換。

麵包是擺在一邊，用塑膠袋封著，很軟，我想應該也是現做不久。

該不會在我清醒之前，飯店人員已經偷偷潛入把食材全都換上最新鮮的了吧？

我打開另一個壁櫥，裡面還有一些速食包、飲料罐，可以馬上沖泡還是隨便煮點東西來吃。

速食包的材料項目太高級了我不敢開，一秒就放回去原位。烤箱裡的燈熄了，我想起來剛剛學長烤了麵包，先找了一個盤子把裡面的麵包拿出來裝，然後再放一份下去，「學長，你要哪種抹醬？」我打開櫃子，裡面有好幾瓶未拆封的果醬，上面寫滿了看不懂的外文，唯一可以辨別的就是每罐都標榜純天然手工果醬。

「隨便。」學長連回頭也沒有就直直盯著電視看。

不過就是報導颱風天的電視有啥好看的？

我每年都會看個幾次，看到都習慣了。

就在我把兩份麵包拿出廚房同時，學長忽然把電視給關了，「颱風天還真是會引來一些不必要的東西。」

基本上，我完全不想問是引來什麼東西……大概可以猜得到答案。

「我開了桔子果醬。」將盤子放在桌上，果醬的香氣馬上瀰漫在整個空間當中，我立刻感覺到極度的餓感。

「嗯。」學長點了點頭，將落下的髮絲撥到耳後才拿起盤子裡的麵包輕輕地咬下一口。整個動作就是優雅到不行，害我不敢狼吞虎嚥發揮平常一口吃一半的實力。

一份麵包其實不太夠塡飽肚子，尤其是這間飯店提供的麵包又香又軟，烤過之後還酥酥脆脆的入口即化，搭配上手工果醬的香氣眞的是種人間美味，將盤子裡的麵包吃完之後我還意猶未竟的。不曉得學長還吃不吃？

「你去弄你自己的那一份就好了。」才吃掉半塊麵包的學長看了我一眼，這樣說著。

「喔、好。」

才剛站起身，我突然聽見某種很像音樂鈴的聲響，是桌子附近的電話響起的聲音。

最靠近的學長傾過身勾起了話筒，「嗯？我們沒叫啊。」他微微皺了眉然後掛掉電話，紅眼就往我這邊看過來，「褚，你去開一下門，飯店送早餐來了。」

咦？不是沒有叫客房服務嗎？

「他們自己送來了。」

自己送過來？他怎麼會知道我們已經起床了？還知道我們在吃早餐？

忍者！

飯店裡面一定有忍者！

很懷疑地走過去打開門之後，我果然看見外面有個服務生推著推車站在門口。

就像電視中看見的侍者一樣，服務生架式極好，端著推車上蓋著銀色大蓋的盤走進房間，動作優雅俐落，盤子連傾斜都沒有。他後面跟了兩個人，同樣捧著大盤子。

「這是我們飯店董事長招待兩位的特別餐，是主廚的精心傑作，希望兩位能賞臉品嚐。」侍者的聲音不大也不小，客客氣氣的感覺很平易近人，「董事長知道兩位不喜歡被打擾，所以吩咐我們送餐過來聊表歡迎兩位的心意。」

學長看了對方一眼，沒什麼太大的表情變化，「幫我向董事長道謝，離去之前我會幫他將飯店四周仔細看過代表我的謝意。」

侍者又道過謝，於是示意另兩人將幾個盤子放上桌擺好，才退出去。

看著一連串很像某種接見流程的場面，我傻傻地關上門，看著桌上的大盤。

「褚，過來吃吧，放著丟掉也浪費。」學長呼了口氣，揭開了圓蓋。

那一秒，我再度被裡面的食物刺瞎眼睛。

我突然覺得，我應該還是比較適合去烤麵包。

出現在蓋子下面的是一大盤精緻的餐食，荷葉上裝著一鍋看起來就是那種很貴的養生粥，旁邊是高級小菜，整個餐點金光閃閃、高貴到我不敢吃。打開其他兩盤，也都是那種高價的餐點，還附上琉璃餐具兩副在旁邊，紙巾什麼的樣樣都不缺。

原來這就是傳說中好野人的早晨生活。

好、可、怕、喔。

「我、我去烤麵包好了。」看見其中一盤白色糕片的餐點上居然灑著金箔，我立即萌生撤退逃逸想法，一大早吃這麼好絕對會拉肚子。

「給我滾過來吃。」學長發出最後的終極警告。

我馬上衝到他對面的位子乖乖坐好。

好香，整個早餐都好香。

「你慢慢吃，我等等要先出去逛一趟。」學長自行盛了碗粥水放在桌上。

逛一趟？

沒想到學長居然有逛飯店的嗜好。

「我要出去看看四周有沒有不乾淨的東西。」紅眼惡狠狠瞪了我一下，「算是早餐的回報。」

天啊……一頓可能上千元的早餐只是要你在飯店逛一圈？

我突然覺得黑袍真的是非人哉。

「囉唆！」警告聲再度傳來。

咳了聲，我拿起餐具低下頭不敢再亂想了，要不然，等等那鍋粥往我身上潑可能會很痛。

嗯……應該是痛到死吧。

※

約八點過後，我與迸完飯店、不浪費時間馬上出發的學長步出了飯店的大門。

一塊寫著×××健身中心的牌子從我的正前方飛過去，匡啷匡啷之後，滾三圈飛走投奔更遠的彼方。

颱風天……也太強了一點吧。

該不會其實這是傳說中的龍捲風終於登陸了！

「這種天氣如果要使用移動符要很小心。」學長看著狂風暴雨，突然很鎮定地開口說著：「我記得去年有一個一樣是從這邊世界來的學生，為了在朋友面前耍帥，在颱風天用了移動符，結果被氣候波動給干擾，整個人嵌在牆壁裡面出不來，還是醫療班聽到消息去救人才了事。」

我看著第二塊飛過去的招牌，它匡匡匡地消失在盡頭。

「學長，你可以放心，我想我應該不會在颱風天用移動符的。」我不想耍帥，因爲我很有自知之明地知道自己是個衰人，一定是傳說中的「百發百中」，我暫時沒有想要和醫療班的人混熟。另外還有一個重點，就是應該沒有人想看我耍帥，想看我耍衰的才有一大票。

「我想講的不是這個。」紅眼看了我一下，「像符紙類的東西在使用上有時必須考慮到氣候因素，因爲它們是固定式儲存法咒類，極爲容易因爲周圍環境的因素而出問題。」

我發現學長現在好像是在有感而發。

我們前面飛過兩塊招牌和一棵樹，他老大還很有閒情逸致地慢慢講解。

現在我好怕下一秒飛出去的是我們。

「先送你回去，別忘記今天晚上我們還要去看卷之獸以及你接下來的那個工作。」

呃，那個就是算我接的嗎……

「就是你接的。」學長很快地給我加了肯定句，「放心，跟卷之獸一起處理時，我也在旁邊，死不了人。」

好吧，反正死不了人。

「對了，學長你還要去哪邊嗎？」我聽他剛剛說要先送我回去晚上再去看卷之獸，那剩下時間裡面他要幹嘛？

「沒有，可能在附近一帶打發時間。」

打發時間？說眞的，我很難想像學長所謂的打發時間，打小鋼珠嗎？

叩一聲，學長直接往我腦後賞一拳，「你家到了。」

不知不覺我已經站在家門口的雨棚下，外面還是大風大雨，一堆樹枝斷得到處都是，亂七八糟的。

我突然想起來這個畫面好眼熟，就和剛開始認識學長的某一次很像。

原來那時候學長送我回去沒有看到他用移動符的原因是他用的是移送陣。

謎底揭曉了。

就在我要按門鈴的同時，門突然自己開了。

這種狀況我只有在學校時看到，一般都當成見鬼，可是在我家看到就很驚悚了。

我才兩個多月沒回家，我家已經晉級變成鬼屋了嗎？

「你站在外面幹嘛？」

開門的居然是我老姊，過了兩個多月沒看見她，不知道爲什麼我突然有種得救的感覺。

從異星球回到家之後大概都會有這種懷念感。

「你發神經喔，在颱風天才想到要回家，剛剛被招牌打到是不是？」過兩個月嘴巴依舊很毒的褚冥玥用一種看神經病的眼神看我，「先進來吧，老媽才在說你這不肖子去住兩個月連電話都沒有，也沒想到回家一趟，等你回來就等著好看，你就回來了。」

……不是我不想回家，是發生的事情太多了，完全是處於一言難盡的終極狀況。

「我先走了。」學長把帽子戴在頭上，壓得很低。

「外面風雨那麼大，你要不要進來等雨小一點再走？」意外的，冥玥居然喊住學長還留人。

學長轉過來，先看了我老姊一眼。

不知道是不是我的錯覺，他們兩個感覺上不太像是剛認識的人。因爲剛認識的人應該都會比較陌生，而他們表情上完全找不到陌生這兩個字。

可，我老姊不可能認識學長才對。

就算之前學長來過我家一、兩次互相看過一面，應該也不可能熟吧？

「反正學長你也沒有特別要去哪邊，要不要來我家玩？」看看外面風雨真的很大，外面的店家應該都關著才對，學長還可以去哪裡打發時間？

沒地方吧，還是你真的想去打小鋼珠啊？

帽子下的眼睛凶狠地瞪過來。

接著在他揍我前，玄關就先傳來聲音、我很熟悉的聲音，「小玥妳在跟誰講話啊？我好像聽到漾漾的聲音。」

我好像聽見傳說中大魔王的出場音樂響起。

闊別好一段時間、我老媽出場了。

※

現在的地點是在我家客廳。

我老媽出場，學長就算想走也不能走了。

「你這個死小孩還想到要回家喔！你老母我還在想你是不是直接死在新學校被埋屍，每天晚上等你托夢回來好去挖屍體，沒想到你還知道給我活回來！」一進到客廳我老媽劈頭就是長長一串給我好久不見的開場白。

「因爲學校忙啊……」我摀住耳朵，我老媽直接在我耳朵旁邊吼，有種被雷打到的錯覺。

「忙你的死人骨頭！你以前在學校怎麼不忙現在才忙。」我老媽完全不接受反駁，一手拽了我的耳朵用力扭，「死小孩啊，你是翅膀長硬了嫌住家裡太悶，一出去就給我到處逍遙是不是，皮太癢了，繃不緊是不是？」

「沒有啦沒有啦，學校眞的事情很多啊，好痛好痛……」

「你還知道痛！」

相較於我們這邊的吵鬧，沙發電視區就顯得非常悠閒。某兩個無關己事的人一人坐一邊捧著馬克杯喝飲料，配我老媽最自豪的手工餅乾，整個看起來就是另一個世界。

「妳家還滿熱鬧的。」閒人一號的學長如是說。

「常常這樣，見怪不怪，看久了就習慣了。」閒人二號的褚冥玥如此回答。

兩個人很一致地繼續喝茶。

喂喂！你們好歹也一個過來勸一勸不行嗎！

半晌，我老媽約是教訓夠了，就把我像破抹布一樣丟到旁邊任我自生自滅，才想到招呼學長起來。兩個月沒回家，我在家裡最底層的地位都消失了，好可悲……

「外面風雨大成這樣你們是怎麼回來的？」

我老媽起疑了，因爲我跟學長身上都乾乾淨淨的沒有泥水，不太像是颱風天出門的人。

「就是……」

我一秒撲上把學長的嘴巴摀起來，「我們剛剛有穿雨衣啦，可是回來時脫掉雨衣就飛了。」我知道學長不會說法陣的事，不過與其聽到很靈異的答案，我覺得我解釋應該會比較快一點。

雖然答案很勉強。

「這樣喔。」我老媽看起來好像還是有點懷疑，不過沒有繼續問下去。

啪一聲，學長把我的手打掉，還附帶凶惡地瞪了我一眼。

「外面風雨那麼大，漾漾的學長你要不要今天先住這邊？反正我們家還有空房間可以睡，還是你家裡父母會擔心，要不要先打個電話回去問一下？」我老媽很和藹可親地問，跟剛剛教訓我的表情完全是兩極化。

話說回來，經過昨天住宿之後，我在想叫學長住我家會不會太委屈他一點了？

學長看了我一眼，我下意識覺得學長可能想拒絕，可是又不好拒絕。

「那就打擾阿姨了。」學長慢了好幾秒之後才很有禮貌地跟我老媽道謝。

「不會不會，家裡多幾個人還比較熱鬧一點，對了，阿姨還不知道你的名字。」我老媽問到重點了。

「……冰炎。」

「眞奇怪的名字，你們這年代的小孩，名字越來越藝術了。」頓了頓，我老媽才看了一眼客廳的時鐘，「對了，阿姨剛剛才在弄午餐，你跟漾漾看要不要先去洗個手洗個臉，等等就可以吃午餐了。」

接著，我老媽轉過頭面對我，一秒變臉，「快帶你學長去洗手會不會！」差別待遇要這麼大嗎？

「謝謝阿姨。」學長繼續很有禮貌地道謝，然後才拖著我往客廳外面走廊走去。現在這是我家吧，你怎麼走得比我還順啊？

走到外邊走廊時，我突然愣了一下，我家有這麼擠嗎？

走廊上的裝飾沒有變，燈飾、掛照也都沒有變，不知道爲什麼走廊好像比我記憶中來得狹小一點；就好像有某種我看不到的東西擠在走廊的樣子。

「你現在才注意到嗎？」學長看了我一眼。

「呃……眞的有？」

學長點點頭，「通常夏天比較會出現這種狀況，尤其是颱風時，其實大部分沒有惡意，只是進來借地方避避，不管他們也沒關係，颱風一停就會自己走了。」一副沒什麼大不了的表情，學長不用我帶路就自己找到浴室，進去洗手、洗臉。

他還眞聽話，居然眞的照我老媽的話做……搞不好學長在某方面來說是異常聽話的人。

「可是我還是第一次在我家看見這種情形耶。」靠在浴室門口，我突然懷疑了。就過去颱風天的印象來說，我好像從來沒有注意到走廊有這種變化，這還是第一次看見。

浴室的門猛地被打開。

「有一部分原因是因爲你現在在學院裡面。學院因爲有結界輔助的關係，所以能力時間遠比所有世界來得快。打個比方，你在未進到學院之前的能力如果按照這世界而走，可能要十年的時間潮流洗刷，才會看清楚走廊的東西。而進學院之後，因爲受到輔助結界的影響，你很可能只用了一個月、甚至不到的時間就可以感覺到有東西的存在。」學長淡淡地說，感覺很像只是在陳述某種書上的知識，「所以我們學校才會叫作異能開發學院。」

「原來是這樣……」難怪我總覺得最近怪事越來越多，原來是學校搞的鬼。

凶手終於出現了！

叩地一聲，學長往我後腦一敲。

「如果不是那個『凶手』幫忙，你還可以安然到現在都沒發生事情嗎。」

這麼說好像也是。

自從入學之後我的受傷率大大減低了。

等等，照這樣說起來，難不成我以前很衰到處受傷是有原因的？

我不懂。

如果有原因的話，那會是什麼原因？

我轉過頭，看見學長深沉而血紅的眼。

「總有一天，你會知道的。」

※

颱風天所帶來的正式停電，是在晚上約九點半左右的時間。

沒電視、電腦、電燈，我老媽點了蠟燭讓我們吃完點心之後，早早就把我們趕上樓睡覺了。學長住在客房，那裡是用來招待臨時住下的親戚朋友用的，我老媽總是把那間房間整理得很乾淨以備不時之需。

使用電池的收音機廣播中，說著晚上後颱風正式登陸中南部，整個風雨都變得更大。

我聽見窗外有某種重物連環砸在地上的聲音，乒乒乓乓地直奔世界的另一頭。

這種天氣要出門去找卷之獸？

我有一種可能很快就得就醫的不好預感。

桌上的蠟燭繼續燒，那一秒，我彷彿看見傳說中的生命之火慢慢消逝。

「你是又神經短線了嗎。」啪一聲，學長不知何時侵入我的房間，然後直接朝我腦後一巴，我突然看見有星星在亂飛，「要準備出去了。」

「欸？」天這麼黑、風雨這麼大，現在出去真的可以嗎？我懷疑，極度地懷疑。要是出去了回不來怎麼辦？算自己衰嗎？

別這樣，我的人生已經夠衰了。

收音機的廣播帶了一點雜音，不過主持人的聲音還很勉強地傳來，正在呼籲民眾不要在颱風天外出，不然容易發生意外……我覺得我們應該聽大人的話。

「我說可以就可以，就是要這種天氣卷之獸才比較好應付，快走了。」學長輕輕拍了下手掌，瞬間整個房間全都亮起來，不是日光燈那種亮，是整面牆壁都在發亮，然後他才吹熄蠟燭火，「我已經在兩個房間裡都布下結界，你母親會以為我們都睡著了，不會起疑，你大可以放心。」

你還眞是細心啊，看起來完全就是慣犯。

不過現在我很好奇為什麼學長每次都可以讓牆壁發亮。

「這個很簡單，只是跟光影之靈簽訂契約而已。」本來好像打算出發的學長轉過來看我，可能是時間還早，所以他才講給我聽，不然現在應該直接給我一巴把我拽到目的地了。「這只是小契約不用什麼代價，不過一定要準時把供品給祭上，否則契約就會無效，也無法再次簽訂。」

感覺上好像是種無傷大雅的東西。

「你如果要的話可以現在給你試看看。」

「欸？」這麼爽快！

「反正我不趕時間啊，不然我就一巴拽著你到目的地了不是嗎。」學長哼了兩聲，瞇起紅色的眼睛看我，完全看透我剛剛想的事情，「你去找個餅乾還是水果過來。」

說到餅乾也不用找，我房間就有了，不過不知道有沒有過期就是了。

我從書桌的抽屜裡翻出一包沒有開過的巧克力泡芙拋給學長，那是之前我留下的存糧，有時候太晚睡不著時可以補充能量。

「這個就可以了，你過來看吧。」學長在我桌上拿了一張白紙跟筆，然後坐在地上畫起法陣，小小的一個圓，加上了幾筆，「光影的契約很簡單，上面只要光與影之靈的名字……像我這邊的就是貳之村的光影靈、楔。」圓中間給寫上了一個單字，然後兩邊畫了謎樣的舞蹈火柴人形，人形兩邊各寫了一個蟲字，最後我看見我的名字出現在圓圈的下方。

整張看起來就很像是小學生塗鴉。這個居然就是契約？

還可以畫成這樣子的嗎！

學長把畫好的紙平放在地上，然後把餅乾放在紙旁邊，「你跟著我唸：『光之谷、影之底，貳之村、楔，與以簽訂契約』。」

我盯著那張紙，有點緊張，不曉得唸完之後會不會發生什麼恐怖的事情，「光之谷、影之底，貳之村、楔，與以簽訂契約。」

就在唸完的那一秒，紙上突然微微發光，接著我看見有個小小的形狀從紙上的名字冒出來。眞的很小，差不多一個巴掌、圓圓的感覺頗像雪人。

圓圓的發光體睜開眼睛，光芒慢慢消失，我才看清楚是什麼玩意。

一隻兔子，一隻毛茸茸的圓兔子，一隻看起來就像是隻完全沒有突變的正常兔子。

「誰要跟我簽契約呀？」兔子說話了！

他居然說出軟綿綿的嬰兒聲音，聽起來好驚悚。我更正，他是一隻突變的兔子。

學長推了我一把。

「呃，是我。」我看著蹲在紙上的兔子，很正經地跪坐，然後壓低身體努力想與他平視，「我想跟您簽訂契約。」

兔子抬起頭看我，「小鬼，是誰教你找我的？」

他的口氣變囂張了！

我很想舉腳把這隻兔子啪一聲踩扁，不過僅限於想想。

「是我，貳之村村長、楔。」兔子循著聲音轉頭過去，看見學長蹺腳坐在床鋪上。

這隻兔子是村長？

他是從可愛動物園來的是吧！我懂了，原來光影村是可愛動物園兼管理燈泡之地。

「原來是冰炎殿下。」兔子低下頭點了點，說眞的，因爲他太圓了，所以我也不確定他到底有沒有點頭這個動作，很有可能也是我看錯、眼抽筋，「我就想難怪，這種小娃怎麼會把主意打到我身上。」

誰小娃！三杯兔！

我還是只有在腦子裡面想。

學長看了我一眼，冷冷一笑。

兔子轉回來看我，「我是光影貳之村的村長、楔，與你訂下契約，我的要求是每個月都必須給予一包供品，例如你現在所放之物。」

一包餅乾？就只要一包餅乾？你提供免費省電自然發光電燈，結果一個月只要一包餅乾？

如果這個世界大家都會這招，我想下個要哭的應該叫作電力公司。

「沒問題，呃……我是褚冥漾，你的供品我一定做到。」就只要一包餅乾實在是太輕鬆了點，害我還以爲要付出什麼代價，有點小擔心到。

「契約成立，若是違約，您將再也得不到光影靈的協助。」兔子抬起肥腳，一點小小的藍色光芒從他腳下飛出來，緩緩地在我右手拇指上落下，我的拇指上立即出現一個很淡很淡的米粒大色字體，「當您需要我們幫助時，請在心中默唸簽訂契約之我名要求協助並震動印記，光與影立即就會到您的身邊。」

「這樣就可以了嗎？」我看著拇指，有點驚訝。

「是的。」兔子咬住泡芙拖進去紙上，「那就謝謝您的使用。」

下秒，兔子消失在紙上，泡芙餅乾自然也跟著不見了。

就這麼簡單？

我得到了一個省電燈泡。

第六話　神獸、怨魂

地點：Taiwan

時間：晚上九點四十五分

「你以爲供品這樣很簡單嗎？」

學長站起身，把地上的紙撿起來放在我桌上，紙中間的名字已經消失不見了，只剩下兩邊的圖案，「太過簡單所以有人經常忘記，就連現任黑袍之中也有好幾人無法再得到光影村的協助，是一個需要非常誠心守信的契約。」

這樣說倒也是，每個月只要一包餅乾，沒有注意眞的會忘記這件事情。

「這張紙就是契約之物，你每個月都要放一包餅乾在原本寫了名字的地方，他會自行收去，慢一日都不可以。」

好嚴苛。

我突然懷疑我會不會也忘記有這回事了。

「那就到這邊打住吧，接下來就出發到卷之獸那邊吧。」學長伸出手掌心朝下，地面上立即展開出巨大的移送陣。

「要不要帶雨衣？」外面風大雨大不明聲響更大，我有點怕怕。

其實我最想問的是可不可以順便多帶一點安全防護工具，類似安全帽之類的東西，至少這樣被招牌打到比較不會那麼痛。

「帶你個大頭。」凶狠一聲。

我知道答案了。

就在下一秒，四周突然整個變暗。

不是我房間突然變暗，迎面颳過來的大風告訴我事實，我們已經在戶外了。傳說中颱風天絕對不能出門，否則一定會出事情。

我違背了我違背了……一定會出事情一定會出事情……

「好吵！」學長啪一聲往我腦後巴下去。

四周突然亮起來，我看清楚了，我們現在位於尚未蓋好的大樓裡，狂風是從空洞處吹進來的，還夾雜著少許的雨絲，整個水泥建築裡面都濕淋淋的，外面沒收好的鷹架散落得亂七八糟，看起來活像是廢墟鬼域。

外面雖然很暗，不過我看見有小小的亮光在下面……這是幾樓啊！

驚悚的高度外加呼呼吹過來吹過去的風聲給了我一個無解、但是很不好的答案。

「閃遠一點。」學長的聲音在風雨裡聽起來有點小聲，要仔細聽才知道他在說什麼，我退開了幾步，外面傳來乒乒乓乓的聲音，間時我還看見有某種奇妙的碎片飛過去消失在另外一頭。

風很大，而且滿冷的。

我應該多帶一件外套出來才對。

一根木棍突然從外面飛進來，砸在我的腳邊，發出啪地一聲狠狠砸成兩段。

我很怕下一個被砸的是我的腦袋。

果然沒有戴安全帽是個錯誤，如果等等我的腦袋被砸，我可能終生都會抱著這個悔恨。

學長從口袋裡拿出一顆黃色小石，然後放在掌心上。

那一秒，我突然注意到學長今天居然沒有穿他的黑色大衣，只穿一身簡便的便裝。

忘記了嗎？

「御界門、收此禁光爲我開啓，卷之獸，風雨甦醒。」學長掌心中的黃色小石慢慢浮起到半空中，大約五公分左右的高度停了下來，然後發出微弱的金色光線。

猛然，四周安靜下來。撞擊聲、雨聲都沒有了，連一點點風都沒颳進來。

很詭異，超詭異的，外面明明還看得到東西飛來飛去，就只有我們現在待的地方突然變成異次元那種感覺。

金色的光線突然大亮，整個空間都變得閃閃發光，我在學長腳底下看見有個大大的四方形法陣綻開，就像一扇大門的圖案在法陣中心，四周布滿了文字圖騰。

「褚，再後退一點。」背對著我的學長發出聲音，我又往後退幾步，靠在水泥牆壁上，一股濕冷的感覺馬上從牆壁竄到我衣服上。

爆冷，濕濕的感覺貼滿了整個背。我突然覺得剛剛應該不要聽學長的話，硬把雨衣穿出來就好了。

「我為七之主春秋所託，請見一面。」就在學長說完話同時，我看見地上很像大門的圖騰突然顫動一下，上面的文字紛紛開始旋轉移位，金色的光芒漸漸黯淡了下來。

數秒之後，學長的面前像是噴水池一樣，一道黑色的光束猛然飛濺出來，然後慢慢地旋轉著停下來。

黑色光束慢慢地組成一個人體的形狀，然後垂下了黑紗飄逸的輕布料隨著捲起的風慢慢飛舞，最後在臉部的地方明亮了起來。

是一個女人。說不出來是好看還是難看，總之就是感覺滿平凡的一個女人，身上穿的全部都是黑色類似古代的服裝。

女人的樣子看起來有點嚴肅，蒼白的面孔一點表情也沒有，就像是掛著面具般讓人有點毛毛，可是卻又不會讓人認為可怕。

「春秋大人仍安好嗎？」我聽見了聲音，可是沒看見她開口。不知道是不是碰巧，就在我這樣想的時候，那個女人也轉過來，有一秒好像對上視線，我在她的眼睛裡看不出一點波動感情，然後她又轉回去看著學長。

「在您沉睡這段時間外界變化非常大，這裡已經不是您所熟稔的地方，七之主託我讓您離開此地，直往安息之地。」學長的聲音一點都沒有起伏，與其說是在交涉，感覺上還更像必須如此做的語氣。

女人皺起眉，「此地乃我所固守之聖地，憑何離開？」她不爽了，連我都看得出來。

「現在已經是人類的時代，古往的神魔時代已經不在，您應該順從時間的潮流，前往安息之地了。」學長同樣緊盯著她，一點也沒移開視線。

等等，我到現在才想到一件事情。

這個女人就是卷之獸？

怎麼樣子跟名字完全不符。

我還以為會是某種野獸之類的東西，結果居然是個人，有點超乎我預料之外。

「人類……」帶著微揚的怒氣，陰森森的聲音響起。

我突然有種很不妙的感覺，因為在場除了火星人與卷之獸以外，只有我一個是人類。

女人的眼睛猛然瞠大極端血紅。

❀

事情發生得很快，快得我還弄不清楚到底發生了什麼事情。

清脆的巨響就在我頭頂炸裂開來。

「褚，後退一點。」

瞬間突然出現在我面前的鬼影學長手上握著幻武兵器，另一邊尖端抵著的是女人的黑手……我想那個應該是手，尖銳的五根黑爪像是鋼鐵一樣張開，比正常人的手大了五、六倍左右。

我想……它應該眞的是手……大概是吧。

基本上我後面已經沒位置了，除非跳窗也算一種後退，不過我覺得自殺兩個字還比較貼切一點。

「嘖！」一手握著幻武兵器，學長側身彎低一個迴身，直接一腳把逼到眼前的女人重重地給踹出去，被踹飛的女人撞到另一端的水泥牆上發出巨大的聲響。

水泥牆被撞壞了一小角，出現了一個直通外面的狗洞，我幾乎可以看見洞外的黑暗景色以及落下的石屑……你對女人居然一點手下留情也沒有！

「不好意思，我眼中只有敵人跟自己人這兩種分別，再多沒有。」學長冷冷一笑，然後收了銀槍往前走。

那一腳明顯踹得很重，因爲女人幾乎完全爬不起來。

「我並不想與您動手，您要針對人類的話，我就會阻止到底。我想，早日到安息之地與您的同伴聚在一起對您而言才是一件好事。」學長走到女人面前，居高臨下氣勢洶洶地看著對方，「今日爲大風大水之日，您的實力應該連百分之一都使不出，眞要動手，您是吃虧的。」

然後，他退了一步，女人慢慢地爬起來。

「哼……春秋大人算是選對人了……」她的血紅眼睛慢慢消退，變回原來的黑色，表情也不再那麼猙獰。

「好說。」退開一步，學長勾起了微笑，「請放心，七之主在今夜也會一同前往安息之地，你們再也不須要操心這方的事情。」

「春秋大人也將同行？」女人有一瞬間好像滿激動的，不過很快就平靜下來，「那眞是天大的榮幸，我願意隨同前往伺候，可在此地仍有我一同族尚未孵化……無形之物不得前往安息之地，就請閣下代爲收拾了吧。」她伸出手，一顆大約鴨蛋大小的黑蛋出現在她掌心上面。

學長接過黑鴨蛋，然後走回我身邊。

女人仰著頭，身邊的黑紗慢慢地將她圍繞起來，就像剛出現那時候一樣，很快就化成一束黑色的光，然後往窗外衝出去。接著，一個巨大的咆哮聲傳進來，很像是什麼野獸的吼聲。結界解開之後，與外面的狂風聲響混在一起。

「比我想像的還要容易處理，我本來以爲多少還要打上一場。」學長拋著手上的黑蛋走往窗框邊，抬抬下巴示意我注意外面的狀況，「你看，那個就是卷之獸的眞面目。」

我跟著往水泥窗洞外一看，外面天色像是墨水似地整片都是濃黑，隱隱約約有個亮亮的東西劃過去，然後在昨天我們看見的廟宇上方盤旋。

「不會吧？」

狂風之上暴雨之下，我看見一頭黑色巨龍慢慢地翻滾她長長的身體，亮亮的東西就是她身上鱗片折射出的微弱光線。

卷之獸是龍?那為什麼她不叫卷之龍?這樣才不會用名字誤導別人例如我啊。

「正確來講,卷之獸不一定是龍。」學長把黑蛋塞到我隨身帶著的包包裡,順手得好像那個是他的包包一樣,「就如同她表面的名字,卷之獸其實就是守護文字書籍的神獸。」

「欸?」跟我完全絕緣的守護獸。

「卷之獸的幼獸是倚靠書籍維生,成獸是依靠喜歡讀書的人的心靈維生。卷之獸原本沒有形體,是在成長之前從書中擷取圖案而化為自己的形體加以固定。」看著遠遠繞圈子的黑龍,學長淡淡地解釋,「在古時,卷之獸也學習守護親子的母親般看著每位夜讀的人們不受妖魔鬼怪的侵擾,只是不知道什麼時候開始,存在已經慢慢被遺忘、或許也能說從來沒有被人們記在心上過,所以許多卷之獸都進入沉睡不再醒來。」

廟的下方開始騷動,數秒之後,我看見有一道銀藍色的光慢慢從廟宇中冒出來,然後轉化了形體,一個很像魚的東西散開了薄薄的鰭微微透著光。

那條黑龍繞了它兩圈之後,就一起往天空另一端竄去了。

「這樣一來七之主也離開這世界了。」

那瞬間,我突然有種疑惑。

學長的工作到底是什麼?

他在我眼前送走了兩個古代的守護神祇,而不是像一般漫畫還動畫一樣導祂們向善保護人間云云。

我心中不知道爲什麼很清楚明白，七之主春秋與卷之獸不會再回到這個世界上了。

這個是正常的工作嗎？將守護的神祇送出這個世界？

「對我們來說，這是最正常不過的工作。」學長轉過頭，看著我，紅色的眼睛很深沉，幾乎都要變成黑色一樣，「越來越多的神祇與神獸被遺忘，這個世界只會越來越文明，追求進步而忘記曾經有的。然後被遺忘的過往保護者再也不受重視，除了沉睡、無奈，大部分因爲受了邪氣與引誘還會變成邪神，破壞世界的平衡。」

「我們將祂們送往安息之地，只是維持這個不正常的平衡，對兩方來說，都是最好選擇。」

其實，我聽得有點迷迷糊糊。也就是說現在不再需要古代神嗎？

我眼前看見的是完全沒聽過、沒接觸過、更久遠的神與神獸，沒有人記得自然生成的細微神祇，所以慢慢地也該喪失原本理所當然的守護。

更久之後的未來，是不是再也不會有守護我們的自然之物？

不正常的平衡，能有多久？

我不曉得。

至少現在的我、不曉得。

❋

在卷之獸離開之後我突然有了一個問題。

學長的工作很輕鬆完美地解決了，那麼……我的呢？

據說我應該有一個與學長不同的工作才對。既然卷之獸問題已經處理了，那我的工作究竟是什麼？學長好像都沒有跟我講過任務相關的事情，我也只知道我的任務同樣是在這個地方、那個大姊委託的而已。

就在我這麼想的同一秒，我突然看見有一顆眼球猛然出現在剛剛因爲學長的一腳而被卷之獸撞出的牆角破洞外面……那個……那個……那個東西是啥——！

我覺得我應該沒有看錯。可是大半夜，在高樓大廈的建築工地裡怎麼可能會看到眼球？要說是垃圾卡在那個地方還比較合理一點。

「什麼東西？」不知道爲什麼，學長的反應好像慢我的想法一拍。

就在他要轉身的同時，我看見跟著眼珠一起有個黑黑的東西直接從那個洞口衝出來，然後直接往我胸口就是致命一擊——

「褚！」我聽見學長的叫聲，聲音斷了後，我整個人昏頭轉向外加吐白沫，沒把今天晚餐也一起吐出來算很好運了。

我感覺到……我在下墜……等等，下墜？

這個名詞很靈異！

在一面小型招牌和鐵架從我眼前飛過去、險險削斷我半個腦袋之後，我突然了解到事情的嚴重性了——我被那個眼睛黑影整個撞出窗口，摔下樓。

眞佩服到現在我還可以冷靜思考沒尖叫，長久以來的鍛鍊果眞不是假的，連這種狀況都可以很冷靜地應付……才有鬼！

「哇啊啊啊啊啊——！」我的哀號聲消失在風中。

有東西抓住我的腳！有個冷冰冰詭異黏稠稠的東西抓住我的腳！

我不敢看我不敢看我不敢看——可是之前就說過了，人是一種很犯賤的動物，明明知道不能看，眼睛還是瞄過去。

我可以體會到恐怖片的主角爲何都是如此命運坎坷，因爲好奇心可以讓人死八千次。

「鬼啊——！」瞄過去，我看見一個人……不對，不是人。我看見一個明顯就是好兄弟的東西緊緊抓住我的右腳不放，它的腦殼破去一半，要掉不掉的眼珠子就是我剛剛看見的那一顆。

它在笑！它眞的在笑！大風大雨中我被一隻鬼打下樓，它還抱著我的大腿在笑。

它是變態！

我有了一個結論，這棟大樓還眞高，我居然還沒摔到地上是怎樣！

就在我這樣想的同時，我可能摔到地上了，一個軟軟的東西直接撞在我背部，意外的居然完全不會痛，跟跳到棉花球裡是一樣的感覺。

呃、以前小時候有玩過的人應該比較知道我在形容什麼。

……等等，工地哪來的棉花球？

「土之破、水與光詩吟唱，貳伍花輪轉。」聲音響起的同時，以我爲中心點，四周突然起了淡淡的光暈，我才看清楚根本不是什麼棉花球，而是一朵超級大花……我想它應該不是食人花。

一朵白色的大花跟一堆小花當了墊底吸收掉衝力，我摔在花瓣上彈了幾下緩衝掉力量、連擦傷都沒有，一切過程就像是可愛森林妖精幻想版。

等我從彈得亂七八糟、眼冒金星的狀況下回魂之後，我才看見大花小花的另一端站著學長，他腳下有四方型的法陣，花底下也有，「褚、快下來！」

我瞄到那隻好兄弟被彈到花瓣另一邊，現在不逃還要等什麼時候逃，我馬上二話不說連滾帶爬地摔下花瓣。

是說，沒想到學長會用這麼夢幻可愛的法陣，這個比被好兄弟抓還要教我更加震驚！

「如果你下次摔出來不介意被殺人鯨吞到肚子的話，我就不用花。」學長原本雙手交成圓，一看見我下來就兩手掌心一拍——白花立刻變成食人花，啪地一聲，整朵花的花瓣全部蜷起來，直接把那個好兄弟給吞掉。

「不用了，我覺得花瓣最好，謝謝。」我深深相信他絕對會叫出殺人鯨這種鬼東西，絕對會！完全不懷疑！

因爲他是學長。

鼓起的大白花發出聲響，呸了一聲吐出一顆小石子，「看來吃到的不是本體。」學長兩手一握，大花小花立刻像是蒸發一樣消失得無影無蹤，「接下來是你的工作，我不插手了。」

我求你要幫忙就幫忙到底啊老大。

看著學長哼了一聲走到旁邊明顯看好戲加納涼，我有一種非常、極度不妙的預感。

果眞颱風天出門絕對不會有好事情。

我相信了。

※

廣播說，颱風天最好不要出門以免被招牌打到或是被風雨捲走。

在此，我深深覺得「不聽廣播言吃虧在眼前」這話很有說服力。颱風天，眞的不要出門。不然生命安全會遭受這輩子最大的威脅。

四周很靜。有可能是學長結界的關係，在下面除了一開始摔出之後有感覺到風雨，現在裡面整個全部都是安靜的，一點聲音也聽不見。

我的神經整個緊繃到極點。

既然剛剛那個被花吃掉的不是正牌好兄弟，那本體究竟在哪邊？

另外，我對於剛剛聽見的東西感覺很好奇，與學長平常用的咒文法陣不太一樣，剛剛那幾句話聽起來有點像歌，短短的歌句，俐落又給人有點優雅的感覺。

「那是精靈百句歌，已經流傳很久了。聽說是古代時精靈們因爲好玩與東方術師團一起創造出的，以簡短的歌句震動自然的細微之靈加以短時間操控所用；後來東方術師死盡之後過了很久的時間、直到後代全部失傳無一記得，就只剩下少部分的精靈保有、知曉完整的歌詞。」學長環著手，很好心地爲我解釋，「在袍級的特殊課程裡有這門課，但是就算是黑袍課程，最多也只能唱到四十四句，剩下的就無從解答了。畢竟那些少部分的精靈大多有著悠久的歷史與年齡，已經不太願意出面與其他種族打交道了。」

被他這樣一說，我想起來我剛剛的確好像有聽見什麼二五來著。

「我想一下，依照你的程度先學前面幾句應該不成問題。」支著下巴，學長微微偏頭瞇著眼睛思考著，「前面幾句連小孩子都可以用……」

對不起我的力量就跟小鬼一樣渺小喔，反正連一隻錢鼠都比我力大很多了，我眞的不會說什麼來辯駁。

紅眼瞥了我半秒，「我說的小孩是精靈族的小孩，這首歌原本設計上是這樣的，前面一段是給小孩保護自己使用，中間的是給成熟的精靈進階使用，後段是給強大的精靈族使用，越高階的精靈族能吟唱的越多，所以才會這麼容易就失傳。」學長丟過來一句不知道算不算得上是安慰的話。不過我聽一聽好一點了，至少輸給精靈小孩我比較沒話說。

「因爲是精靈們使用的歌句，所以全部都是用自然界裡的植物、動物、現象等等組成，像風、火、水、地、光、影和聲音等等的這類現象。另外，如果在使用同時腦中一併模擬形成樣子也可以增加威力。」舉起了雙手，學長看著我，「歌謠的基礎就是手掌必須指尖對指尖成圓，有力量的歌句子通過你的手與靈互相共鳴，就會變成所想實體。」然後他用手框出一個圓，食指對食指、大拇指對上大拇指，手掌心朝著外面手背對著自己，就像剛才我看見的動作。

「水之唱、風與風起舞鳴，壹之水刀狂。」最後一個字一停頓，我看見有個透明液體直接整條瞬間飛過去，然後一旁的鋼筋架猛然被切成兩段。

如果說精靈小鬼都是這種力量的話……我認了。

這根本已經是超高級危險的殺人小孩了好不好！

我懷疑地把手圈在一起看看，然後從洞的另外一頭我看見的不是啥精靈陣，而是……

「哇啊——！」很用力地往後倒退一大步。

出現在手後面沒多遠的，是剛剛沒被吃掉的好兄弟。

學長剛剛唸的什麼一支香我完全記不得，誰在被鬼盯上時還記得風花雪月的鬼歌啊！

這個時候應該是換學長出場了吧？

「加油。」那個聽說曾是我代導人的某學長涼涼地丟來以上兩個字。

救人喔！

可是話說回來，我覺得眼前的好兄弟很眼熟，那副鬼樣子好像在哪邊看過。

頭破腦爛、眼睛牙齒全部糊成一團爛在臉上，剛剛沒有注意到，現在整隻都看得清清楚楚，它手腳什麼的全都斷得亂七八糟，很像吊線娃娃……這個樣子，不就是標準的跳樓死人嗎！

那我知道了，原來是跟跳樓的屍體很像，之前我有目擊過幾次也是長這樣的好兄弟，難怪我會覺得很眼熟。跳下去的樣子都差不多，大概還可以分辨對方跳的高度哩。

「你們是亞城建築派來的……」好兄弟陰森森地開口了，很低沉沙啞，又是標準的怨靈聲音：「你們也是那堆奸商的人……都不是什麼好東西……」

既然它開口了，這下子就好辦了，會說話總強過不會說話的，因爲至少它還可以溝通——最怕的就是那種完全不溝通然後一口往你咬來的東西，連跟他好聲好氣說話的機會都沒有就得馬上喊救命了。我悄悄地站離學長近一點，如果有個萬一什麼東西的，我才可以在第一時間往後求救。

「這位大哥，我們是路過的人，您認錯了。」好兄弟前進了半步，我再倒退了一步。

「哼，你們以爲這樣我就怕你們嗎……」

很明顯地，這位好兄弟完全沒有坐下來喝茶好好心平氣和聊聊的意願。

按照漫畫常理與這位老兄的樣子推斷，我只能從演到爛的劇情裡跟剛剛我的猜想揣測出一個最有可能的大概，「這位大哥，你是在這裡墜樓死的嗎？」每部建設抗議靈異事件大片裡面絕對會出現的萬年爛理由。不是自殺就是被人殺，更多的就沒有了。不過倒是沒看過被天誅還是地滅的，搞不好下次可以用這種方法看看。

「廢話，不然我在這裡高空彈跳死的嗎！」

我被鬼罵了、我居然被鬼罵了！

後面的學長傳來冷笑一聲。

我被鬼罵已經夠委屈了你居然還笑我。是說現在的鬼怎麼那麼難相處，好意先訪問一下還要被罵，眞沒禮貌。「不好意思，因爲兩種死法看起來都很像，你要高空彈跳去死我也沒意見。」不管怎樣，我先道個歉好了，不過好兄弟的表情看起來好像不怎樣高興，「請問這個地方常常有問題，跟您有關嗎？」

「哼，給那些奸商一點教訓！」

看來跟它有關。

原來這就是我的工作。

「我本來是住在這裡的人，這裡的地和房子都是我的，有一天這堆奸商突然來我家說要收購土地，我哪肯！就不知道他們在背後給我玩了什麼手腳，短短一個月裡我的工作、股票什麼都沒了，還欠下一屁股債，而且每天都有奇怪的人上門催討，潑油漆、灑冥紙還是打壞圍牆都有。我老婆小孩天天擔心受怕，到最後只好離開我回娘家去。那種狀況讓我實在是沒辦法了，只好把土地賣給他們。」按照慣例，好兄弟開始述說它可悲可泣的生前往事，「賣掉土地之後我越想越生氣，在一個偶然機會下聽到當初催討帳款的小混混在路邊攤喝了爛醉說出是那堆奸商指使他們之後，我實在是沒辦法接受這件事情，於是到處找相關單位陳情抗議。可是不曉得那些單位收了他們什麼好處，抗議幾次都沒人管我，那好啊，要死大家一起死，我就從這裡跳下去死得難看，看誰敢住這個死人鬧鬼的地方！」

嗯，果然是非常慣例的靈異故事，慣例到我已經在不同的節目連續看見相同的題材十幾次，現在只要看見開頭大概就可以猜到結尾了，「你講完了？」

鬼點點頭。

「好吧，按照故事的慣例，你應該升天了。」不過現在應該怎樣讓它升天好呢？我摸摸口袋，然後把爆符拿出來。

「你想幹什麼！」好兄弟馬上警戒。

「讓你成佛。」依照慣例，我附帶這一句很良心的話，「啊，你可以放心，升天的話對你比較輕鬆。」應該是吧，是說我又沒有升過天所以也不曉得到底有沒有比較輕鬆。

「褚，你用爆符的話它應該會魂飛魄散變成粉塵。」可能看不下去，站在後面的學長給了一句中肯的建議。

「是這樣嗎！」我大驚，我還以爲最多把它炸下地獄。

學長點點頭。

那怎麼辦？

「你居然想讓我魂飛魄散！」隨著一個咆哮聲，不用我講，好兄弟在幾秒之後完全變化成厲鬼再現，四周馬上陰風陣陣發出青光，「你們果然是奸商的人！通通給我去死！」

那個……完全都是誤會啊……

「褚，精靈百句歌的手勢。」我轉過頭，學長不知道什麼時候已經退到很後面的某疊鋼筋架上坐著然後環手，整個看起來就是非常輕鬆愜意，與我眼前的危機完全是兩個不同的狀況。

我連忙把手結成一個圈，眼前看見的那個發飆好兄弟直接往我這邊撲上來，掛在臉上的眼睛跟腦子一晃一晃的，看起來超級噁心。

「光結圓、光與影交織起，肆之烈光盾。」

「光結圓、光與影交織起，肆之烈光盾。」就在我隨著學長唸完同時，有個小小亮亮的東西突然從我的手圈圈衝出去，然後我聽到很清脆的乓地一聲。

有個鬼被彈飛得非常遠外加腦袋一個包。

「你看，很簡單吧。」學長的聲音又從後頭傳來，「沒想到你啓動得很快，搞不好你有這方面的才能……」他放下手，撥開落在眼前的紅色髮絲。

我也這麼覺得。反正唸出來的句子都是固定化的，總不可能又出現個大炸彈什麼的東西，背書的話我倒是有一定的把握。

「那我就這樣一直彈它彈到它自己升天嗎？」我不認爲一個盾可以解決掉一個怨魂。

「當然不可能。」學長給了我正面的肯定答案。

我想他也不可能眞的指導我到做完，不然工作就他自己接就好了不是。

嗯，思考思考，我須要冷靜地思考對策。

「我詛咒你們都不得好死！」厲鬼的腦漿隨著奔騰的情緒噴出來，如果現在是白天不是晚上，我可能當場吐給它看，不過因爲不是很亮，所以多少遮去了那種噁心的顯場效果。

基本上不用它詛咒，我也覺得我很難好死——依照過往的衰運推測。

不過在我不得好死之前……「你都已經沒啥好死的沒資格講我。」被一個跳樓死的還死得很難看的好兄弟這樣說，我有種極度不甘願的感覺。

「你說什麼！」

「褚，不要隨便跟鬼吵架，感覺很低級。」

被學長這樣一說，我才驚覺自己不知道什麼時候居然跟好兄弟抬槓起來了。

奇怪，我今天晚上好像情緒比較激動的樣子。

其實我大概知道爲什麼，應該是和很久很久之前發生的一點事情有關係。

「大叔，你還是快快升天比較好，留在這邊總有一天還不是會被其他人除掉。」我拿出一張紙符，是最近安因教我的，還沒試用過，「至少我會下手輕一點，不會讓你覺得有負擔。」呃，這樣說好像某種廣告，算了。

「說什麼話！如果那堆奸商沒有給我交代的話，我就在這邊詛咒他們到死！」完全沒得商量的二度進化厲鬼這樣咆哮。

「我就先讓你們兩個死，給他們警告！」

※

我有一個記憶。

非常久遠之前的記憶。

就在我們還不是住在現在這個地方時，原本是住在一個好像仿古建築的地方。

我沒有印象那是哪邊，不過有那個模糊的記憶，可能是很小時候只住過短暫的時間。那個不是老爸那兒的親戚或者老家。

記得好像是剛從老家分家出來，一時找不到房子住的時候，不知道是誰提供了那個地方……

然後我們在那邊住了半年。

那是個相當古老的房子，在深山當中，老樹上藤蔓鞦韆慢慢咿呀地搖晃著。等到我再想起這件事情時候，已經是很久以後的事情，可是卻沒有人說得上來我們曾住過的那個地方在哪邊。

是一個所有人都認爲微不足道的小小記憶。

現在看見眼前這個自殺的大叔，不知道爲什麼我印象中的房子老樹以及鞦韆突然整個清晰起來，因爲在那個地方，曾經有人跟它一樣。

「天之音、付喪主，於我東南落陽星、與我西北鎮陰辰，封法咒印。」我抽出符咒然後用力拍在地面，一道白色的光猛然竄進地底然後分裂成四條，各自往不同的方位固定畫出光線。就在厲鬼正要移動的同一瞬間，光線整個往上翻騰畫出了四角空間。

「成功了！」感動！安因教我的東西居然成功了。

不過我只記得這個，接下來應該怎麼辦呢？

「看來安因教你不少有趣的東西。」學長跳下位置，然後慢慢走過來，「這個是防守的基本陣法，可以封住敵人的動作。」

厲鬼大叔被封在光的四角中，動彈不得。

我有一種好像撿到的幸運感。

「如果我是你，我也不想堅持讓它升天，我會直接給它一槍。」瞇起眼睛，學長冷冷地看著裡面還想掙扎的大叔，「你說你想要怎麼處置？這是你的工作，讓你決定吧。」

那個……我也知道這是我的工作，問題是我是想讓它升天，可我辦不到。

「你一直想要它升天，不過它不賞臉。」

我也知道它不賞臉。

「欸，大叔，你乖乖升天好不好。」我轉過去，開始跟還在掙扎的厲鬼打商量。

「不可能！」

「談判破裂，那你下地獄好了。」還眞是冥頑不靈。

「喂喂，等等，一般來講你不是應該開始勸我好好升天嗎！」

爲什麼連厲鬼大叔也要套用一般模式啊？

「我剛剛就有好好勸你可是你不聽啊。」那當然就不能怪我啊。我看向學長，除了不知道怎樣升天之外，我也不知道怎樣讓它下地獄。現在我知道的唯一辦法就是給它魂飛魄散，不過基於良心與人道考量，沒到最後關頭我想還是不要用得好。

「下地獄倒是很簡單。」學長從口袋抽出一張紅色的符遞給我，「給它最後一擊，它就下去了。」

困在裡面的大叔突然整個緊張起來了。

「我說……我們有話好說。」

第七話　夜半遊行

地點：Taiwan
時間：晚上十一點整

我有一個古老的記憶。

好像是我的、又好像不是我的。

記憶中是一間大大的古老房舍，鞦韆掛在老樹下咿咿呀呀。泛黃的回憶像是古早的相片顏色，似眞似假的存在我的腦海當中，就好像是某天在路上無意看見的廣告片段。

那眞的是我自己的記憶嗎？

⋇

現在繼續對峙著。

「你又不升天也不下地獄，這樣我很難辦事耶。」我看了一下手錶，超晚的，難怪精神不是很好。雖然說我平常也沒有早睡到哪裡，可是還有遊戲可以振奮精神，眼前的狀況就是好兄弟一直在拖時間，讓人有點不耐煩起來。

「我可以接受升天的提議。」大叔把眼珠塞進爛掉的腦裡面，順手到好像那顆眼睛是假的玻璃珠，可以讓它爽就拔、不爽就丟一樣，「你去叫建設的那群奸商每年都給我三節祭拜，少拜一次我就讓他們公司出事一次；另外還要送三百萬和一棟房子去給我妻子和小孩過生活，畢竟是他們害我們家破人亡的，看你要不要。」

嗯，這個建議很中肯，也很理所當然，如果大叔是被他們害的，那叫他們做點賠償也是正常的事情。可是通常按照劇情來說，對方肯嗎？

基本上我覺得如果按照慣例來說，對方應該會不肯。你沒事跑來這邊跳死給他們看，他們就夠頭大了，哪有可能又拜你又送錢給你家人，又不是慈善團體。

你都已經知道要叫他們奸商了，試問有哪個奸商是把錢吞進去又吐出來的，沒有吧對不對。

「我想他們應該不會肯。」學長很快就幫我下好定論了，「那個委託者一看就知道不是什麼好溝通的人，更別說會好心到幫一個莫名其妙就在他們這裡跳樓的人做法事，除非……」

「除非什麼？」

我有一種學長要煽動別人幹壞事的不好感覺。

「明天我跟他會去建議你說的這件事情，不過我想他們百分之百不會同意，如果明天過後你沒得到消息的話，麻煩你從明天開始一日照三餐在他們工地作祟作到沒人敢工作，我想他們很快就會妥協了。」

果然是餿主意。

學長瞪過來，「有本事的話你就想一個三方解決的提議出來。」

說真的，我的確想不到更好的方法。因爲照大叔的說法來看，建設公司的確也有害慘到它，它提出賠償也算是合理。

「可是如果建設公司找來其他人要把它驅掉怎麼辦？」我想起來世界上還有很多叫作道士跟××術師的人，總不可能他們眞的會乖乖聽我們的話吧？

「放心，我會讓他們動不了手。」學長露出邪惡的笑容，那種會讓人想退避三舍然後拚命搖頭表示自己和他完全沒關係的笑容。

基本上我懷疑他不只因爲大叔的關係，可能想一併幫卷之獸拿些啥代價，順便整整建設公司的人。畢竟，那個委託任務的大姊眞的有點……讓人感覺不好。

「好，我就照你們說的做。」厲鬼大叔慢慢地退淡了顏色，慢慢地退回原本的跳死鬼樣子，「不過如果最後講的跟做的不一樣，我會詛咒你們到死……」

「隨便你吧。」就在學長話語完畢同時，大叔也消失得無影無蹤。

「這樣眞的可以嗎？」我有一點疑問，這樣感覺好像沒有做完工作。一般來說，不是應該讓大叔升天完結它的怨氣然後還建地一個寧靜的空間嗎？

「一般來講這類型的處理到這種程度就可以了，我們要追求的是平衡，不是委託者的全盤勝利。」學長慢條斯理地從口袋拿出了一張淡黃色的紙，上面有個正方形的印子，「剩下的就看建設公司的人自己如何解決，控制權不是在我們手上，而是他們；干涉太多的話，當心處理不好你會遭到兩方的怨恨。」

這樣說也沒錯啦。

那張黃色的紙落在地上之後，立即就消失了。我注意到工地的四周好像稍稍亮了一下，馬上又回復原狀。

「這樣就可以了。」

我很想問，那張符的用處是什麼。

「我布下了絕對消除陣法。」學長看了我一眼，用腳點點地面，「在我未解除咒文之前，所有咒術在此地會完全無效，就算來個道行高超的法僧也一樣。消除陣是精靈陣法，目前普通有能力的人類還無法破解，不過這種程度紫袍階級就能夠破解了。但是紫袍會分辨這是袍級下的咒印，不會特地打壞它。」

也就是說，你這個陣在這邊是無敵的，沒人敢弄掉就對了？

我突然對大姊的未來感到悲哀。他們一定會被好兄弟整得很慘——如果他們不聽學長的建議，乖乖遵行條件的話，肯定絕對會哭著再來尋求協助。

不知不覺中，我發現周圍的風雨好像有減小的感覺，因爲在結界裡沒有直接接觸，所以也不太確定。

「對了，剛剛你想的那個東西是怎麼回事？」

學長轉過身，看來暫時沒有回家打算地提出問題。

「什麼東西？」我剛剛想了很多東西啊，突然這樣問我我哪裡回答得出來啊……

不過話說回來，好像大部分都是亂七八糟的東西居多就是了。

「我剛剛很明白地感覺到……有一棟老房子什麼的，有點清楚的畫面。」學長也是一臉莫名地看著我，「褚，我平常只聽得見聲音，不會看見你所想的畫面。」他補上了一點解釋。

喔，原來是那個東西喔，「其實我也不太清楚耶，印象中好像我以前有住過那邊，很小的時候，不過確切的地點我老媽他們都想不起來了，可能是那時候剛分家，搬出來臨時找到的地方，大概是怎樣的我就不知道了。」我聳聳肩，記憶中感覺我應該沒有多大，誰會很清楚記得小時候的事情啊。

但是，那棟房子我的確有個很深刻的印象。

「說來聽聽吧。」學長又坐回鋼筋上，擺明就是對那棟房子很好奇。

我環顧了下周圍，勉強找到一個大鐵桶當作椅子坐上去，要知道站了一晚也是會腳痠的。

說到那棟老房子……

我記憶中真的就只有那間房屋外面的印象，老樹上有個藤蔓做成的鞦韆隨著風搖。

對於屋內是啥擺飾我居然一點微薄的記憶都沒有。到底是多久之前的事情呢？

照理來說，如果是那麼特別的房子，我應該多多少少會記得那裡面的東西才對，沒可能連一件裝飾都沒印象，「我記得有人在那個房子前面自殺，可是不記得是誰。」說起來也奇怪，一般來講，那種記憶應該會記得清清楚楚，我居然單單只記得這件事情，其他關於房子發生過的事情的記憶全部都沒有，「忘記好像是那個親戚了，有一天我在房子外面自己玩的時候，他就在我旁邊說了一些話，過沒多久我站起來，他就上吊死了。」

學長瞇起眼，「後來呢？」

後來？

我沒有印象。

對了，後來怎樣了？

那麼大的事情我居然連後面怎樣都不知道？

「看來那個老房子可能住了很不得了的人物。」不等我想完，學長突然自己冷笑了起來，半夜看還眞讓人覺得有點毛。

「什麼人物？」就我印象，那個好像是某親戚的家吧？

我也不太確定，回家再問問老媽好了。

「你以爲我光知道房子的樣子就會知道主人的樣子嗎？」冷冷拋過來這樣一句話。

呃，我想也不太可能。

「不過依照你所說的來推測，我想那棟房子可能也住了有力量的人，所以你才會不記得那裡發生過的事情。」學長環著手淡淡地這樣告訴我，「一般來說，這種狀況只有一種解釋，就是刻意的記憶模糊。」

記憶模糊？

我們有那麼神奇的親戚嗎？該不會是外星人吧，聽說外星人專長就是洗腦。

啊，搞不好其實那個親戚根本不存在，那個地方是外星人的大本營，他讓我們誤認爲他是親戚好掩蓋他的身分來進行各種人體實驗。

「那是不可能發生的事情。」學長打斷了我的妄想。

哈哈哈……我輕鬆一下氣氛嘛，「這樣的話，被模糊的記憶有辦法恢復嗎？」繞回正題，不知道爲什麼，被學長這樣一說，我反而介意起這件事情了。

究竟那個房子裡面住了什麼東西？爲什麼我會突然想起片段的記憶？

好介意。

「這類事情不是我擅長的範圍，我建議你應該去找醫療班，這樣希望還會大一點。不過既然對方會留一點印象給你，就表示他希望你以後如果有需要的話，可以循著記憶線索回去找他，這樣推算起來，要恢復記憶可能也不會有多難。」推敲著可能性，學長一邊分析然後這樣告訴我。

說到醫療班，我第一個想到的是喵喵，不知道她有沒有辦法。比起去找輔長，我個人覺得把性命交託在喵喵手上會令人比較安心一點。

「米可蕥的主項目是治傷，你要找醫療班的分析部門會比較好處理。」學長斜了我一眼，戳破我的渺小希望。

醫療班有分部門？

真對不起我實在是看不出來那個小地方可以塞那麼多人……居然連部門都有分……該不會其實下面還有地下室一樓、地下室二樓一直到五十樓這種神奇的密室吧？

「我們校園的醫療團體並不專屬於學校，而是公會支援的醫療班，由提爾爲首的幾人負責駐校。正統的醫療班是很大的團體，跟黑袍、紫袍一樣，他們也是有著公會認可階級。鬼王塚那時你應該也見過了，藍袍的醫療班。而你上次看見的保健室只是一小角，那個地方是開關來專治校內學生的，他們的主要活動區不是在那邊，而是在公會的醫療班專屬區，有時間的話我再帶你過去參觀參觀。」

聽起來醫療班很厲害的感覺……

不過我也發現一件事情，我們學校裡面好像什麼都有對外合作，面子超級大的樣子。

「因爲學校的創建人手腕很好的關係……」學長喃喃地說著，不過我覺得他比較像在自言自語，不像在跟我講話。

說到這裡，我也發現我根本不知道學校創建人的名字……嚴格來說，我連校長是誰都不知道，學校一些幹部也不曉得，只知道賽塔是宿舍管理人，安因和夏卡斯都是行政人員而已。

我當學生當得好貧乏啊，「學校的創建人是誰？」既然話頭都起了，我繼續問下去應該也不過分吧，因爲我的確對能夠創辦這所鬼學校的人非常有興趣。

他如果不是火星人就是冥王星人。

學長看著我，哼了兩聲，「Atlantis的創建人一共有三個，目前暫時隱身幕後，不干涉學校的運作，只在重大決策時會參與。至於校長、副校長那一類的東西沒有，整個學院的管理都是由學校的行政中心運作管理，其下又細分了像是會計部、營業部、人事部等等的地方，屬於一種百放的管理方式。」

聽起來比較像個組織而不是學校，不過好像也有學校是這樣管理吧？

因爲我們以前不是這樣，所以我不太清楚。

「那三位創辦人還活著？」

我還以爲像學校歷史那麼久，創辦人應該早就死得只剩一把骨頭了。

「創辦人的年紀沒有人知道，不過我可以跟你說，學校的年紀起碼有過百歲了，還未建立的那個時候，那三位的名氣就已經很大了。」

……原來我們學校是千年老妖精所創辦，難怪我就說這麼不正常的學校誰弄得出來啊。

「學長，我覺得你好像滿清楚創辦人的事情耶。」他講話的語氣給我的感覺就是和創辦人滿熟的樣子，所以很有技巧地迴避重點不跟我講。

「哼……熟嗎？」學長又在冷笑了。

我確定他們絕對熟，因爲學長冷笑起來的表情非常詭異。

而且我還發現我可能問到不該問的事情。

「我跟他們有點關係，不過沒有你想像中那麼熟。」瞪了我一眼，學長站起身，「好了，聊天時間結束，該回去上床睡覺了。」他往地下張開掌，瞬間移送陣就在地上閃閃發光。

我可以把他的行爲解釋成逃避回答嗎？

※

就在我準備一腳踏入法陣時，我聞到一個味道，一個讓我全身發毛的惡夢臭味。

移送陣馬上消失在地上。

「褚，快來。」學長一把扯住我的手臂很迅速地匆匆往建築工地的二樓跑去。且就在我們一跑的同時，結界突然全部解開了，風雨和東西被拆落的巨大聲響馬上傳來，我被瘋狂打來的雨水噴得全身都濕，旁邊的學長也好不到哪裡去，他整頭銀色的髮都濕答答地貼在頭上跟臉頰上，水珠順著腮邊滑落。

就說應該帶雨衣的。

我跟著學長在二樓一個窗戶洞底下躲好，然後悄悄地看著窗外的動靜。

有個奇妙的聲音遠遠響起。

「把護符給我。」學長向我伸出手，我立刻翻出那張突變紅色護符交給他。

只見他無聲地把護符貼在地上，然後畫了幾個我看不懂的形狀，護符上的眼睛轉了兩圈之後馬上安靜下來，動也不動了。

「不要出聲音。」學長把食指放在唇上，很小聲地這樣告訴我。

我連忙點點頭。

那個腥臭的味道越來越濃，濃得讓我想起入學前的某一天，突然有一堆死魚眼殭屍來找我，最後被大炸彈炸爛還炸壞一座公園的事情，兩者的味道是一樣的，一樣的臭。

第一個臭味來源出現在窗戶外，就在工地圍欄的外頭，雖然天色整個是黑的，不知道爲什麼那個東西就是看得很清楚。一個灰白眼的人用著很奇怪的姿勢在走路，就像手腳都沒有力氣一樣，他是用整個身體在拖動四肢移動著。

然後漸漸的，後面出來了更多，一個接著一個，源源不絕。

奇怪的是，明明就是颱風天，那個味道我居然聞得異常清楚，好像無論多大的風雨都沖刷不掉的感覺。

那個東西來了一大團又一大團，很像遊行一樣魚貫地走過去，我不知道有多少個，不過我想應該快破百吧？

學長皺起眉，表情有點怪，然後他把我往他那邊拖過去一點。

颱風裡慢慢傳來一點一點的聲音，好像是鈴鐺的聲音，還是那種一顆十元的便宜大鈴鐺，一點都不怎麼好聽，整個聲音亂七八糟的很雜，雜得讓人都有點頭痛起來。

在後面一點出現了另一團灰白眼殭屍，不過這次他們手上有扛東西，感覺很像是某種轎子，也有點像是日本的那種神轎，挺大的，幾十人扛一個。轎子上面都是黑色的布料，在雨中居然完全沒有被打濕，依舊是那樣子飄逸得讓人刺目。

這個一看就知道不是啥好東西的遊行。

比較不妙的事情發生了，那個詭異的隊伍就在工地前面停下來。接著我看見那一大堆的灰白眼睛開始掃射工地，好像想要看穿裡面有什麼東西一樣。

不會是在找我們吧？

「謎影蹤，不是我所允許之物排除範圍之外，速辦。」學長湊在我身邊，伸出左手按在護符的眼球上面細聲地說。他的手掌沒有離開，不過從護符下面我能看出好像有震動，一下子之後，護符發出淡淡的紅光，然後停止。

外面的灰白眼大團體在幾秒之後突然發出很大的喧譁聲。

我看見有個灰白眼用跑的跑到轎子前面，張開嘴不知道嚷些什麼，我完全聽不懂他們的話，一個字都不行。不過看他拚命搖頭的樣子，好像是在講什麼沒有。

然後，轎子又被抬起來，慢慢地往工地另一邊離開了。

過了不知道多久，好像有十幾分鐘，學長才慢慢地把手移開，我看見下面的護符已經閉起眼睛，然後轉頭，學長的臉上居然冒出冷汗。

「暫時讓他們走掉了。」將護符遞還給我，學長抹去了臉上的汗水，「幸好他們沒有發現我們在這邊。」然後他拿出手機，很快速地發送了簡訊出去。

「那是……？」我總覺得轎子裡面好像有某種東西，剛剛因爲太緊張沒發現，現在才注意到我自己也流了滿身的冷汗。現在鬆懈下來之後，只感覺到有那麼點脫力。

學長轉過來，用他的紅色眼睛看著我，「那個是比申惡鬼王手下的第一高手，他從來不在人類世界現身，我想大概是衝著……什麼來的，如果被發現，可能會脫不了身。」然後他站起來，很迅速地在地上布下移送陣，「我已經聯絡了公會這件事情，他們馬上會有處理動作，在那之前我們就先回去，繼續待在這裡如果他們折返就會有危險。」

我想也是，應該不只危險，而是非常危險。

一滴血紅色的水珠從學長的左掌上滴下來，落在移送陣上面發著微弱的光芒。

「學長，你受傷？」我立刻拉了他的手翻過來，上面有個血口，整個血肉模糊看起來有點恐怖。不過這手不是剛剛操縱護符的手嗎？

「小傷，回去再說。」他一把抽回手，然後把我拖進去移送陣裡面。

四周整個亮起來，我知道很快我就會回到家了。

可是我不能理解，爲什麼那個惡鬼王的手下老是在我們世界跑來跑去？

上次還嚇到我跟我同學。

搞什麼鬼？

「比申惡鬼王已經有動作了，我看最近要提防一點比較好。」環著手，學長陷入思考當中，認眞得整張臉都很嚴肅。

所以我不好意思打擾他，跟他說我們已經到家了。

我突然也有點好奇起那個惡鬼王的樣子了。

雖然說我上次在墳墓已經看過一個，不過殭屍復活與活體我想還是有某部分的不同差別。可是我覺得現場看我應該會直接被嚇到心臟麻痺，這樣這篇故事就會END了。

所以看看圖片還比較保險一點。

我想，搞不好可以在圖書館借到相關書籍哩。

瞄了一下桌上的時鐘，剛好指針過了十二點整。

這一晚還眞漫長。

※

偷偷摸摸回到家之後，我第一件要做的事情就是先洗個熱水澡。

剛剛在工地那邊全身都濕了，又冷又髒的讓人打從心底覺得不舒服。

幸好我家的浴室每層樓都有一個，這樣才不至於吵醒已經熟睡的老媽。要知道我老媽很可怕的，如果被她看見我半夜溜出去的證據，我可能會吃不完兜著走。

拿了簡單的衣物之後，我繞到另一個房間去，學長比我愛乾淨的樣子，應該不至於就那樣睡覺。

客房在走廊的盡頭，我躡手躡腳地走過去，輕輕地敲了幾下房門，果然如同在學校一樣，門不用半秒就被打開，「你還不睡在這裡幹嘛？」

我只是好心想來問你要不要用浴室……

注意到學長的樣子也還沒變，就是剛剛看見全身濕淋淋。

「等等，我在處理事情。」學長看了我一眼，轉身走進房間，很習慣成自然的我也跟著走進去。房裡是亮的，不是電燈，因為現在還在停電，應該是光影村提供的免費發亮服務。

一進到房間裡我稍微有點愣住。房裡不是只有學長一個人……呃、應該說還是只有學長一個人，但是另有一個半透明的形體，像是女人的臉但是有鳥的身體。

「這是水妖精的信使。」一邊從那個形體手上接過東西，學長像是隨口說著。遞過物品之後，幾乎半透明的女人就在我眼前猛地消失不見了，「她來傳遞水之貴族的訊息。」

水之貴族？

我突然想起某三人。

將手上的東西拋在床上，學長不曉得從哪邊生出毛巾徐徐地擦著頭髮，「是伊多傳過來的沒錯，裡面有亞里斯學院上回在奇雅學院鑑定出來的攻擊報告。」

對喔，被他這樣一講，我才想起來那天他們好像有去申請什麼調查的，後來因為沒再提，所以我也忘記這件事情了。是說，我又不是參賽選手，不曉得也是理所當然。

「鑑定報告裡面證實大賽有人動手腳，目前大會已經針對搜尋到的線索下去追查，屆時會一併將有涉入的學院統一處罰。」拿下毛巾之後，學長瞄了我一眼，「另外，我正打算開影像球，西瑞拿給我之後我一直還沒時間開來看，你要看嗎？」

影像球？啥東西啊？

「雷多、雅多在奇雅學院那場比賽時候錄下的影像球。」學長補充上這句話。

我馬上點頭。那一場剛好我們沒有看到，因爲學長他們要處理伊多的傷勢沒有在場。這麼說來，原來那場學長要離開時丟給五色雞頭的東西就是錄影的東西囉？

還眞是設想周到。

就在我眼巴巴等著學長放映同時，學長突然拎著包包往房外走。

欸？不是要先看錄影嗎？

「我要去洗澡。」紅眼轉過來瞪了我一眼。

被他這樣一講，我才想起我自己身上也是濕淋淋的，而且有種越來越冷的不明感覺。

跟著跑出去，剛好看見浴室門關上的那一瞬間。

學長居然也會搶浴室這一招。

「哈啾。」

希望在他出來之前我不要感冒就好……

※

輪流洗完澡之後，大約是快一點的事情。

我偷偷摸摸地從廚房端上來兩杯飲料，上樓回到客房之後，學長剛好在看他的鑑定報告資料，看見我進來他也剛好看完，放下手上的鑑定單，「奇雅同時被證實也是受害者，系統中有被動過手腳的痕跡，報告裡面目前正在約談幾名參賽選手，有進一步消息會再聯絡我們。」接過飲料，他收妥了報告書，「跟我們這邊收到的資料幾乎是一樣的，看來大概都是同一個手法。」

「喔。」我不太明白系統入侵什麼的，所以不曉得應該說什麼。

就在短暫的幾秒沉默之後，我看見學長拿出一個圓圓稍微會發亮、有點像是網球大小的東西，「那麼就開始看亞里斯學院那場預賽吧。」他將球擺在地上，拿著飲料坐在一旁，我連忙也湊上去看。

光球在地上停頓了幾秒，突然爆出很大的喝采聲音。

我嚇了一大跳。

夭壽喔！這麼大聲老媽、老姊一定會被吵醒，然後她們醒就等於我會不得好死，我覺得我應該勸學長還是改天再看好了。

「我在房間布了結界，不會有聲音傳出房間範圍外。」學長涼涼地丟過來這樣一句話給我。

消音了？那還好，不然我們就只剩下死定了這條路可以走。

隨著巨大的聲響過後，出現在我們面前的是小型的投影畫面。那是那一天我們先行離席之後，由五色雞頭錄下的對決畫面。

場上有四個人。其中兩個是當日拿下幻武兵器之後走上場的雷多與雅多，另外兩個是惡靈學院的……我忘記名字了，可是記得那兩個人同樣都是紫袍。

「惡靈學院的妮藍和阿綈絲，是鬼子處刑者其中兩人。」學長在旁邊附註，「深綠色長髮挑釁的那個是阿綈絲，另一個是妮藍。」

對，我印象中的確是這兩個人，而且上一場被雅多幹掉的也是她們的同伴。記憶飛馳到那一天的現場，就在雅多殺掉那個人之後，另外兩名紫袍的同伴叫他們下場，而伊多勉強自己取出幻武兵器的時候。

珊朵拉飛舞在場上。

「惡靈學院與亞里斯學院第二戰開始。」播報員的聲音迴盪在現場，立即傳來爆喝拍手叫好的聲響。

場上雅多與雷多的眼睛是赤紅，像是燃燒的火焰一樣，誰也分辨不出來是誰。長劍雙雙點著地面，像是沉寂的猛獸咧著牙蓄勢待發。

另方的惡靈學院代表不甘示弱，兩人同時抽出了彎刀緊盯著面前的敵人。

四周的野獸伏著地面像是等待著最佳的攻擊時機，多方互相戒備著，一切氣氛變得更加緊張。

阿綈絲冷冷地直視著眼前的對手，「你要為剛剛的事情付出代價。」語畢，就在銀色野獸有了動作的同時，猛地蹬腳就往前消失不見，下秒已出現在雙胞胎兄弟其中一人後面一刀劈下。

她應該攻擊錯人了。

雖然我也在雷多和雅多不笑時分辨不出誰是誰，但可以從他們的幻武兵器判斷。雷多的劍是銅金裝飾的顏色、雅多的是銀色的，而她現在攻擊的那個人拿著的是銅金色裝飾的武器。

就在刀落下的同時，雷多的頭上出現了火花，比起阿綈絲的動作更快，一旁的雅多已經抽劍擋下攻擊，「這種程度還想要別人付出代價嗎。」百分之百嘲弄的語氣，不給對方任何回應的時間，他刀刃一轉，翻身就將對手一腳踹出一段距離。

四周的野獸發出不同的吼聲，各自往最靠近的選手發動攻擊。

「雅多，放手去做吧。」另一邊的雷多同時有了動作，只見他將劍落下插入地面，單手按在劍柄底端，「奔火瀑雨、場上障礙卸除，十六雷火、雷王聽命。」就在他洋洋灑灑唸著一串像是咒語話語的同時，沒入地面的劍尖處發出了崩裂聲，一點金色的火花往上竄延然後炸開。

我看見雷多四周的野獸同時停下腳步，天空猛地轟隆幾聲巨響，像是大雨一般的銀色閃雷同時劈下，場上的野獸幾乎全被無差別攻擊的劈雷打毀，沒幾秒時間紛紛倒下不動。

「亞里斯學院一口氣殲滅了場上的攻擊獸。」播報員的聲音響起，因爲剛剛攻擊範圍太廣，差點也打到她，目前珊朵拉已經躲到觀眾席一帶，那裡有結界保護著不受波及，「雷多選手所使用的幻武兵器帶來的自然之力，我們可以很明顯地看見那是暴雷的力量。」野獸倒地不動之後，不用幾秒鐘的時間就融化回原本的銀色液體然後滲入地面，場地上整個又被淨空。

不給對手喘息的機會，同時發動攻擊的雅多斜劍就往被雷聲驚擾的阿綈絲刺去，反應極快的紫袍選手險險擋下往頭邊來的奪命一劍。同時，另一端的雷多正式與尚未有所動作的妮藍對上。

「很有趣的招式，你的兵器應該是王族兵器吧。」妮藍仍是站在原地似乎沒有先行發動攻擊的打算，「亞里斯學院的戰力一直都很薄弱，難得這次會出現稍有水準的選手。」

「惡靈學院的戰力一直很卑鄙，看起來這次應該也是一樣。」抽出長劍，雷多直指著眼前的對手，「放心，我跟雅多一樣不會對女人手下留情。」

說到不對女人手下留情的人我也認識一個，他剛剛還說他眼中只有敵人跟自己人。

「囉唆，你不看就給我去睡覺！」學長直接往我腦後一巴。

我當然要看啊……

「那好得很。」妮藍勾起陰惻的詭譎笑容。

兩邊都沒有任何動靜。比起另一端打得火熱的另一組，就像是極端的對比。

雅多與阿綈絲兩人連連攻擊對方，連一點空隙喘息的時間都沒有。

就在紫袍選手被一劍逼開距離之後，雅多也同時停了下來，紅色的眼睛看著對手，「遊戲該結束了。」如同剛剛的雷多一樣，他將劍插入地面，指尖在劍身彈動一響，「妳聽見水鳴的聲音了嗎？」

「阿綈絲！馬上回來！」妮藍爆出一喝，聽見同伴聲音的阿綈絲一點也不戀戰，回刀就要往同伴身邊去。

就在她移動的同時，一隻手猛然制住她的肩膀迫使她停下腳步，回過頭，對上了雅多血紅的眸子，「來不及了。」冷冷的嗓音傳來，幾乎讓人發寒。

阿綈絲在聽見對方的聲音時猛然一震，接著一滴血水從她的眼角滑落。

「水鳴。」雅多張開手，幻武兵器消失在原地出現在他的掌上，「妳身體中有多少水，那都是我的武器。」

我聽見像是鈴鐺一樣小小的聲響。

雅多的幻武兵器在發光，下一秒，阿綈絲的眼睛、嘴巴甚至耳朵湧出大量的血水，垂落的手指也一滴一滴落下赤紅。

鈴聲越來越強。

雅多往後躍去一步，揮動了手上的長劍。

只是在那一瞬間，一顆頭顱伴隨著大量的血液削落在地面上，觀眾席猛然噤了聲看著地板上的血液大肆地延展開來，同一時間，紫袍選手的身體頹然倒地，躺在汩汩漫開的血泊上。幾秒之後，地面上出現的銀色液體覆蓋住屍體，再也看不出個所以。

「亞里斯學院首先除去一名對手，惡靈學院的妮藍選手現在要如何單獨對付兩名亞里斯學院的白袍選手呢？」

珊朵拉的聲音迴盪在寂靜的場上，聽起來格外刺耳。

「你們以爲先解決了阿綈絲，我就沒辦法了嗎？」

彎起了奇異的笑容，妮藍仍站在原地，她握著彎刀往旁輕輕畫出一個周圓，「沙之瘟鬼。」隨著聲響，一隻巨大的手掌猛地竄出在她身後張開，張開的掌心幾乎有一個人那麼大，接著拍在地面緩緩地從底下出現了身體與頭。

我看見一個像是鬼怪般的腦袋，黃色的眼睛、灰色的皮膚，頭上有著獨角、身上出現鱗片，一點一點地從地上站起身。

不曉得爲什麼，這個召喚出來的鬼怪突然讓我想起了鬼王塚裡面的那具屍體。

「出現了！惡靈學院著名禍鬼之一的瘟鬼！」播報員仍待在場外不敢進去，這也讓我明白當時場內一定有某程度的危險。

雅多與雷多同時倒退一步。

瘟鬼張開了口發出了奇怪的吼聲，然後從它的口中冒出難以計算的黑色飛蟲，一隻隻地脫離，然後飛滿了整片天空。我從畫面上看見那些蟲長得有點像蝗蟲、可是又不太一樣，黑色的讓人感覺非常不好。

「那個是棘蝨，傳播各種詛咒病害的妖蟲。」學長附解著，然後專心地看著場上一舉一動。

那不就和蚊子、蒼蠅滿像的……到處傳播病菌是吧？

場上的雷多、雅多兩人暫時沒有任何動作，黑色的飛蟲就包圍在兩人四周，層層疊疊、密密麻麻地看起來有點噁心。

「勸你們最好不要輕舉妄動，瘟鬼的棘蝨有很強的毒性與傳染性，我還不想讓比賽那麼快就結束了。」妮藍環著手看起來相當輕鬆，背後的瘟鬼越過了她身邊，一步一步往前踏進，「瘟鬼喜歡活的祭品，你們就這樣乖乖看著對方被瘟鬼一口一口地吞噬吧。」

情況馬上對雙生兄弟不利。

對看了一眼，雷多將手上的劍再度插到地面，「不好意思，我們可是很貴的，妳的怪物寵物吃不起。」語畢，兩人同時伸出手，「舞火之神，南方荒原燃熊，夏之續技烈火湧。」

「燎火之技。」

幾乎是停下聲音的同時，場地上猛地爆出大火，來不及飛高避難的黑色飛蟲紛紛被燒成一團小小的火球，接著化爲粉塵消失在空氣當中，四周的火焰將場地團團包圍起來，頂上的黑蟲懼於烈火不敢立刻飛下攻擊。

「奔火瀑雨、場上障礙卸除，十六雷火、雷王聽命。」不給黑蟲喘息的機會，雷多再度發動了幻武兵器的攻擊，天上的巨雷爆響，立時將滿天黑蟲打到剩下零散幾隻，再也構不成威脅。

眨眼幾秒當中的動作，就在瘟鬼想要重新製造黑蟲的同時，一柄劍破風直接釘上他的額頭、穿透他的後腦，不曉得何時已經發動襲擊的雅多站在突出的劍柄上，白色的衣襬還沒飄下，他先騰出手掌按在瘟鬼的頭上，「鳴雷之神，西方天空狂吼，秋之王者天雷動。」雷光在他的掌心與瘟鬼當中崩裂而出，「雷爆之技。」

轟然一響，瘟鬼整個頭部被爆雷炸開，青白色的液體四處飛濺落。

被震開的雅多急速落地、一點防備也沒有，被急忙追上來的雷多一把接住才順利站在地面沒有狠狠摔下，「喂！叫別人不要掛彩的不要一打就自己先掛彩。」抱怨著，他抓著自家兄弟的左手一拉一接，發出一點細微的聲響才鬆手。

雅多站穩身，像是測試般轉轉自己的左手。按照剛剛的抱怨來看，大概是被震飛時脫臼之類的，他轉頭也幫捱了神奇感應牽連的兄弟接好手。

瘟鬼缺了頭部的身體還是站在原地，不停有著黑色的血水冒出，一點一點落地之後變成更多的黑色飛蟲，又遮掩了整片天空。

「瘟鬼的災害不會那麼容易就停止，你們兩個慢慢打到筋疲力盡吧。」妮藍見到瘟鬼被打爆頭時臉色明顯一變，但很快又恢復一副自然的表情，像是絲毫不爲所動。

「水鳴……」正要發動幻武兵器的雅多突然被旁邊的兄弟一扯，硬生生中斷動作。

「別動那個瘟鬼，他的血會對你、還有你的幻武兵器有影響。」雷多皺起眉，口氣不是很好，「不要告訴我你不曉得。」

雅多看了自家兄弟一眼，才把地上的長劍抽起來。

血爲什麼會有影響？

「水鳴劍的技能是與水同步發動共鳴進而操動，如果用水鳴與瘟鬼身上的血液做連結，雅多可能會被血液中的詛咒或是病害影響。」學長看了我一眼，這樣說著。

原來是同步的問題，我大概明白那個意思。

「舞火之神，南方荒原燃熊，夏之續技烈火湧。」雷多看著源源不絕的黑蟲，就如同剛才一樣開始吟唱相同的咒文，「燎火之技。」

大火一次比一次猛烈，逐漸往瘟鬼的身體上燒去。

「沒有用的，等你把瘟鬼的屍體全燒完，你們也死定了。」妮藍放聲大笑，黑色的蟲像是保護一般圍繞在她四周，火焰怎樣都過不去，「你們就這樣慢慢掙扎到力盡吧。」

就在她環著手勾起得意的笑容時，有那麼數秒，她的臉整個僵住了。

「瀑水飛螢、敵者奪命，十三川流、水君聽令。」

聲音停止的同時，從大火當中竄出了水色，極快地封住了瘟鬼屍體斷裂處，水往下不斷侵蝕著，黑蟲逐漸在火焰中減少不再新生，很快地，場面上再度恢復成剛剛的寧靜。

妮藍倒退了一步。

「不要太小看別人。」雷多的紅色眼睛眨了一下，像是要滴出血水一樣，「再見囉。」

下秒，火焰絲毫不留情地貫穿了妮藍的身體然後瘋狂燃燒。

同時，瘟鬼也逐漸隨著召喚者逝去而消失身影。

很快地，勝負在一陣騷動之後分了出來。

「亞里斯學院對惡靈學院，第一勝取得！」

※

我看見畫面搖晃了一下，應該是五色雞頭動到了。

雅多和雷多在觀眾的拍手聲當中緩緩走回休息區。一踏上階梯回到原處之後，兩人突然相繼跪倒下來。

「喂喂，你們兩個就算很崇拜本大爺我也不用跪下來啊，不知道年紀大的跪年紀小的會害人折壽嗎！」我聽見五色雞頭的白目發言一併被錄進去。

眼前的雅多給了他一記很不屑的白眼，彷彿在看白痴那種感覺。

雷多乾脆翻過身仰躺，整個人很豪爽地呈現了大字型，「該死的，差點沒累死，那個女的叫出來的鬼東西有夠難應付的。」

「沒看你們做啥事，幹嘛一回來就虛脫？」五色雞頭蹲在旁邊踢了雷多一下。

「水鳴跟雷王發動術會消耗掉許多精神與力量，沒事我們才不會想用哩。」往旁邊翻了一下，雷多又軟綿綿地躺回去原位。

雅多沒他躺得那麼難看，只是靠著一旁的牆面休息了一會兒之後就站起身，「我去辦理手續。」他對著雷多拋去一個白色的小珠子，「吃了再去見伊多。」語畢就匆匆地離去。

「喔。」接了東西之後往嘴裡塞，半晌雷多才起了身。

「那是啥東西？」五色雞頭的聲音再度傳來。

「恢復力氣的東西，別跟伊多講，他禁止我們用這種東西。」雷多頑皮地眨眨眼。

「真沒用，還要隨身攜帶大補丸是吧……」

五色雞頭的聲音一停頓，畫面就跟著消失。

到此爲止了。

學長張開手掌，收回了影像球。

我盯著地板，剛剛的比賽畫面對我來講還是有點刺激的。

爲什麼雅多比賽都很喜歡弄得血淋淋的啊？看起來眞的怪恐怖的，有種讓人想吐又頭昏目眩的感覺，很不好。

「總比有人作戰方式都是亂來的好。」學長瞥了我一眼，不輕不重地戳過來這樣一句話。

我又不是故意的！

「對了，剛剛播報員說的禍鬼就是瘟鬼嗎？」我突然想到剛剛的名字。可是也不太對啊，因爲她說瘟鬼是禍鬼「之二」，總不可能瘟鬼的另一個名字眞的叫作禍鬼之一吧，很靈異耶。

學長看了我一眼，那個表情說不出來我問的是好問題還是腦殘問題，不過我比較希望是前者，「惡靈學院六大禍鬼爲瘟鬼、戰鬼、貪鬼、冤鬼、狂鬼跟孿鬼，是惡靈學院的六大鬼靈，盤踞於學院當中同時也保護學院。打個比方來說，就像保護我們學院的精靈一樣，不同的則是在惡靈學院中有能力的學生能與鬼靈交換契約，召喚出鬼靈聽從命令；而在我們學院的守護精靈則不行，守護精靈有著公平的意志會隨時幫助有需要的學生而不會特定偏私幾名。」

原來如此，那我大概明白了。

一整場比賽看下來到結束之後，我才注意到桌面上的時鐘，快要兩點了，外面還在下雨，風颳得有點大，很怪的是，房裡一點聲音也沒有，我猜大概是學長的結界在作祟。

「比賽也看完了，你應該要回房睡覺了。」站起身，學長看了一眼窗外。

「喔。」我繼續待下來也很怪的我知道，畢竟這裡是客房嘛。

對了，我突然想起另一件事情。

剛剛學長的手不是在工地受傷了嗎？不曉得他有沒有好好包紮。

「還用得著你擔心嗎？」冷冷的話砸過來。

好啦好啦，當我啥都沒說，「那我先去睡囉，學長晚安。」

「晚安。」

……

我嚇到了。

沒想到學長居然會跟我回晚安，我眞的嚇到了，該不會今晚颱風明天一早起來就看見世界被洪水淹沒了吧！爲什麼學長會突然語氣這麼好跟我說晚安？我該不會是耳朵抽筋在幻聽吧我！

「你欠揍嗎！」

我立刻拔腿就逃。

笨蛋才會留下來被揍。

然後，夜深了。

第八話　來自各校的參賽選手

地點：Atlantis

時間：中午十二點二十六分

短暫假期結束之後，我重回了學校。

學校裡這兩天出奇地安靜，也沒看見多少學生，更別說有作怪的東西，讓我難得享受了一點點悠閒的時光。

正午，我因爲要去買些備用的工具出了學校，就這樣直接愣在學校正門口前。

等等，我應該沒走錯地方吧？爲什麼我覺得學校外面跟我知道的學校外好像有那麼一點點不一樣……好吧，不是一點點，是很大一點。

「漾漾，你站在這裡發呆幹嘛？」猛然有人從我背後一拍，因爲經常這樣被嚇所以我已經很習慣他們的無聲無息出現背後打招呼方式，一轉過頭，看見千冬歲對我伸出一手，「嗨。」

嗨你個頭。

話說回來，這陣子滿少和喵喵、千冬歲他們碰頭的，萊恩更不用說了，因爲參加大賽的關係，所以直接從沒有存在感變成蒸發在世界上了。

好，話題拉回來。我瞪大眼，看著學校正門口。原本是白石精靈的大拱門整個都變了，那些精靈的樣子完全不一樣，全都穿了盔甲拿武器，整個就是殺氣騰騰的樣子，周邊校牆的白石畫滿了不知名的圖騰與文字，四處都出現了類似幻獸的雕刻。

不知道的人可能會以為這是哪個遊樂園的大手筆裝飾吧我想。

「沒有，我只是覺得我們學校門口變得真華麗……」整個華麗到閃亮亮的，以至於讓我剛剛有一秒出錯校門的錯覺。之所以會這樣懷疑也是合理的，因為我們學校太奇怪了，如果有一天真的出錯門我也不會感到驚訝。

千冬歲疑惑地看了我一眼，「當然啊，今天十支晉級的學院代表隊伍就會全部抵達我們學校，因為我們學校能提供的戰場壓倒性地贏過所有異能學院，今年已經是第七次當作最終競技的大場地。從今天開始到冠軍出爐，所有的代表隊伍都會住在我們學校裡，要有派頭一點是理所當然的吧。」他推推眼鏡，迷你圖書館開始認真地幫我解惑。

這時候會覺得有個萬事通朋友真好，啥不曉得問他就行了。雖然學長好像也是萬事通的一員，可是我就沒種什麼都問他了，因為有一半的機率會換來拳頭。

話又說回來，看來在我不知不覺的時候，初選、備選都很快過去了啊。不過想一想，原本參加的就幾十支隊伍，各自在不同的學院舉行了初選戰，短短幾天就選出來也是正常的。

我在全部裡面只看過兩次決戰，就是學長跟亞里斯學院的那兩場，後來因為一些事情就無緣觀看了。不曉得賽後能不能借到有關比賽的影片之類的東西，就像學長前幾天播給我看的那種錄影球。

「對了，十支隊伍是哪十支？」我想我一定是最不盡責的觀眾，我連有啥隊伍都不知道。頂多就知道奇雅、亞里斯和惡靈學院這些而已。雖說夏碎學長有給我一本介紹手冊，但是上面的字都認識我，不過我不認識它們。

千冬歲伸出手指，很認真地算給我聽，「我們學院以學長爲首、包含蘭德爾學長的兩支隊伍，亞里斯學院、伊多爲首的隊伍，惡靈學院、賈喬爲首的隊伍，奇雅學院、奈拉德兒爲首的隊伍，明風學院以默罕狄兒爲首、包含雷諾拉的兩支隊伍，巴布雷斯學院、登麗爲首的隊伍，提亞學院、以潔絲爲首的隊伍，最後是七陵學院、以韋天爲首的隊伍，以上一共八所學院十支隊伍，全都是這次脫穎而出的高手。」

……

你記得眞清楚。

其實我只是隨口問問的說，沒想到他眞的全介紹了，果然不愧有人形圖書館之稱。

不過話說回來，原來也有其他學校是兩支隊伍都中獎的，我還以爲只有學長他們會這樣，

「明風學院是……？」聽起來好普通的名字，普通到不像異能學院的名字，比較像我家隔壁高中會有的名。

「他們是戰鬥系學院，精通各種戰鬥技能與戰術，這次領首的兩支隊伍也跟我們一樣都是黑袍，算是很強勁的對手。」推推眼鏡，千冬歲很認眞地跟我說了個大概。

是說我從之前就一直注意到千冬歲很喜歡推眼鏡，「你是不是眼鏡尺寸不合？」

大概是話題完全不搭，千冬歲整個愣掉。

半晌，他咳了兩聲，「這個是個人習慣。」

喔，我知道，這是很多眼鏡仔共通的習慣，「對了，你近視度數很嚴重嗎？」說實在的，第一眼印象眞的會以爲千冬歲是眼鏡仔，可是實際上仔細看，除了黑框給人固有印象之外，他的眼鏡鏡片其實並沒有很厚重，一切都是黑框造成的錯覺。

千冬歲搖搖頭，「沒有很嚴重。」

「你有沒有考慮過戴隱形眼鏡比較方便？」這是我眞誠的建議，另外我相信一定有很多人跟我一樣好奇，那付黑框眼鏡下面的臉到底長啥樣子？

「沒有，反正必要時候就不用戴眼鏡了。」

他這樣說，我更好奇了。

※

「兩位站在大門口有事嗎？」

就在對話差不多結束時，一個很淡的聲音在我們身後響起，熟悉得讓我幾乎可以猜到是誰。

「賽塔？」轉過頭，我有點訝異會在這邊看見他，尤其是他旁邊還出現很久沒見到的夏卡斯，兩人看起來還眞的有那麼點像同族兄弟。不過我記得學長曾說過，夏卡斯不是精靈族的。

那他到底是哪一族哩？

「我們是代表出來迎接即將來臨的隊伍們，待會兒要招待他們到迎賓所休息。」向來都是負責宿舍事務的賽塔微微一笑，然後這樣說著：「時間也差不多了，你們要一起迎接他們嗎？」

我們？路人甲乙？

你們也未免太過隨便了吧？迎接者就直接找路人甲乙充數啊……一般不是應該有個什麼紅地毯、幾百禮砲，外加長長的人龍組成的迎接隊伍才對嗎？

「明日一早正式開場，我們學院的董事會出面主持，那時候會正式介紹所有隊伍，你們算是可以先見識到了。」夏卡斯勾起笑容。

是說賽塔來當招待還沒話講，爲啥會出現你這位會計部的？

你是準備現在先跟所有人結帳住宿費嗎老大。

我還沒說我想去買東西，千冬歲立即就先答應要留下來了。

「算算時間……到了。」就在賽塔的話語一落，我感覺到四周的空氣立刻冷下來，腳邊出現了霧氣，整個很像快結冰一樣。

我們的眼前猛然出現半個教室大的大冰球，半秒後聽見清脆的聲響，冰球整個爆開下起像是冰晶般的雨，夢幻又漂亮，過了半晌之後溫度才逐漸上升。

站在原本冰球位置的有四個人，爲首的穿著紫袍，另外三個穿著雪白統一的長大衣，不是白袍的那種大衣，感覺上是他們學校的代表衣物，因爲他們的胸口還有個校徽，大衣的領子是長長蓬蓬的白色毛草，看起來整個就是很保暖。

重點是，裡面三個全都是女孩子、包括那個紫袍也是，只有一個男生，標準的陰盛陽衰。

「巴布雷斯的代表，來自雪國的祭咒學院，紫袍的妖精、登麗，搭檔菲西兒以及兩名候補選手。」手上出現了一本冊子，夏卡斯在上面畫下一筆。

同一時間，我聽到很沉重的聲音。然後、再一次的，無敵鐵金剛組合配合移動陣瞬間出現在我眼前，不過不是上次看見的那幾個，而是另一種全新的。

奇雅的選手，這次出現的一樣是三個鋼鐵機器人，每個造型都有說不出的妙，不管看多少次感覺都是滿驚奇的，「奇雅的代表選手，白袍的奈拉德兒以及同伴，沒有候補選手。」

「還有禔亞學院，黑袍的潔絲以及我可愛的搭檔馬休瑞。」猛然出現的聲音，等我後知後覺發現時，已經有五個人影平空出現在學校大門前，當中帶頭的正是一個黑袍，「石谷中的幻獸學院代表，各位請多多指教。」

搶了發話的正是那個黑袍帶頭，後面四個人有一個紫袍，另外兩個是白袍，非常統一的平衡組合。我現在才發現原來不是只有我們學校一堆黑袍，別的學校也有。

不過讓我整個人嚇到的是最後一個……我看見了傳說中的……

ＥＴ外星人。

「噗！」顯然千冬歲被笑到了，因爲他突然靠在我肩膀上，可疑地在偷笑。

眞的是外星人，樣子跟外星人入侵的電影大片完全一模一樣！他伸出章魚般的手跟我們打招呼。

爲什麼學院裡會出現外星人這種東西！

「啊，這個是我們學院的聯絡人。」潔絲很大方地拍拍旁邊的外星人，豪爽地說。

我看見其他學院代表都用一種看到鬼的表情在盯著那隻外星人看。

「幻獸學院的禔亞經常都有怪東西出現的，所以不用太驚訝。」有人從旁邊拍了一下我的肩膀，等我看清楚了，完全就是熟人。

難道外星人在你們眼中是幻獸嗎？

「天文學院的亞里斯代表，白袍伊多等三兄弟。」夏卡斯繼續點下新出來的名字。

「爲什麼我們的介紹那麼簡短！」雷多立刻暴跳，旁邊的雅多哼了一聲撇開頭不想理他。

「別鬧了。」一旁的伊多就淡淡給了一句話，馬上鎭壓掉自家兄弟的騷亂。

我有一種看到眼花撩亂的感覺，一次出現一堆高手，感覺頗像被人敲昏之後躺在校門口作夢一樣……等等，該不會我眞的是在作夢吧？

「小朋友，你們是Atlantis學院的學生嗎？」禔亞學院的黑袍靠過來，還是剛剛介紹自己時那樣開朗。

「嗯，您好。」千冬歲代表回答。

「我們會在這邊住上一段時間，請多多指教囉。」潔絲伸出手，大方地說著。

「希望我們學院能為您們帶來愉快。」應該是挺擅長表面交際的千冬歲同樣伸出手回握。

看著幾個圍過來說話的人，我很識相地退了一步。畢竟有時候他們說話我也聽不懂，與其尷尬還不如在旁邊看著就好。

大約過了半晌，沒有繼續冒出人。

「奇怪了，明風學院、惡靈學院與七陵學院的人都還沒到嗎？」疑惑地翻看手上的名單，夏卡斯又看了一下眼前一群一群的人，確定沒有更多身影，「是不是路上有事耽擱了？」

同時間，我們學院負責聯絡的人猛然出現在夏卡斯身邊，我認得，就是上次有過一面之緣的東方學生、林，他匆匆地走過去與夏卡斯和賽塔不知道說了些什麼，又匆匆地很快就消失了。

夏卡斯收起手上的名冊，「看來我們的客人們的確有事情在路上耽擱了，請各位先隨我們來，Atlantis學院已經為各位準備好完善的休息場所，請務必放下路途上的疲憊，安心歇息與享受一番。」說著，他與賽塔一前一後讓那些隊伍好好地往校內走進去。

不知道為什麼，我總覺得林剛剛說的不是什麼好事，因為有一秒我看見夏卡斯表情稍微變化了，雖然不是很明顯。

與遲到的隊伍們有關係嗎？

※

「漾漾！」

應該跟去的雷多不知道爲什麼突然從我身邊冒出來，然後又盯著千冬歲看、伸出手掌，「我認識你，歡唱會時有見過面，你好啊，我是亞里斯學院的雷多。」他很快地伸出友善的觸角。

千冬歲瞇起眼看著他。

呃……老大，拜託你千萬不要說出不良少年的朋友也是不良少年拒絕交往之類的話，不然我可以保證雷多百分之百會在這裡跟你開打。

意外的，千冬歲居然也伸出手跟他回握，「你好，我也認識你，很有名的亞里斯三人組。」

「嘿嘿。」簡略地打完招呼，雷多立刻把注意力轉回到我身上，「你怎麼自己一個在這邊？西瑞呢？」

我就知道，他眼中只有那顆毛！

「不曉得，可能被學長抓去鍛鍊了，他是候補選手你忘了嗎。」我猜想五色雞頭如果眞的被抓去，可能會被操得很慘。話又說回來，他是那種會乖乖被操的料嗎？

「這樣啊。」雷多的興奮口氣明顯有某程度的下降，「我不想那麼早就去宿舍住，我們出去逛逛好不好？」他看向千冬歲，後者完全沒有表示意見。

這樣說起來我想想……萊恩與五色雞頭都因爲參賽的關係忙到翻天，喵喵也因爲是醫療班必須就定位，原來現在最閒的剩下我跟千冬歲是不是？

「對了，漾漾你本來不是也想出去嗎？」終於想到我本來要走出校園的千冬歲拍了拍掌，

「你原來打算去哪邊？」

我想去哪？被你們一打亂我差點連自己要去哪都忘記了渾蛋！

「我本來想去左商店街買一點符紙回來用，之前拿來練習的全部用完了。」那個抽取式的符紙眞的很好用，不過就是消耗率太高了。因爲一寫壞就想揉掉、一揉掉就會想抽新的來用。就某方面來說還眞是不符合節約與環保，不過幸好壞掉的符紙過一段時間會自動銷毀，有一次我親眼看見它著火還嚇了好大一跳，後來安因才告訴我那是正常現象，這讓我決定了把符紙放在陽台，避免沒事火燒房。

由此，我現在可以理解爲什麼平板衛生紙用量會比抽取式的少了，因爲太難拿反而不想用。

「欸，只是去買東西嗎？」雷多懶洋洋地掛在我身上，那個口氣就是嫌無聊，「我們剛剛也有收到聯絡人的訊息，聽說有學院在來這邊的路上遭受攻擊了，你們沒有興趣去看看嗎？」

被攻擊？

突然，我的右眼皮狠狠一跳。

「漾漾，你是不是想到跟我一樣的事情呢？」雷多勾起很冷的笑容。

我想我們想到的應該是一樣的東西。就在不久之前聽見的私下陰謀，這讓我不得不把它給聯想在一起，畢竟在上一場比賽中伊多他們也確實遭到攻擊。

我看向千冬歲。

完全不知道地點跟移動方式爲前提，我覺得目前只有他比較可靠。

「你們好無聊。」千冬歲冷哼了一聲，不過倒是從口袋裡拿出了一張三角形的白色紙張，「如果被罵，你們要負責。」

「唉唉，就說路過不就好了。」明顯是累犯的雷多提供不怎樣的藉口。

我個人認爲在場處理的人絕對不會以爲我們是路過的，那個完全就是專程去看好戲的，你居然好意思說是路過是嗎！

蹲在地面將三角形的紙符貼上，千冬歲用手指平空畫起了我完全霧煞煞看不懂的東西，大概又是什麼咒文圖騰之類的，「我看你們還是不要現場看才不會妨礙別人的動作，讓使魔把消息帶回來吧。」

「嘖！」雷多哼了聲，表明了很可惜。

「以風爲你的肢體、以雷爲你的速度、以光爲你的眼睛、以影爲你的棲身，受拜於雪野之名的路之使役，追蹤消息，去！」一聲喝下，地面上的三角形符紙猛然翻動一圈，連我都還來不及看見它到底是變成什麼東西，三角形變成的一團小黑影急速消失在我們眼前，「大約等幾分鐘它就會將消息與影像回傳。」千冬歲站起身，拍拍手上的灰塵。

我注意到千冬歲的紙符都跟別人不一樣，例如學長是殭屍符咒型，而千冬歲的一直都是三角型。該死！我忘記問安因這個有什麼差別了！

「雪野家的使役？」雷多疑惑地發問了。

「嗯，我們有專門收集情報的使役，比起一般簽訂契約的飛風來得優秀很多。」感覺好像有點驕傲的千冬歲推推眼鏡說著，「畢竟雪野家也算是靠這個吃飯的，如果用一般的飛風一定會讓人笑死。」

飛風？

不懂。

「對了，漾漾應該沒見過飛風。」雷多猛然一拍，終於有人想起來我是完全百分百門外漢這件事情，「那個是情報收集妖獸中最頂級的，驅使有一定的困難度，但是收集情報卻是又快又準，很多高程度者都很喜歡用的喔。」

說到收集情報我只想到一個東西，叫作洗乾淨之後的漂白蟲，而且據說還是舊型的。從我拿到那東西至今都完全沒有用過，只有照著學長說過的按時餵牠吃幾片麵包而已，看來漂白蟲的一生應該就這樣在養老的狀況下度過了吧。

「除了飛風之外，可以相提並論的是柳獸，這個比較平價一點，但是綜合實力只居於飛風之下，若漾漾有興趣的話可以到商店街打聽看看，有時候馴養些情報收集妖獸會對於功課或者任務上有幫助。」千冬歲笑了笑，這樣說著。

我好像沒有說需要用到什麼奇怪的妖獸吧？

畢竟我又不用出任務也沒有特別想知道些什麼事情。

就在我突然又想起來其實我今天只是想出門去買符紙來補充時，千冬歲對我們比出一個噤聲的動作，「傳回來了。」然後他示意我們一起往比較不顯眼的地方移動，站定之後才伸出左手，

「現在我們會同步看見現場發生的事情，因爲是與去到那兒的使役有所連結，所以麻煩兩位儘可能不要做出任何會讓使役被發現的事情，多謝配合。」

是說，我也不知道該怎樣做才會讓使役被發現，你也太抬舉我了老大。

一道銀藍色的光球從千冬歲掌心旋轉開來。

不用幾秒鐘的時間，銀色的光球落地，然後逐漸出現了立體影像。

好神！我喜歡這個！太帥了！

立體影像大概是芭比娃娃那種尺寸，一大群人圍繞在一起，四周出現了陌生的風景。

「這個地點好像是山禍之地，明風學院出學校的必經之地。」一眼就看出地理位置的雷多腿起眼睛，立體影像裡亂成一團，鬧哄哄的，裡面有幾個穿著深藍色大衣的人，因爲之前有看過，所以一下子就知道那是醫療班的代表服。

爲什麼會出現醫療班？

「明風學院所屬代表在路上遭受攻擊。」維持著立體影像的千冬歲是閉著眼睛的，不過感覺上他好像也可以看見影像的樣子。難不成有雷達直通腦部？

雪野家的使役眞的太神奇了！可外看也可內看！

如同他所說，喧鬧中間被醫療班就地緊急治療的人當中我看見了白袍的影子，另外有幾個明顯是同伴的人也跟著在一邊等待。

「看來是剛出學院就被攻擊，對方把明風學院摸得清清楚楚，居然可以掌握住他們出發時間空檔下手攻擊。」跟我一起蹲在旁邊看投影的雷多撫著下巴說著，「這次的間諜不容小覷……」

被他這樣一說，我突然有點擔心學長他們，我也怕我們學校裡面會出現間諜。畢竟在奇雅那件事情還有亞里斯學院裡面看見的，再再都說明了不少可能性。

「奇怪，明風不是戰鬥系學院嗎？」看了半晌，我提出心中的疑惑，小人投影區裡面倒在地上的都是白袍，爲什麼沒有黑袍的影子？我記得剛剛千冬歲有講過，明風的兩隊隊伍跟學長他們一樣都是以黑袍爲主才對。這樣看起來，他們也滿容易被攻擊的嘛，還說是戰鬥系的學院。

雷多與千冬歲突然轉過頭用一種很訝異的表情看我。

「沒錯，明風是戰鬥系學院的，怎麼可能這麼簡單就中襲？」睜眼看著小人投影圖的千冬歲發出以上自言自語的問句，基本上在場無人能回答他，所以就變成一個暫時無解的謎。

「這點值得去調查……」

同樣開始自言自語的雷多完全陷入個人思考世界。

我就蹲在旁邊，看起來頗像毫無關係的路人甲。

接著，一切都是這麼自然。就在他們兩個各自沉醉於幻想世界同時，我好像跟一個小人投影圖裡面的人對上視線。

……

對上……視線？

是不是看錯？

我稍稍側了一個身，這次我眞的確定我們有對上視線，因爲他的眼睛眞的就盯著我動，然後慢慢地……勾起詭異的笑容。

見鬼了！眞的見鬼了！

我突然全身都發毛起來，小人投影圖整個扭曲、出現了很多謎樣的色澤。

那個人給我一種感覺。

就像那天在鬼王塚……鬼王復活時那種令人渾身發冷的感覺。

「被連結上了！」

千冬歲發出叫聲將我拉回神。

原本開始逐漸模糊的小人投影突然又變得清晰無比，不同的則是這次畫面是一個人、一個抓住使役的人，對著我們三個露出剛剛那種冰冷的笑。

「你們好啊，追蹤情報的各位。」

※

我的腦袋有三秒鐘呈現空白。

那是什麼東西？爲什麼我會覺得影像中的臉好像在哪邊見過？

他是誰？

「嗚……」一邊的千冬歲發出悶哼的聲響把我的神志拉回來，我看見他的掌心猛然爆出血花，另一端小人投影上的人做了一個動作，他的手突然在裡面放大，然後握住，整個畫面變成黑色。

「千冬歲！」我想也不想地馬上抓住千冬歲的手，他的表情像是很痛的樣子。

「沒關係。」騰出另外一手，千冬歲立即將那個圓球消影，「這下問題大了。」他緊握住手掌，不停有血珠竄出落下，看來相當駭人。

問題？就是剛剛那個人嗎？

「使役被抓住反追蹤了，快離開這邊。」雷多拍了張符在地面，瞬間出現的是大同小異的移動陣法，「我引開追來的人，先將你們兩個送去安全地方。」說著，他朝我推了一把，然後也將千冬歲拉進陣裡。

「雷多！」就算不知道發生什麼事情，我大概也猜得出來現在整個狀況很緊張，他又不打算進移動陣，「你也……」

雷多勾起往常的神經病笑，「放心，好歹我也大了你們三屆，是成人哩。」

下一秒，雷多的臉在我們面前消失。

千冬歲的手還在流血，看起來好像很嚴重，不曉得要不要緊。

移動陣的光慢慢消失，我們被送到一個陌生的房間裡。

誰的房間？

我立刻緊張了起來。

感覺上應該是某間宿舍的樣子，可是與黑館的不太像，房間整個是有點日式的樣子，榻榻米做成的地板有著讓人舒服的香氣，採光明亮。

這個房間裡沒有多少東西，一面牆上是大書櫃，塞滿了書本，然後是電視與和式桌和椅墊，旁邊就是紙拉門。裡面安安靜靜的，沒有任何人。

稍稍放鬆警戒，我立即轉過身，「要不要先去醫療班？」先從背包裡面拉出預備用的薄外套裹住千冬歲一直在流血的手掌，擔心地問。

如果血一直流，等等流到死怎麼辦？

我看見單薄的外套馬上染上了一片血紅，代表他手掌出血速度相當快。

「先等等。」千冬歲按了按外套，左右環視一下房間，「雷多那個傢伙……居然把我們送進紫館來。」他皺起眉，語氣是肯定的，不是懷疑。

紫館？紫袍住的地方？

等等，紫袍住的地方可以這麼簡單就隨意進來嗎！不會等一下會有什麼東西衝出來拿菜刀把我們兩個給宰了七塊八塊吧？

我突然想起來學長曾說過，從黑館大門以外的地方跳出去會被攔腰斬斷的事情。

那我們入侵紫館，會被從哪邊斬斷啊？

就在不知所措的時候，一旁的拉門給輕輕拉開，那裡面出現了一個全身穿著黑色和服的小女孩端著茶盤，然後那瞬間她瞪大眼睛看著我們，「啊！」伸手指人、大叫。

「我們不是小偷！」在這種被抓贓的狀況下，這句是最合適的台詞。

「我認得你！」小孩完全無視於我說的話，一根肥短的手指很礙眼地一直指著我，「黑袍的跟班。」

並不是！

千冬歲瞇起眼睛，「妳是哪人的手下，居然敢入侵紫館！」

手下？

我瞪著那個黑色和服的小娃，她有一雙金色眼睛，不知道爲什麼我覺得這雙眼睛非常眼熟，好像在哪邊看過。問題是，我認識金眼的小孩嗎？

金眼的大人倒是有幾個就是了，例如某隻雞。

等等！這該不會是他家出產的相關系列吧？

「臣服於雪野家的使役啊，讓光當你的眼、讓影當你的型、讓風當你的刀刃、讓我咒當你的生命，將凶惡使咒打回原型。」就在我還在想我有啥認識的人是金眼的時候，千冬歲比我快了一步動作，一個對折的三角形符咒從他的另外一個手掌心下射出，直接往小孩臉上打去。

那個……不問就打可以嗎……？

小孩給打個正著，尖叫起來，整張臉冒出了氣體。

「討厭你們！討厭你們！」她兩手蓋住臉大叫，然後轉身哭鬧著就往和室裡面跑去，「討厭！主人！」咚咚的聲響又大又明顯。

「站住！」

千冬歲追上去了、他居然追上去了，他居然在這個不曉得是誰的地盤大剌剌地追上去！

我還能怎樣，只好跟著追上去。

第九話　夏碎與千冬歲

地點：Atlantis
時間：下午一點三分

我只跑了兩步就停下來，比我預期得快。

因爲房間其實並不算大、就普通再大一些，一下子就進到另一間和室裡。

這間和室明顯是個睡房，因爲半開的櫥櫃裡還有摺疊好的棉被，旁邊有人正拿了個盒子要擺進櫥櫃裡。

金眼的小娃一跑進去之後就立刻抱著那個人的腰哭叫。

那個人熟到不能再熟了。

「原來是你們兩位。」拿著盒子的，是大賽代表我們學院的入選者之一，夏碎學長。

他的口氣好像早知道房間裡有人闖進來了。

原來這是夏碎學長的房間。

我突然有點鬆口氣，與其被送到不認識的紫袍房間被拷問外加處刑，送到夏碎學長房間裡才讓人最最安心。

夏碎完全不受騷動干擾，鎮定地把盒子擺進去櫃子裡，然後才把壁櫥門拉起來，「小亭，放開手。」他拍拍小娃的頭，小娃立刻把手鬆開，「不好意思我正在整理東西，一團亂的讓你們見笑了，外面坐吧。」說著，他就走出和室，等我們都出來之後才拉上門。

「主人，剛剛他們打我。」金眼小娃哭喪捧著自己的臉，被符打到的地方整個都焦黑了，看不出來原本的樣子，感覺上有點詭異。

「再拿一個新身體給妳就好了，先出來吧。」夏碎學長這樣說的同時，有個黑色的長條東西從小娃身上竄出來，然後很快地纏到他的手上，那個小娃的身體不用一秒整個急速縮小，最後變成一個木雕的小人偶，化了粉末就消失了。

等我看清楚那個長條物之後，我馬上知道自己在哪裡看過了，「蝴蝶結黑蛇！」我指著夏碎學長身上的金眼黑蛇叫。那條被學長打成蝴蝶結還被我遺忘在包包好幾天的黑蛇，送給夏碎之後就不知下落作為END的倒楣凶咒化體。

衝著我微微一笑，夏碎學長從旁邊的櫃子拿出一個新的小人偶，黑蛇立刻竄進去，剛剛的黑色和服金眼小娃又重新出現，然後朝著千冬歲扮了大鬼臉。

「嗯，我嘗試給她改了咒文排列之後就是這樣子了，現在也沒有什麼危險性，你可以放心。」夏碎學長這樣對我說道，然後拍拍小娃，「去泡茶跟拿醫療箱過來。」

金眼小娃說了聲好就咚咚地小跑步跑開了。

「請坐吧。」他轉過來，微笑著這樣對我們說。

千冬歲一聲不吭地在和式桌旁邊坐下來，直挺挺的坐姿完全沒因受傷改變，這點與夏碎學長很像，兩人應該是被訓練出來的，坐姿、用餐方式什麼的簡直都一樣。

我也跟在旁邊坐下，「不好意思夏碎學長，我們不知道這是你的房間……」是被雷多亂傳傳進來的。

「我明白，移動陣啓動時如果上面有血，不指定地點的狀況下，十成八九會傳到血緣關係最近的人附近。」接過小娃搬來的茶具，夏碎學長很熟練地開始沖泡起茶水，整個小客廳馬上瀰漫了一股清新的香氣，原本緊張的心情馬上都放鬆下來了。

被他這樣一說，我才想起來千冬歲好像跟夏碎有……咳咳……關係，而且好像還是錯綜複雜不能隨便亂問的那一種。

「看來你們惹上大麻煩了，追蹤的氣味到現在還沒有散，把手伸過來，千冬歲。」打開了小娃拿來的醫療箱，裡面林林總總擺滿了我沒有看過的藥罐，夏碎學長拿了幾樣出來，還有紗布等等的東西。

千冬歲很乖地把手從我的外套裡面抽出來，橫過桌子。

他的掌心還在冒血，看起來有點怵目驚心。

把白色大塊的紗布墊在他的手下吸血，夏碎學長開了個藥瓶，然後把裡面紅色的藥粉倒在千冬歲的掌心上，不用半秒，血立刻止住了。

好神奇的藥。

我發現從來到學院以後一直看到神奇效果的藥，可是都忘記要帶點回家。

接著他拿了塊乾淨的紗布沾一點不名液體慢慢把千冬歲手上的血漬擦乾淨，又上了藥膏才仔細地包紮起來，「這是咒術的傷，我想晚一點你應該可以自己將殘存的咒術去除掉。」夏碎學長鬆了手，這樣說：「不過癒合得可能會有點慢，這兩天盡量不要再用這手去啓動術，以免舊傷又重新復發。」

從頭到尾都沒講話的千冬歲收回手，看了看，才慢慢地說了聲：「謝謝。」

「小事一件而已，不用客氣。」夏碎學長露出微笑，然後把醫療箱交給小娃收好，「倒是有個東西一直追著你們的氣息，現在應該在紫館外面繞著，你們得待一會兒了，那種程度的追蹤使魔很快就會被管理員去除。」

你知道追來的是啥？

我很想發問，礙於目前室內很冷，所以不太敢隨便亂說話。

這兩兄弟有問題、絕對有問題。

雖然我有點想知道……好吧，是很想知道，可是也不能當著兩位當事人面前亂問，到時候如果不小心觸怒誰被幹掉當肥料就得不償失了。

就在氣壓低到某種程度時，整個房間突然一個巨震，像是有什麼東西摔在宿舍上面的樣子，上下搖動了很大一下。

桌上的杯子倒了一個。

金眼的小娃立刻拿了抹布過來擦，然後換上了一個乾淨的新杯子。

「看來追你們的東西到了。」重新把我面前的杯子給斟滿，夏碎學長非常、非常悠哉地捧起自己的茶杯，講得好像不過就是天氣很晴朗那種感覺，一點緊張感也沒有，「你們喜歡吃點心嗎？最近風谷的翼族送來點心，很好吃。」他看了下金眼娃，小娃立刻又往後面跑去準備。

看來打結黑蛇已經升級成爲打雜黑蛇了。

沒一會兒，桌上就出現一個大點心盤，上面擺滿五顏六色的小點心。

說眞的，我很想流口水，因爲很香，可是千冬歲繃著臉，我也不太敢明目張膽地大吃大喝。

四周的空氣有點緊窒。

「哥……」過了不知幾分鐘，千冬歲突然開口，一開口就有點震驚到我，知道是一回事，當場聽還是一回事，「你什麼時候回雪野家？」內容更加驚爆。

我懷疑我應該現在滾到外面去把空間給他們兩兄弟好好談談……通常電視都是這樣演的。

「啊，褚你不用迴避，不是什麼不能聽的事情。」我才站起來不到十公分夏碎學長就拋過來這句話，害我只好再尷尬地坐下，僵硬地拿著杯子僞裝自己其實沒有很注意聽，「不好意思，我並不是雪野家的人，所以不知道爲什麼我該回去。」他仍掛著微笑，表情連變都沒有變，就像不是在討論自己而是別人的事情一樣。

這讓我覺得某地方很奇怪，又說不上來——千冬歲講得很理所當然，可是夏碎學長說得更理所當然，乍聽之下讓人有點混亂不曉得是怎樣的狀況。

「你是雪野家的人，這點你比我更清楚。」死死盯著他哥看，千冬歲很堅持地繼續說：「我已經請父親承認並且在家主繼承儀式上讓你重入雪野家的姓氏，所以，你應該回來了。」

聽起來很像某種被逐出家門的孽子什麼什麼的，也很像某種通俗芭樂劇裡面常常上演的大戲，什麼側室的小孩不准回家之類的。

夏碎笑了。

「我並非雪野家的人。」

放下手上的茶杯，桌面上發出輕微的一點聲響，夏碎學長很平淡地說著：「一直以來我以藥師寺之姓以及一族爲傲，且在雪野家繼承家主那日，藥師寺一族也將舉行繼承族長的祭典……這些都已經無關緊要了，你也不用再提起這些事情。」

「可……」

「雖然不及雪野家的龐大，但是藥師寺一族的地位在我們專長的方面上也不亞於雪野家，所以你不用擔心我……與母親，在那之後我們都過得非常好，並非脫離雪野家之後就無處可歸。」

相較於千冬歲有點焦躁，夏碎說著的事情好像完全不關己事一樣。

因爲他們講的話題跳太快了，我有點不太懂他們到底在講啥。反正好像就是夏碎學長本來也應該是雪野家的人，不知道爲什麼在外面，現在千冬歲要他回去之類的吧？

根據一般八點檔劇情來推演，這很可能是某種家族不爲人知的紛爭。

「我聽說你母親從雪野家出來的第七日就……」千冬歲頓了一下，皺了眉沒有繼續說下去，「總之，我不認同藥師寺一族的工作，請你再仔細考慮回到雪野家來，我會等你。」

那個「……」如果我想的沒錯應該塡上往生兩個字。

就在千冬歲好像要繼續說什麼時，房間外突然傳來連環敲門的聲響。

「不好意思，失陪一下。」站起身，夏碎打開了房門，外面站了一個不認識的紫袍，手上拎了黑色的東西，然後跟夏碎低聲不知道交談了些什麼。

我身邊突然長出一隻手，很快地捉了一把桌上的點心就一溜煙地跑掉。

剛剛的打雜黑蛇小鬼！

很美感的點心拼盤頓時被挖了一個醜洞。欠揍！本來是我想先挖的啊！

「他們已把追蹤者消滅了，現在反追蹤回去，你們可以放心出去了。」從門口回來的夏碎坐回原位，一臉溫和微笑地說，「我們已經將事件呈報上去了，應該不久之後就會有結果下來。」

千冬歲先站起身，剛剛被打斷話題讓他接不下去，看起來應該是要走了。所以，我也連忙跟著站起來，因爲他走掉留我一個超奇怪的。

「褚，你等等。」喊住我，夏碎拿起桌上的點心盤朝後面附設的小廚房走去，不用多久又走出來，再出來時手上已經多了個用布包起來的四角盒子，「這個你帶過去吃吧，我這邊平常不太吃零食。」

我看見打結黑蛇用一種怨恨的眼睛瞪我。

糟糕，我不會因爲一盒點心被詛咒吧？

「我……」我是滿想吃的，可是我也很愛惜小命，不想因爲一盒點心丟命。

「儘管拿去吧，我這邊還有很多，不夠的話可以再過來拿，翼族送了很多，到現在都還吃不完呢。」我注意到打結黑蛇的怨念從最高級降成低等級。

「那我就不客氣了。」我接下四角盒子，出了門才發現千冬歲已經等在外面有一陣子了，「抱歉。」

紫館裡幾乎全部都是日式建築，迴廊、造景還有庭院飛散的櫻花，整個感覺就是很優雅古典，與黑館完全是兩種天堂地獄的超級對比。因爲採用古建築的關係，所以房子幾乎沒有太高的高度，頂多兩、三層，然後一個院一個院有分隔，一個院裡面大概有幾個房間住了幾個人，這點就跟黑館一樣了。

大概是因爲有被夏碎學長招待的關係，我們居然一路暢行無阻非常順利地就走出紫館了！說眞的，我覺得紫館住起來感覺比較舒服，跟黑館的超級鬼屋相比，眞的是舒服太多了。

紫館大門外就是一座噴水池，裡面有個蛇身的和服女人雕刻，大半蛇身都浸在水裡，上面露出來的是半裸露胸脯的美麗和服女人，髮髻什麼的都非常講究，精細得連髮絲都可以辨認出來。

就在我看完雕像要回頭時，我又發現一個不該看卻被我看到的景色——

那個女人層層疊疊在水下面的銀紫色蛇身閃閃發亮著，下面隱隱約約纏壓著某種不知名的……骨頭，還是帶肉帶血管的那種，擺明就是剛剛不知道從哪邊扯下來，整個水池的水在我看見的那秒，突然開始變成血紅。

「等等我！」

經驗，一切都是經驗，我半秒立即百米衝跑去追千冬歲。

修正剛剛的想法，紫館其實根本也是鬼屋。

只是它是陽光版的鬼屋。

※

「我與夏碎哥是同父異母的兄弟。」

就在我追上千冬歲時，他突然一臉正經地開始講古。

基本上，根據之前種種，完全看得出來你們兩個是異母（或異父）兄弟。

「夏碎哥的母親是正室，來自於同樣名門的藥師寺家族，我母親是偏房，是雪野家不知道從哪邊找來後補的偏房。」開始陷入自我回憶當中的千冬歲也不管我有沒有在聽，很自動地把他家的料全爆給我聽，「雪野家的家主只會有一個，端看出生時與生俱來、雪野家代代相傳的神諭能力，夏碎哥身上沒有，一年之後我母親生下我，神諭能力在我身上被證明了，大哥與他母親在父親心中馬上沒有地位。」

「他們只在雪野家多待了五年，某一天就突然離開了，離開七日後夏碎哥的母親馬上傳來死訊，後來就和雪野家斷去聯絡，我也是在當初入學時才知道夏碎哥就是在這邊就讀，勸說了好幾次，他就是不肯回來正籍。」

他講的應該是很哀傷，不過我現在滿腦子只想到一件事情。

你老媽眞是好樣的，原來是側室幹掉正室，我還以爲是側室被幹掉踢出家門哩。

「夏碎學長他家是做什麼的啊？」我知道千冬歲他們是做類似言靈的東西，可是夏碎學長說眞的看不太出來，他跟學長好像是同一種人，什麼都有學、什麼都知道一點，所以反而很難猜他拿手的東西。

千冬歲看了我一下。

「不方便說也沒關係。」我不強求、眞的。

「是做替身的，藥師寺一族擅長替人除災解厄，專做替身之類的法術。」千冬歲很直接明白地告訴我，「我聽長輩說，夏碎哥母親的替身對象就是我父親，在她離開家的第七天我父親遇到咒術刺殺，結果轉嫁到他母親身上，當晚立即死在藥師寺的住所中。」

哇賽，變相的殺母仇人是不是？

難怪夏碎學長打死不回家。

如果是我我大概也不太想回家。

「我知道替身的危險性，所以要夏碎哥趕快回雪野家，這樣不對嗎！」

千冬歲開始有點醉酒歇斯底里傾向。

「呃……可能他眞的很喜歡藥師寺的家族工作吧？」聽起來也是滿危險的，不過畢竟是他老媽家，可能接受程度比一般人高吧我想。

又用一種詭異的眼光看了我一眼，千冬歲突然打住話題，「漾漾，就說到這邊了，記得今天的事情別跟別人透露，就連學長也不可以，如果你亂說出去，我就……」

那個消音是怎麼回事？

還有，你既然不要人說出去，幹嘛跟我講！

隨著千冬歲做出抹脖子的動作，有種叫作冷汗跟雞皮疙瘩的東西從我身上開始大量冒出來。

我想，我發現千冬歲邪惡之處了。

抹掉冷汗，我看著廣闊的學院，決定要把剛剛的事情都當作不知道好了。

啊，雷多不曉得現在怎樣了。

❋

就在那之後的隔天，我才見到雷多。

是在大操場上見到的，因爲是在公開場合，我根本無法去詢問昨天他之後發生了什麼事情。

話說回來，除了競技場與教室散步區之外，我怎麼不知道我們學校有大操場？

大清早我就在我的手機裡接到班長傳來的簡訊，說大操場十點半有開場活動，學校有保留自家學生的位子，不過要按照年級分別，讓有要去看的人在班級上集合。

快速盥洗完畢出宿舍匆匆趕到教室時，時間已經有點拖延了，「漾漾，你晚了一點喔。」站在教室講台上記錄名單的歐蘿妲聽見我開門的聲音，抬了頭隨口說道，「剛剛才點完名。」

「啊哈哈……不好意思我剛剛有點迷路的樣子。」應該說，根本不是有點。是哪個渾蛋把學校的建築物跟路線全改了！害我一大清早爬起床呆在宿舍前面，根本和以前的學校路線都不一樣，花園啊水池什麼都給移動位置了，一路上又遇不到那些平常不想看也會自己冒出來、結果臨時要用怎樣都不冒出來的人。

我整整走了一個半小時的路才找到教室所屬的教學大樓，差點沒哭出來。

爲什麼、爲什麼老天要這麼對待我？我明明就是一個與世無爭沒有惹到誰也沒惹到什麼要被下天災的路人甲，爲什麼我的人生就要歷經這麼多的道路波折……

「因爲比賽的關係所以學校整個都有更動喔，你沒有收到地圖嗎？」歐蘿妲筆一揮在本子上記上一筆然後闔起來，明顯我就是最後一個到的人，「全部都會寄到你現在住的地方，裡面還有校園迷路自救導覽手冊。」

自救是啥鬼？你改校園就算了還在裡面放了什麼嗎！

我突然覺得大賽這段期間沒事最好不要到校園亂逛，不然個人的生命財產安全可能會很難保。不過我是真的沒有收到學校寄來的什麼什麼手冊，而且我還有最後一個疑問，黑館裡面有名爲信箱的這個東西嗎？

因爲每次我收到信件都是從大清早插在房門口地板或門板上不然就是其他人拿來給我，所以壓根不知道信箱這個東西在哪邊，而且也沒有那種興趣想知道。我總覺得在黑館裡面的信箱應該也不是什麼很正常的東西。

環顧了一下我們班，出席率非常低，只有小貓幾隻而已。

「因爲開場宣誓要一點時間，可能其他同學會在下午第一場正式決賽開始時才紛紛入場。」看出我一臉疑問，不愧是班長的歐蘿妲不用幾秒鐘就幫我解答，「決賽的席位有分班級，所以晚到的人也不怕會沒有位子。」

「喔。」看來我們學院把所有席位都調整得很好。

那麼扣除掉學院學生的位子之後應該就是開放給其他學校入場吧。

班上稍微有點小吵，大部分都在興奮著討論等等大競技賽的事情，歐蘿妲罕見地沒有制止吵雜聲，大概也是不想掃了大夥兒的興致。我看了一下，班上的幾個人平常沒有多少交集，因爲都是各上各的課程，所以有的根本連一句話都沒說過。甚至，有些人我連印象都沒有，你眞的是我們班的嗎同學？

就在我胡思亂想打發時間的同時，教室門唰地聲被打開，伴隨著一個熟悉的慘叫聲。

我下意識回過頭，看見教室門拉開的軌道上有張謎樣的人臉直接被輾過去。

等等，那個東西不是沒有顯現咒就不會出現嗎？

「各位對無聊宣誓有興趣的同學，大家早。」還踩過去被輾人臉的光頭黑人班導師神清氣爽地大步走進來，手上還提著一大袋爆米花。

基本上已經不早了，這位老師。

我發現其實班導也是很喜歡遲到的那種人，然後他每次遲到都會被班長想盡辦法修理他，不過就算修理了他還是一樣繼續遲到。

歐蘿妲將點名單遞給老師，然後很乖地回到位子上坐著，出乎意料之外，這次居然沒發難。

「我看看，我們班這次還眞是跌破大家的眼鏡啊，居然不少人被選上當候補的，果然眞的是在腦力上不怎麼樣、破壞力卻很不錯的一班，眞讓導師我在其他老師面前臉上有光。」班導把爆米花袋子拋到桌上，教室裡馬上充滿了濃濃的香味，「還好今天出席率不高，不然還要去多買東西，欸、小班長，零食發一發等等要去操場了。」

零食？爆米花？操場內眞的可以帶這種電影院必備品嗎？

「老師，大操場禁止攜帶外來零食的。」班級裡有個不怕死的學生舉手告知，「學校規定有說，因爲怕有人攜帶危險食品。」

「我知道，所以這是在裡面的販賣部買來的，上面還有標記。」老師回答得非常之順。

你一大早跑去會場販賣部買爆米花才繞過來教室？

好樣的！

我從以前就一直覺得我們老師怪怪的，現在更加確認這件事情。

歐蘿妲把那一大袋東西拿過來，除了最上面那盒已經打開、可能被老師偷吃過的之外，下面疊著都是一盒盒的方形紙盒，裡面散出同樣的香味。

「老師，你也眞不體貼，買了爆米花應該還要請大家喝飲料才對，這種東西乾乾地吃會很渴。」一邊分別將紙盒發給每個人，歐蘿妲一邊這樣說。

「喂喂，我也只賭輸妳爆米花，還配飲料會不會太過分啊。」老師一秒就這樣回答。

我就覺得奇怪他怎麼會突然請我們吃零食，原來是賭輸別人。

……

我有沒有聽錯？你跟學生打賭？而且還賭輸！

你們兩個到底賭了什麼東西啊……

「呵呵，這就是考驗一個老師的器量與大方的時候。」將零食發光的歐蘿妲摺好袋子然後瞇起眼睛，有那麼一秒我覺得她笑得很像某種動物，叫狐狸。

「唉喲，妳這樣說還可以不請嗎！等等到會場一起買啦！」

那秒鐘，班上同學發出歡呼與拍手叫好聲。

其實，我還眞是第一次見到我們班這麼團結。

只爲了一杯飲料。

⁂

所謂的大操場與我想的完全不一樣。

好吧，我承認記憶留在以前校園運動會的我實在是有點落伍了，可是這個操場……太嚇人了吧！

我眼前所見的是巨大遼闊的白石地面，四周有不明圖案裝飾性的巨石長柱，然後圍繞在旁邊的有幾個沒有支點浮起半空中的台子，有一個我見過，很像是競技場的台子，半空中兩地面的中央隔間處有著大型魔法陣慢慢轉動。在那些競技場地板的上方則有著長方形的光面，上面正播放著場中詳細的畫面，就像是實況轉播的大電視牆一樣。

沖天的裝飾長柱後方一點就是觀眾席，將整個大場地包圍起來，一圈一圈地讓這個露天場地馬上看起來就像是中古世紀放大版的超級競技場。觀眾席最中央看起來不太一樣的，我想應該是傳說中的評審台，在評審台兩邊展開的是選手休息區，每個學校都給隔開，上面還飄揚著各校的校旗與校徽，四周也立起了巨大的旗桿，整個就是非常一目瞭然。

如果電影來這裡取景，我猜一定可以打破年度最佳景色大獎。

是說，電影獎裡面有這項嗎？算了，它有沒有也跟我沒關係就是了。

「一年級的區域在這邊。」歐蘿妲帶著我們到選手休息區附近一帶，其實座位挺明顯的，因為一年級觀眾席上的大牆有一年級的級章，再過去是二年級等等這些分別，規劃得完完整整，完全不會讓人迷路走錯。休息區很高，高到不小心失足就會摔下去慘死的那種高度。一眼望下去離地非常遠，但是視野很好，不用擔心會被遮住。

等等，我現在才注意到，我今天居然沒有遇到千冬歲！

難不成昨天夏碎學長給他很大的打擊以至於他內心深受創傷無法出席嗎？

別搞笑了！不可能的事情。我想大概是他不想先來浪費時間，打算等到開打才出現吧？

我注意到選手區之後有個大休息室，裡面出現了藍袍的醫療班，看來那個應該是醫療班臨時急救所，因爲裡面還有喵喵，我們對上視線了，雖然很遠，不過喵喵一直朝這邊揮手。

與醫療班相對的另一邊也有個大休息室，裡面也有人。

奇怪，我還是第一次看見穿著暗紅色大衣的人，他們的臉上全部帶著白色畫著奇怪臉譜的面具，根本看不出後面的臉是長什麼樣子。有這種袍級嗎？

還是其實是別種大隊代表服裝之類的東西？

「那邊那個是情報輔助班的休息區。」猛然我的腦頂被人用力一拍，差點整個腦袋從嘴巴裡吐出來，抬頭一看光頭班導不知道什麼時候已經出現在我旁邊，手上還有一份大熱狗，「結界、情報等多種合一的五花八門輔助班，他們不像醫療班一樣是在陽光下到處跑，而是暗地收集資料以及輔助一些有的沒的東西，所以幾乎見不到鬼影、也不用眞面目對人，懂了嗎，褚同學。」

「懂、懂了。」我連忙逃離老師的魔爪。

原來袍級還有分到輔助班啊，眞神奇。

不過袍級還眞有趣，我之前還想說怎麼有分藍色之後跳紫色再來白黑，原來還有一個偏暗紅色的沒見過，眞是混色很徹底的分別。

「正式決賽開始之後，不管是哪種袍級的人都必須穿著正規袍級制服出場，以示對這場比賽的尊重。」隨著歐蘿妲的話看過去，我果然看見評審席那邊出現了很多靈異的黑袍和一些奇怪的人，有的身上有校徽，應該是各所學校的校長還是代表人什麼的。

說到代表人或校長，我們學校的呢？

腕錶上的時間指向十點二十七分，還有三分鐘。

班導就坐在我正後方的位置，我有一種被什麼野獸盯後腦的感覺，連爆米花都不敢開來吃。

就在遲疑時，兩個買飲料的苦力興沖沖地搬著一大箱飲料跑回來了，「你們這堆渾小子，給我挑最貴的買！」班導收了帳單，臉上掉下黑線，「要知道導師我生存不易薪水微薄，你們還給我買最高級的飲料。」

你眞的生存不易嗎？我怎麼覺得這些可能只是你浩大存款中的冰山一角啊……

「喔呵，難得要請客，當然要請好的囉。」主指使的歐蘿妲瞇眼地笑。

我在想，可能是我之前都被其他事情勾走注意力，所以到今天才發現我們班的人也都不是什麼好心人。

「你要果汁、汽水還是茶？」負責發飲料的女同學這樣問我。

「呃……果汁好了，謝謝。」然後我獲得一瓶完全不知道內容物的果汁飲料，蓋子底下可以聽見不明的啵啵聲跟氣泡的翻滾影子。

太恐怖了，我不敢喝。

第十話　決賽

地點：Atlantis

時間：上午十點三十分

時間流逝得很快。

眨眼，大會時鐘的秒針指向最後一秒、分針也隨著移動同時，原本有點吵鬧的四周突然跟著安靜下來了。四周一片鴉雀無聲，氣氛馬上變得冷凝緊繃，好像一點聲音都不准出現似地。

就在一片靜默當中，白石大場地上面猛然出現了個淡金色的光陣，整個閃閃發光圖騰眾多，完全複雜到令人可以看著看著就爆腦的那種程度。

光陣中央慢慢浮現出一個女孩……其實我不確定對方是不是女孩，因爲看起來又不是很像，沒有少女也沒少年的氣息，大約在十六、七歲左右的樣子，看起來年紀並不大。

他穿著非常華麗的古代衣服，衣服上充滿了漂亮的繡紋、價值不菲。感覺有點像和服，可是樣式又不太像，一件一件的好幾層，一秒就讓人想到花苞開花……眞是沒想到我也會出現這種唯美的形容詞，自己都有點打冷顫的感覺。

那個女孩（因爲性別不明暫時用女孩稱呼），慢慢抬起頭，一樣閃亮亮的淡金色長髮綁了幾個樣式紮在腦後，讓她的臉看起來更小一點。她睜開眼睛，是有點紫金的顏色，「歡迎各位蒞臨Atlantis學院。」她張口說話，感覺好像就和平常說話一樣，可是聲音卻整個迴盪在場內，所有人都聽得清清楚楚，「我為Atlantis學院三主之一，今日代表所有Atlantis學院幹部先感謝來自各方的代表、參賽者，以及各學院的高階人們，當然還有坐在觀眾席上的各位，謝謝各位此次的前來以及贊助，讓大競技賽能辦得更加盛大。」

我一時沒有意會到她說什麼。

Atlantis學院的三主之一？

「她是Atlantis學院的創辦人！」歐蘿妲還有整個學生群都變得很激動，幾乎快要撲出觀眾席的那個感覺，然後用力地鼓掌，大會操場馬上變得非常熱鬧翻騰。

……學院創辦人之一？

騙人！她看起來明明就很小！

「我乃Atlantis學院創辦人三人中的代表之人、也是目前學院三名董事當中的其中一人，妖重的鏡，將主持此次開場儀式。」她站直了身，一層層的衣襬在光陣上大大地鋪開，就連上面的花紋好像都會發亮一般，「今日起一連十五日將舉行三大競技比賽，每一場競技賽題目都不相同，採三場綜合評分制，而最後勝利者將為今年的競技頂者，能獲得三樣頂級的異界寶物。」

「而亞軍與季軍也分別配予不同的獎賞，希望此屆比賽也能如同以往一般精采、正大光明。」

鏡董事非常俐落簡單地講完開幕詞，快到連讓人打哈欠的時間都不夠。

四周立即響起掌聲。

「接下來請各位決賽者入場。」

場上的光陣瞬間消失，等我再找到人時，那個年輕的董事已經坐在台上正中間了。

大位？她坐最大位？

四周都是比她年紀大很多還有奇怪的不明物體，她坐在大位反而格外地格格不入又突兀，讓人不由得都把視線注意在她身上。

我突然覺得我們學校的董事應該不是什麼常人。

至少以建立出這所學校的前提來講，她絕對不是什麼路邊就可以見到的那種人。

她是火星人的王！

※

就在董事離開之後，場面上立即同時散出十個大型光陣，彼此都有一段距離，下秒上面就站了人，是那些原本還在選手休息區的所有參賽者。裡面有幾隊我沒有見過，我想可能是那天沒到的其他學校代表。十支隊伍裡面的人數有點參差不齊，感覺上好像不是全部人都到達了的樣子。

在一片充滿黑白紫袍當中，有一隊特別與其他人不一樣，他們之中完全沒有袍級，參賽者只有三人。我知道在場面上十支隊伍都還有候補選手，就他們學校沒有。

他們穿的衣服我不會解釋，好像是東方的某種祭服，頭上都戴了寬帽，帽子由硬布與裝飾編成，下面都有掛了垂地的紗緞、像是活動窗簾，完全看不見他們的長相。就在我專注看著那一組時，其中一個隊員突然轉過頭朝向我這邊，有那麼一瞬間，我還以爲我們是不是視線相交了。

可是怎麼可能，大概是他隨意轉頭剛好轉到我這邊讓我有這種錯覺吧。

只是幾秒的時間，那名隊員又轉開頭證明我的想法沒錯。

視線移開，另一邊的學長隊人數也非常少，連五色雞頭也只有三人。

重點是，五色雞頭今天居然穿了比較正常的衣服，跟他之前的台客裝相比，他今天穿的普通襯衫加上牛仔褲簡直是正常到爆，只是那顆毛還是沒變，在一堆人裡面格外閃亮、非常突兀。

同學，不是聽說大競技賽要穿正式服裝嗎！

就算沒有你穿著制服也好吧？

前面一點的夏碎學長仍戴著面具，且穿著紫袍，與他後面那個台客完全像是兩個世界的人。

說到面具，我被我們學校的另外一隊吸引了目光，蘭德爾的隊伍。

他的隊伍裡幾乎都是沒見過的人，只有候補的白袍萊恩讓我感覺到熟悉，接著另一人不只我錯愕，我也聽見很多人疑惑的聲音。

那是一個紅袍的輔助班。他的臉上戴著很像日本夜叉的鬼面具，豎起的紅袍帽子將整顆頭包起，完全看不見眞面目。

蘭德爾的隊伍用了輔助班當候補？

最後一人是A班的人，跟我們一樣是一年級的，看來學校這次眞的大量採用新人讓他們有出頭機會。這樣比起來，學長的隊伍只有一個候補，整個看起來就是很不保險。

尤其那個人還是全世界最不可靠的五色雞頭！

另外，不知道是不是因爲昨天看了小人投影的關係，我總覺得那兩隊明風學院的怎麼看怎麼怪，雖然他們看起來最正常不過了，不過好像哪邊不太對。

「討厭，惡靈學院這次也入選啊，上屆明明名聲那麼壞，居然今年還允許他們參加。」歐蘿妲這樣說著，我順著她的視線看過去，剛好看見一支隊伍，整個就是會給人陰森森結出蜘蛛網那種異次元感覺。

再來就是其他像是褆亞等已經照過面的學院了。

接著，每支隊伍分別走出一個人，我知道，應該是每隊的隊長，因爲走出來的幾乎都是黑袍，有少數是其他兩袍色，例如伊多就是最特別的那抹白影。

看見伊多就又讓我想到昨天的事情，等等如果有時間能遇到雷多的話，要趕快問問他有沒有發生什麼事。

他們站到場中央剛出現的大光陣，然後紛紛舉起一隻手、開著掌心置於胸前。

「我們願意發誓，比賽中光明正大，竭盡所能發揮，尊重對手而取得最高地位。」

十個人統一聲音說完之後，他們的掌心出現了一顆光球，一堆亮亮的光球瞬間像是煙火一樣往上飛、黏在一起，眨眼爆炸開來。

就像大型的煙火秀。

一隻銀色的鳳凰在天空出現了，發出了巨大的鳴嘯聲劃過天際，然後再飛散成無數漂亮的光點，像是大雨一樣散落下來，到處都是銀亮亮一點一點、整個邁入奇幻妖精的閃亮世界中。

最後一個銀色光點落下之後，十人中央出現了一個小女孩，手中抱著小桶子，「請抽分組號碼牌。」她將桶子舉高，讓每個人都抽出一顆小球，上面有著號碼，「這是每組的代表號碼，也是從今日開始每場競技賽所用的組類號碼，請各位隊長好好保管切勿遺失。」

「第一場大競技賽採組對組決戰賽，每組都只有一個機會，勝者與勝者再決戰，直到最後一組勝利者出來，一共分為十一場，為了使比賽能公平順利運作，第二輪開始，將隨機安排兩組特別隊伍混入比賽。特別組將會是哪些神祕嘉賓呢？敬請期待！所用時間含休息日預計共五日，如有特殊狀況，將視狀況調整賽事或以其他方式再度比試。現在開始將各位手上的組別號碼填入競技配置名單。」

就在女孩子話語停下同時，她身後上方出現巨大的光板，馬上就排好一對一的走線決戰表。

「今天下午兩場比賽決定，第一競技場一點開始Atlantis學院第二代表隊對巴布雷斯學院代表隊、第二競技場明風學院第一代表隊與奇雅學院代表隊同時進行。」

「明日早上九點開始，第一競技場惡靈學院對亞里斯學院，第二競技場提亞學院對七陵學院同時進行，下午兩點開始，第一競技場明風學院第二代表隊對Atlantis學院第一代表隊，以上。」

看來一開始大家都一樣，一家對一家。

我看了一下手錶，十一點整，距離下午還有幾個小時的時間。

決賽開始了。

※

「漾～」

就在大會終於介紹完所有參加學校的校長、代表選手出身等等，才開始進入傳說中的休息時間。四周的學生很快就鳥獸散，這讓我明白爲什麼有的人不想參加宣誓開場了，因爲沒有什麼特別精采的地方。勉強要說，在我看來比較新鮮的就是出現了學院的董事這樣而已，所以上午的時間嚴格說起來大概都是看著前置動作而已。

剛踏出觀眾席想去販賣部找個東西塡肚子的我馬上被人喊住。轉過頭，我一秒立即後悔。

「好餓啊，本大爺快餓死了。」直接從後面跑過來的五色雞頭很自然地搭住我的肩，完全不覺得有啥不對，我已經看見旁人的側目了，「大爺我還在想那些介紹說完會不會直接開打，還好沒有，不然本大爺就先殺了想把我餓死的主持人。」

你爲了一頓飯要暗殺主持人？五色雞頭的表情太認眞了，我完全不認爲他在說笑話。

「你們不用選手集合嗎？」場外休息區已經有部分人圍在一團，大概是每隊都還有事情或要討論戰略之類的，感覺上氣氛有點沉重嚴肅，讓其他人不敢打擾。

「不用啊，學長說上場就是打，打贏就對了，然後就解散了，多乾脆啊！」五色雞頭咧著笑容，很爽快地說著。

眞的很像學長會做的事情。

一把拖著我走出外面，我才發現販賣部到處都擠滿了人。

不過，剛剛看見的販賣部有這麼大嗎？

印象中剛剛跟著班上入場時我只看見十來個攤販區而已。可是現在出現在我眼前的——我懷疑我看到的是某種夜市還是祭典之類的東西，長長一條的左右攤販，居然連撈金魚和射氣球這種東西都出現了！這眞的是神聖的大競技賽嗎！

其實這是某種大型的節慶宴會吧。

「我要吃這個。」完全不把我的意願當作意願，五色雞頭搭著我把我拖到一個疑似賣熱狗攤位的地方，至於那個裡面是不是眞的熱狗我無從得知，「老闆，來十支。」他掏出錢遞過去，居然還在殺價有沒有買十送一……我耳朵有抽筋嗎？

他講得太順口了，反而讓我覺得我可能把一支聽成十支了。

也對啦，那個熱狗幾乎是我們平常吃的兩倍大，一般人哪有可能一口氣吞掉十個。就在我自我安慰的同時，地獄的惡鬼聲響又在我耳邊響起，完全將我的心理安慰全部一口氣吹到天邊去。

「還有章魚燒十盒，這個一團一團的也給本大爺來個十盒。」五色雞頭開始超級大採購，爽快得像是他的胃跟無底洞可以畫上等號，「對了，醬料要加多一點，不然吃起來會沒有味道。」

旁邊其他學院來的人用一種看妖怪的目光看著五色雞頭然後繞路而行，這讓我突然非常後悔跟他一起逛了。各位路過的人們，大胃的妖怪只有他沒有我啊！

來來往往的人潮很多，加上我們學院還有外地來的學院人們，感覺就是人數一下子暴增十幾倍的感覺，尤其是還有一些看起來根本也不太像人的東西走來走去，我眞的有一種自己在逛夜市的錯覺，只差少了一點像是路邊攤座位的地方而已。

「漾～你也趁熱快吃啊。」五色雞頭把手上的空盒子摺好放到旁邊的回收桶裡，然後開始催促我。

你還眞是有環保概念，居然知道空盒子要回收……等等！

空盒子？

我看見五色雞頭把手上的最後一個竹串丟到垃圾箱裡面。

你吃完了？你這妖怪用幾秒吃完的？

我剛剛才聽到什麼一團一團十盒，你就已經把東西全吃完了？

鬼！你是鬼！

我立刻再次認知到五色雞頭絕對是四百個胃的大妖怪，我們人類不能理解他，也無法比得上他。

低頭，我手上躺著可憐的一小盒糯米丸子，發出虛弱的熱氣，是剛剛在路邊攤買的，連一口都還沒有吃到，猶豫之間，一邊的五色雞頭已經往下一個攤子殺去了。

「漾漾！」第二個人從後面喊住我。

現在是怎樣，走到哪邊都被叫住是怎麼回事啊？

我並沒有認識那麼多人可以滿街都被叫吧。

不知道從哪邊冒出來的雷多直接搭上我的肩膀。剛剛才被五色雞頭搭完，還沒冷卻就換你是吧？你是被五色雞頭用一頂鋼刷毛給同化了是不是？

我就知道！

難怪你的舉止跟某人越來越像，你雙胞胎阿哥會哭給你看的老大。

「你沒事嗎？」我想起來昨天各自逃跑之後，後來就回宿舍也沒看到他是死是活，不知道有沒有受傷還怎樣。

雷多挑挑眉，「我像有事嗎？」

嗯，左看右看都活跳跳的是不太像。

「不過昨天還好有遇到雅多，不然那玩意可能要追著我跑天涯海角。」雷多嘆了一口氣，掏出了硬幣向旁邊的攤子買來一支棉花糖（真的是夜市是吧），一邊啃著一邊這樣說，「追來的東西有很大的破壞力，追到一半時剛好遇到雅多出來找我，我們才一起將那個東西擊退，不然這次就完蛋了。」

聽他這樣說，那個東西好像真的很棘手。

可是我反而有個疑惑，既然東西跑去追他了，那紫館出現的又是怎麼回事？

「對了，我有注意到那玩意好像會分裂，可是那時候情況緊急沒有仔細看它究竟有沒有分身跑走。跟雅多一起擊退之後，我放了追蹤蟲去反追來者。」雷多很快地解開了我的疑問，「不過沒有反追蹤到就是了，對方很強，我看要注意一點，還有你那個朋友讓他這兩天小心些。」

嗯，千冬歲……那天之後完全沒有遇到他，難不成他傷口出了問題？

糟糕，我要不要找夏碎問問看？

我對這方面完全不熟悉。

※

「怎麼又是你！」

就在我苦惱地想著千冬歲的傷不知道會不會怎樣的時候，另外一個聲音也跟著冒出來，「眞煩耶，信不信本大爺讓你死得不知不覺免收費！」端著上面有著五彩配料與他的腦袋相互輝映的大碗剉冰走過來的五色雞毛發出極度不友善的警告聲音。

他眞的還是很討厭雷多。

怪了，有人欣賞他的鋼刷頭他是在不高興啥，搞不好全天下只有雷多這個怪人會把五色鋼刷當作藝術品，你們兩個換個角度去認識搞不好還眞的會是好搭檔勒。

「我今天是來找漾漾的。」雷多咬著棉花糖然後搭在我背後，完全就是要死也要我跟他一起死的樣子，「還有，吃午飯，餓死了。」

你們眞的是好搭檔。

我從雷多的手下逃逸，轉了方向往剛剛的大會場走去。

跟這兩個人牽扯太久會變衰跟這兩個人牽扯太久會變衰跟這兩個人牽扯太久會變衰……

就在同一秒，我的後領馬上被人拽住，「漾～你要去哪裡？」顯然還在吃東西的五色雞頭嘴上掛著一個烤肉串，然後眯起眼睛問我。

「呃……回觀眾席等開場。」

其實只要遠離你們兩位去哪邊都可以。

「拜託，開場還很久耶，你要不要跟本大爺一起去選手休息室，那邊還比較舒服一點。」五色雞頭抱著手上大堆大堆的東西這樣說。

「沒關係，不用了。」我是說眞的、不用了。

完全不把我的意見當作意見的五色雞頭拖了人，很愉快地就往夜市大街外離開。

雷多大概還有事情，沒有跟上來，就向我揮揮手之後馬上消失在人潮裡。

無視於任何人訝異的目光，五色雞頭走過大操場另一邊外圍，穿過重重大走廊，然後一會兒就在一扇門前停下來。

「這邊是我們的休息室。」直接推開門，五色雞頭突然停下腳步，有點錯愕到的樣子。

我偷偷瞄了一下裡面，是個很寬大的室內，有桌椅、床鋪還有小冰箱什麼的，感覺就像個套房一樣完善。

讓五色雞頭錯愣的不是那些家具。

室內，夏碎站在窗戶邊看著外面，而桌前有兩個人隨意地拉了椅子就坐。

一個是我最熟悉不過的學長，一個竟然是剛剛還在大操場上發言的鏡董事。如此近距離看，鏡董事整個看起來就更小，圓圓的臉看起來就是很可愛，而她竟然會是董事之一？真的超難相信。

「您好。」乍然看見屋中不該出現的人，五色雞頭錯愣了一秒，立刻就恭恭敬敬地彎身向鏡董事行了禮。

五色雞頭啥時這麼有禮貌？

我有點嚇到，連忙跟著他彎腰低頭。會讓五色雞頭這麼畢恭畢敬的絕對不是一般普通人，畢竟他可是世界上最冥頑不靈的一隻雞。

「不用那麼拘謹，我只是純粹來找他聊聊天。」鏡董事露出很親切的笑容，然後看了一眼學長，「已經有很長一段時間沒有坐下來說些什麼，另外一位也很惦記你。」

夏碎看了我們兩個一眼，示意我們先進來關上門，不用太在意他們兩個。

「……師父惦記就好了，另外一位就免。」門一關上，我立刻聽到學長非常簡單俐落地回話。

「哈哈，他在我到學校來之前還拚命吩咐要我帶點東西給你，結果我忘了。」鏡董事很優雅地撩起長長的衣袖，自己拿起桌上的罐裝飲料打開拉環，「你知道的，這些比賽總是得處理許多麻煩的工作，一忙起來常常都會忘東忘西，我也不像他們記憶力那麼好哪。」

「謝謝你遺忘。」

聽起來，學長好像對誰很感冒的樣子？

就在我這麼想的同時，學長突然用一種很慢的速度轉過頭，白了我一眼，整個感覺就像被一個黑暗角落的厲鬼瞪到，我立刻縮到夏碎學長身後尋求政治庇護。

「他聽到你這麼說會很傷心的。要不是因爲最近有點事情他們要親自處理，應該今天都會過來看看你的。」鏡董事仍然是一樣的微笑，感覺像是很親切的樣子，「畢竟這也算是難得一見的重大事務。」

學長哼了聲。

他們好像眞的很熟。

後來鏡董事又聊了幾分鐘，就站起身要離開了。

「對了，褚同學。」她走了兩步突然轉回過頭叫我，我完全沒有心理準備整個人愣了一下，董事居然會知道我這個存在快要比螞蟻還要渺小的人？

「有事嗎？」我在學長的瞪視下硬著頭皮提問。

鏡董事仍然彎著很親切的笑容，「你身上一直佩戴著水之王族的兵器，試著找出能令它甦醒的契機，時機已經快要成熟了。」

「啊？」我現在的狀況叫作一頭霧水。

「那就這樣了，祝各位這次能取得大捷。」

拋下這樣對我來說莫名其妙的一句話，鏡董事轉過頭，也沒伸手、大門就直接在她眼前自動打開，門的另一邊並不是我們剛剛進來的走廊，那瞬間我好像看見某種疑似中國的宮城華麗大建築，鏡董事走出門外，門又自動關上，房間裡面馬上恢復安靜。

「看到大人物就嚇呆了嗎。」冷笑了聲，學長走到冰箱旁邊打開，從裡面拿出一罐礦泉水。

我覺得我有絕對的理由可以懷疑冰箱也通往異次元，「三位董事遲早你會全部都看過的，一個就嚇呆的話，三個你大概會心臟休克。」

說到董事，我剛剛好像有聽見疑似師父的稱呼？

學長的師父？火星人高階等、噴火星人嗎？

啪噠一聲礦泉水水瓶直接在我眼前化為灰燼。

「呃……你假裝沒聽到好不好？」嗚嗚，就說過不喜歡別聽嘛……

五色雞頭把剛剛去外面買回來的攤販零食放了整張桌，是說剛剛我沒有看到他買這麼多東西啊，又從哪邊長出來的！

「剩沒多少休息時間，你們如果累就先睡一下吧。」夏碎看了一下腕錶，然後這樣對所有人說，適時地打破緊張沉默的氣氛。

其實我滿想睡懶覺的，不過在這邊說大概會被圍毆吧。

「我沒關係，西瑞和你要休息就先休息吧。」學長瞄了我一眼，沒說啥，然後站起來在旁邊的小書架隨手抽了一本書坐到旁邊的大沙發……這休息室的設備也太完善了吧。

「本大爺肚子餓，還在吃東西，學長你要不要也吃一點？」一邊咬著炸雞排的五色雞頭拿出一堆烤肉串。

學長搖搖頭。

眞是問廢話，全世界都知道學長有工作時是不吃東西的，雖然現在不是工作。

不過我想到一個問題，如果是連環比賽不就好幾天不能吃東西了？

偷偷打量了一下坐在沙發裡的學長，難怪他這麼瘦，原來以前班上那些女生爲了減肥而絕食不是沒有理由的。

「褚，不要逼我扁你。」頭也不回地盯著書本，學長如同惡魔般的聲音從書後面飄出來，「如果你想被我當暖身運動的話，繼續想下去沒關係。」

我當然不想！

「呃，我也想吃烤肉。」

一秒轉移話題。

對不起因爲我實在是很沒膽，有時候有些事情最好還是不要明知道會怎樣還去做。

這樣會活得比較久一點。

第十一話　來自雪國的對手

地點：Atlantis
時間：下午一點四十分

「外面有客人。」

就在我吃飽沒事做快睡著時，夏碎突然打破了沉靜，五色雞頭配合非常好地立刻把房門給拉開。

外面又變回剛剛的走道。

打開門的那瞬間，室內氣溫好像突然整個偏低下來，給我有種冷氣開過頭的錯覺。

門外站著一個女孩子，穿著雪白色的長衣，領口是大團的白毛，整個看起來就是非常保暖。

我認得她的打扮，是巴布雷斯的代表選手，雪國的雪人之類的。

她的胸口繡有幾個應該是校徽的東西，上面有冰晶的印記。

「Atlantis學院的各位，你們好。」女孩把手握拳放在左胸上然後彎身行禮，接著又站直，「我是巴布雷斯代表菲西兒，因爲登麗被我們學院長找去確認最後行程，所以由我來代替在賽前先向各位打聲招呼。」

菲西兒衝著所有人善意一笑，感覺上就是很像普通的鄰家女孩，給人滿舒服清爽的印象。

夏碎迎上去，代表發言：「您太客氣了，要不要進來再談？」

微笑著搖搖頭，菲西兒拒絕好意，「我們學院傳統中在決鬥時一直有著一樣習俗，就是賽前先與對手打過招呼，並禮貌地告知。」

告知？

我被那兩個字吸引注意。

「請問告知是？」夏碎問出了我的疑問。

「就是先告知對手我們的能力。」

就在菲西兒話語一停的同時，房間突然整個冷起來，我聽見詭異的啪喳啪喳聲音，然後腳底突然覺得滑滑的……

低頭，愣掉。

整個房間突然結了冰，連我的腳也被黏在地上，整個鞋子全都跟地板被冰在一起，上面覆滿冰霜。

極光……有極光！

我是招誰惹誰了啊我！站在旁邊也會出事是怎樣！

「果然不愧是來自雪國的學院。」夏碎看著地面和牆壁爬滿的冰霜，然後微笑地拍拍手，「非常漂亮。」

「您過獎了。」彎了彎身，菲西兒勾了笑容，看起來是對於夏碎的稱讚很滿意，「那麼，就期待等會兒的競技了。」

「彼此彼此。」

菲西兒走了之後，夏碎關上門，然後望著整間的冰霜，「的確是很壯觀，難怪無袍級的她也進得了決賽甚至是紫袍的搭檔，看這程度，應該老早就有資格可考才是。」

眞的很猛，這個下馬威眞的很猛。

不過現在最重要的是，「不好意思，有哪位可以幫我把腳拔出來嗎？」我陷入危機了！

我感覺到腳底開始麻木了。

糟糕，如果凍傷會被截肢耶！

救人喔！

「不過，我想這個程度應該還不至於成爲威脅。」夏碎勾了謎樣的笑容，完全無視於我的求救，「畢竟，出自於冰應該還是比出自於雪的人強，對吧。」

夏碎說完同時，整個房間的冰霜突然崩裂，下一秒立即化成白煙、蒸發消失。

我的腳得救了，好感動！

「這種把戲我老早就會玩了。」放下手上看完的書，學長從沙發裡站起來，完全不把剛剛的冰凍房屋當作一回事。從他的態度與動作可以知道，把整間房子都給除冰的人就是他，「沒什麼難。」

我知道，你連法術都不用，直接瞪人就可以把整個房間給冷凍。

紅眼看過來，惡狠狠地瞪了一下，我立刻全身發毛。

「啊啊，本大爺也好想上場打。」五色雞頭趴在桌上開始碎碎唸，「等等去……打野食好了。」

那個「……」是什麼東西！

「褚要跟我們一起過去選手區嗎？那邊看得比較清楚喔。」夏碎學長提出好意的邀請。

「呃，不用了，我還是回觀眾席比較好，因為沒有告訴老師，亂跑不太好。」其實我有點想去，不過還是拒絕好。

老師算是藉口吧。

可能因為我住到黑館，又跟學長、夏碎他們打得頗熟，所以隱約可以感覺同年級的人有點不太友善，雖然不是很明顯，不過我想還是不要太招搖比較好。

「如果你不想去就不勉強你。」學長插了話，淡淡地說：「不過我還以為你的神經很大條，沒想到你還是會介意一些有的沒有的事情嘛。」

基本上，我覺得我把這句話當成稱讚看會比較好。

「時間差不多了。」

隨著夏碎的話讓我下意識跟著看了一下手錶，一點五十三分。

「褚，我把你送回觀眾席那邊，等會見了。」學長這樣告訴我，眨眼地上就出現移送陣轉動著，「剛剛鏡告訴你的事情你要記得。」

欸？

我還想問那件事是啥意思時，地上的光陣已經進行轉移了。

然後，我回到了觀眾席的入口。

「同學，不要擋在路中間！」

我突然被拎起來，才發現好死不死後面站了光頭佬……不是，我是說光頭導師，而且他手上還拖著非常不符合他外表的草莓聖代加大杯，「快開賽了，回位子上去坐好。」

他直接把我拖回去座位，塞進去，自己就走到後面的位子坐下開始吃起大聖代。

老師，您不會也是一直吃東西吃到現在吧？

兩邊的人也開始陸陸續續坐滿。

「漾漾，你剛剛消失很久喔。」歐蘿妲微笑地看著我，然後說了這樣一句話。

「哈哈……我找地方去休息一下。」我覺得我如果說我剛剛在選手休息室休息，後面的導師可能不知道會怎樣玩我。

「這樣啊。」沒有繼續追問，歐蘿妲把她手上的杯子遞給我，「這個請你。」

我現在才發現她手上有兩個杯，一個草莓聖代一個巧克力聖代，疑似跟老師手上的是同一家出品。

「呃、謝謝。」我接過草莓的，上面充滿了果醬、味道濃郁，跟人工香料的味道完全不同。

「不用謝，是老師請的，他剛剛賭輸我，而且還賭輸兩次，我吃不完。」

你們又打賭！

而且老師又賭輸是怎麼回事？

我覺得我腦後有一道怨恨的萬年必輸賭徒的怨恨目光。

其實，他根本被自己的學生給吃死了。

就在觀眾席差不多都入場滿人之後，場上也傳來代表兩點的巨大鐘響。

「第一競賽正式開始！」

※

場上捲起了大風。

就跟方才的休息室一樣，四周的溫度突然整個降低，然後地面起霧，看起來就是整個場地變得很夢幻那樣。

大場地四周空中的小場地轉動起來。

「第一競賽正式開始，第一場地Atlantis學院第二代表隊與巴布雷斯代表隊，我是現場播報員琳綺，將為大家主持此次開場比賽。」隨著一道清爽活力的聲音傳來，有個銀色的東西從裁判席附近疾速飛出，然後停在大場地的空中正上方，四周的螢幕框馬上映出一個女孩的臉。她年紀頗輕，大概和庚他們差不多，金髮、藍眼，穿著有我們學校徽章的大衣，長長的衣襬在天空中飄。

不過最引人注目的，是她有一雙翅膀、一雙銀色的鋼鐵翅膀，在陽光下折射小點的光，看起來有點詭異的美不過又很適合。其實妳是森林中的妖精是吧？

「先爲大家介紹來自雪國的巴布雷斯代表隊伍，隊長登麗，雪之妖精，其下的三名隊員含候補選手也全部都來自雪國，綜合能力與成績在初賽時刷亮所有人的眼睛，僅以一名紫袍與三名無袍級者晉升到大決賽的十大隊伍之中，實力令人不容小覷。」琳綺很像唱歌的聲音快速地簡介著，四周的螢幕框也開始出現被介紹的選手人像與簡單的個人資料，「再來是此次Atlantis學院第二代表隊伍，眾所皆知此次領隊隊長是紫袍的藥師寺夏碎。」

夏碎？隊長不是學長嗎？

是說宣誓時我沒有很注意看，我一直以爲出來的是學長所以把注意力都放在其他隊伍身上，這下可眞讓我大大吃驚了。

「Atlantis學院此次出場的兩支隊伍都備受眾人們看好，第二代表隊中的兩名選手都是赫赫有名的人物，啊……冰炎殿下也將在此次大競技賽一展身手，說個題外話，冰炎殿下目前行情很被看好、好到各界都有不同的人來倒貼，不過因爲人太冷了所以女孩子是一打一打地被嚇跑。所以建議崇拜冰炎殿下的女性們請先練就冰不死的個人功，否則琳綺建議大家最好還是找夏碎大人好一點，至少是被委婉地拒絕而不是被殺死拒絕。」

嗯，這些話我很認同。

不過……上面這位大姊，妳應該是場內裁判吧？

一秒轉身變成追求戀愛指導員是怎樣！

妳當心離場之後被學長不知不覺咒殺掉。

我又發現一件事情，我可以絕對把握地確定上面的播報員大姊的口形講的絕對不是中文，不過很靈異的是，我居然又聽得懂了。

這間學校果然很靈異，連大型活動都有自動翻譯。更靈異的是，我居然一點驚訝也沒有，完全已經習慣這些不正常了。

「開場競賽正式開始，第一武術台爲炎之競技台。」琳綺伸出單手，場上浮高的小武術台子中猛地轉出了一個圓平台，然後往外延伸約莫五倍之大，整個覆蓋掉下面過半的大操場。

四周開始變熱。

底座大操場轟地一聲燃起金色火焰，空中的火焰平台發出巨大聲響、裂成兩半，中間的空隙竄出了一條火龍直衝天際，接著像是煙火一樣炸開，漫天出現了大煙火瀑布，壯觀到最高點。

就在場內響起一片訝異與吃驚聲同時，兩半的台上捲了風，各站了一邊人。

巴布雷斯的登麗與菲西兒。

Atlantis的學長與戴著面具的夏碎。

「競技開始。」

※

好熱。

我有一種洗到三溫暖的感覺。

同一秒，溫度立刻下降。

眞的是三溫暖是吧……先熱後冷，包准可以讓皮膚擴展伸縮到最高點。

場內，整個火焰突然熄滅，取而代之的是結冰，地下場地全部凝了雪白色的冰霜，觀眾台上也瀰漫起白色冰冷煙霧。

「太精采了！大賽一開始，巴布雷斯的登麗選手發揮了雪之妖精驕傲的冰凝力量，將整個火焰競技台轉爲對自己有利的冰雪範圍……啊，請各位觀眾準備禦寒法術，下雪了。」

我跟著琳綺的話往上看，天空上果然下起了一點一點的小雪。

該死！我連外套都沒有帶耶！

雪花飄飄飄地四處散落，我開始後悔吃班長請的聖代了，這可是冷上加冷。

「靠，變冰了。」

聽見抱怨聲我轉頭過去，看見班導的大聖代整個覆蓋上一層冰霜，我手上的也沒好到哪去，乾脆就放著不吃了。現在繼續吃的話只是會外抖加上內抖，自己虐待自己。

「咦，場上冰炎殿下不知道與夏碎選手說了些什麼……冰炎選手居然退場了？」琳綺的聲音非常訝異，同樣場外觀眾也訝異到不行。

學長居然退場了？

不是團體戰嗎？

夏碎向裁判席那邊揮揮手，好像不知道在說些什麼，然後裁判席那邊點了點頭。

「大會報告，琳綺這邊剛剛接到Atlantis學院選手提出請求，因為冰炎選手認為階級不同會造成比賽不公平，所以主動要求退場換人，由同隊的候補選手遞補位置。」琳綺公布消息讓整個場外都譁然起聲，「大會方面已經批准，接下來由西瑞．羅耶伊亞選手遞補位置。」

我聽見有的人批評學長頗自大的。

不過因為認識有一段時間，我覺得學長應該是真的覺得實力有太大差距才退場，而不是瞧不起對方。

五色雞頭上場，另外一邊的巴布雷斯兩個女生的臉突然變得很臭。

說實話，當場換人感覺也不是很好，如果我是當事者可能也不太爽。

學長回到浮高的休息區裡面，環著手觀看比賽。

我感覺頗冷，有點想回去拿外套的衝動。

場上突然有動作了，飄下的細雪轉眼慢慢變成大風雪，沒多久場下就積了厚厚一層雪堆，完全可以用來堆雪人和打雪仗的那種。

我懂了，巴布雷斯根本是專門出產雪女對吧！

大雪慢慢轉大同時，夏碎也有了動作，只見他拿出一個黑色水晶放在掌心上，「祈禱於天之術，自然生成而歸自然生成，吾力量溶於力量，術反之咒！」

我還奇怪怎麼突然聽見夏碎的聲音，原來場上的螢幕框已經把裡面的聲音全部播放出來了，眞是貼心的設計。

然後，我注意到他們在場內施術時，場外有很多人凝神注意、還有出現做筆記的，原來大競技賽還是最好學習的活教材課程是吧？

黑水晶在夏碎的手上炸碎，碎粉被大雪的風吹走，然後狂雪驟然像是被什麼東西阻礙一樣，整個乍然停下，黑色的水晶粉就在空中飄浮、發出詭異的黑色光點。

「守護雪上的子民之神器，呼應於我登麗之手，顯現出您的高潔與傲慢。」眼見黑色水晶粉有鎮壓住暴雪的氣勢，登麗轉了身猛地揮出雙手，她雙手上出現了一對巨斧，整個都是冰，上面還有奇異的花紋圖騰。

那個也是幻武兵器嗎？

我轉過頭有點想問歐蘿妲，不過她很認眞地在看比賽，我就不好意思問了，其實還有一個叫作導師的可以問，但是我非常不想問他。

「那是雪國的妖精兵器。」

我身邊突然傳來聲音，急忙轉頭一看，是個完全不認識的陌生人。

一個青年，與學長看起來差不多年紀。他穿著外校的制服，看起來有點像祭咒的衣服。我好像在哪一支隊伍看過類似的服裝？突然想不起來。

是說，這裡不是我們學校學生座位嗎！

我這才發現，座位老早就混亂掉了，大家都挑喜歡的位子，反正也沒規定坐錯位子會怎樣，只有我還笨笨地找原位。

啊，好像也不是只有我，後面還有個光頭在鬡他的冰聖代。

「你好，我是七陵學院的然。」青年對我伸出友善的手。

對了，他的衣服與七陵學院的選手服非常像，都是祭咒的類似衣服；白色的衣底加上漂亮的圖騰，還有幾個裝飾品。

不知道爲什麼，我覺得他給我的感覺很親切，好像在哪邊見過一樣，「你好，我是Atlantis學院的褚冥漾。」我與他回握。他給我的感覺除了熟悉之外，還有一種很悠閒的放鬆感。

我知道了！

他是治癒系的對吧！

「不好意思，你剛剛說的妖精兵器是……」我看著場上，登麗的大斧在她手上變得非常靈巧，像是玩弄兩個小東西一樣，揮舞自然順暢，一點都沒有沉重感，另一邊的菲西兒手上同時出現同一系列的西洋長劍，兩人同時對上夏碎與五色雞頭。

這有點危險了，因爲五色雞頭的獸爪沒那麼長，對上他的菲西兒始終保持一些距離。

「顧名思義，就是妖精做出來的兵器。」然人很好，直接幫我解釋，感覺上他好像早知道我不懂這些東西的樣子，「簡單說幻武兵器是活兵器，其中蘊含一個靈體，必須簽訂契約與靈體同步才可以運用自如。而一般不管是妖精、獸族、天族等等自己做出的兵器中則沒有那類東西，不過再過一段長長的時間，兵器中也會產生靈體。打個比方說，就像九十九神一樣。」

啊，這個我大概知道，一個是本身就是鬼，一個是用久了變鬼，應該是這種意思。

「剛剛登麗使用之前有吟唱咒文，很明顯地是她的兵器應該是妖精族傳承的，上面已經有靈體，吟唱咒文是降靈、使兵器的能力得以發揮到最高點。」

就在然停止解說同一秒，感覺上有點綁手綁腳的五色雞頭被菲西兒一個衝撞，整個人往後飛摔出去。硬是在半空中扭動身體後翻一圈，五色雞頭單手撐地然後翻身站起。並沒有給他太大喘息空間的菲西兒立即轉動手上的長劍，然後猛然就往五色雞頭落地的地方用力射去，一道銀白色的光線劃破空中，直接往五色雞頭腦袋貫去——

鐺琅聲，菲西兒的劍落空。

不知道什麼時候凝聚起來的黑色水晶粉像是盾牌一樣擋在五色雞頭面前，那把長劍被水晶粉末整個包覆起來、然後掉在地上。詭異的是，被黑水晶粉末包裹住的長劍居然開始腐蝕，只短短幾秒，整把劍就被融解、連一點餘留都沒有剩下。

「各位觀眾請看，夏碎選手在一開賽就使用了高等的返咒術法，自由操縱能吸取物質的黑水晶抹煞了菲西兒選手的妖精長劍。」琳綺的聲音迴盪在整個場外，好幾人開始忙碌地做起筆記，這讓我覺得自己沒有帶筆記本來是個錯，「黑水晶操縱術最早起源於三千年前的妖精部落當中，經過代代相傳與不同種族的變化，如今已經有七十九種使用方法，根據大會現場提供比對，夏碎選手使用的正是高等的黑水晶返咒操縱，可見實力之高。」

我發現播報員不愧是播報員，那個資料解說是怎麼回事啊，有沒有詳細到那麼可怕，好像是不管使出什麼招式她都有辦法解析出來。

將水晶粉末移往五色雞頭那邊同時，見夏碎分心，登麗也捉住了這個機會，雙斧直接劈在地面上，整個場地重新結冰，來不及走避的夏碎整個雙腳被冰凍起來，同樣的，旁邊沒多遠的五色雞頭也暫時動彈不得。

「降雪。」登麗將雙斧往上一拋，兩把巨斧猛地碎裂開，然後在半空中化成無數的大冰針，轟然巨響、千萬根冰針就氣勢洶洶地往地面砸下去。

所有觀眾瞪大眼睛，屏氣凝神一點聲音都不敢發出。

「奔騰時空中的黑流，逆上重生吧。」不慌不忙，夏碎手指一彈，水晶粉末突然全部自動重新凝結變回水晶的樣子飛高，然後在所有人頂上爆裂開來，場地上一陣波動，連觀眾席都能隱約感覺到搖晃。

還沒砸到一半的冰針被巨爆炸飛，摔在場外、牆上，破碎成粉然後消失，四周掀起了強烈的狂風，整個冰粉白霧飛散得到處都是。

冰塵爆過後白霧慢慢地退開，場內的冰霜又消失了，兩方人馬都失去武器。

「現在是肉搏戰的時間了。」

顯然等很久的五色雞頭一笑，囂張地發出這句話。

※

我看見五色雞頭的右手扳開獸爪。

「守護雪上的子民之神器，呼應於我登麗之手，顯現出您的高潔與傲慢。」登麗重新吟唱了咒文，被炸碎的巨斧重新回歸她的手上。

「什麼鬼神器！沒用啦！」五色雞頭獸爪成拳直接往大斧的斧面一拳揍下去，一個謎樣的清脆聲響傳來，大斧面出現了像是蜘蛛網的裂痕。

五色雞頭趁著揮拳的衝力往後翻滾了一圈，落在地面。

「靠！」

他揮著獸爪完全忘記聲音會被擴張到全場地罵髒話，獸爪上有幾個紅紅像是小撞傷的痕跡。

不用說，我也有種很痛的感覺。想體驗看看的話應該是用拳頭去砸地面就可以知道了，可是目前我還不太想拿自己的肉體去打地、跟身體還有地板過不去。

「雪國的妖精兵器都是千萬年寒冰打造的，堅硬無比，你以爲這樣就可以破壞了嗎。」登麗撫過大斧上的裂痕，瞬間斧面又恢復原本光滑的樣子。

我也覺得可以這樣就破壞就太無聊了。

「一次不行，本大爺就打到它爛爲止。」獸爪上的爪喀喀喀地發出疑似骨折的聲音，五色雞頭露出陰狠的詭異笑容，他的雞爪從原本的正常顏色慢慢變成深黑的顏色。

菲西兒重新拿起長劍站在登麗的面前，儼然就是一種保護的動作。

這種畫面看起來，怎樣都覺得好像某種吃飽閒閒的不良少年在恐嚇一般路人。

「西瑞，等等。」夏碎站在五色雞頭旁邊，壓低聲音不知道跟他說了些什麼，然後五色雞頭點點頭，突然就把獸爪給收了。

相信大家都跟我一樣很想知道他們兩個說了什麼，但是大會就是沒有剛剛那個聲音。

然後夏碎往前走了兩步。

「臣服於我手下的詛咒之物，現身吧。」他將手掌朝上，然後我看見了熟悉的老朋友。

一條金眼的黑蛇突然從他的手掌竄出來，然後從手臂粗開始成長，一倍、兩倍，一直長大到幾十倍，變成那種會在河裡面作怪的大蛇妖。

登麗與菲西兒的臉色同時一變。

那隻居家型黑蛇居然還可以變成這樣，我突然很想知道夏碎學長到底怎樣改對方的咒文排列，整個看起來就是那種攜帶型的殺人凶器。

「小亭，活動一下吧。」夏碎拍拍黑蛇的身體，用非常輕鬆的語氣說話。

「好。」

登麗跟菲西兒傻掉。

我記得之前學長曾說過那條蛇是高級詛咒，連他都很難應付，沒想到才短短時間夏碎學長已經拿來當端茶小童兼凶器，果然可以當學長搭檔的人都不是什麼正常的人。

黑蛇慢慢地在空中轉動，然後變成一大片黑色的陰影、接著再轉動飄浮，翻身成為一隻巨大金眼的黑色單腳烏鴉。

烏鴉發出極度不友善的聲響。

甩出兵器，登麗兩人一臉專注嚴肅，不敢輕忽天空的烏鴉蛇。

「比賽中止！」在高空的琳綺突然殺出來這樣一句話，本來要強行飛下的金眼烏鴉停止動作，只是眨眼短短的瞬間又變回一條小蛇攀在夏碎的手上，「大會宣布比賽終止，來自巴布雷斯學院董事們的消息，巴布雷斯學院主動宣告認輸。」

琳綺的話一出，整個觀眾席都譁然吵鬧起來。

登麗與菲西兒都收了兵器，訝異地看著評審席，似乎是沒想到會有這事情。

整個戰況急轉直下，所有人都等待琳綺的說法。

「根據巴布雷斯學院傳來的說法，夏碎選手使用的是高等魔封咒，這種強大的詛咒咒語並非巴布雷斯學院能力範圍，所以自願認輸。」琳綺將收到的消息報告出來。

一聽見魔封咒，現場的聲音幾乎都消失了，只聽到一些竊竊私語，在討論夏碎為什麼會學那種邪惡的詛咒。

其實並不是夏碎學長學的，是人家送的。

登麗與菲西兒像是服了，並未做出任何抗議，就往評審席那邊行了禮，服從了自家董事的決定。

不過我想這樣對她們應該也算是好，因為我上次見過學長幫伊多解咒，非常麻煩，我想如果登麗兩人也中招，傷害性也很大，基於考量與生命上安危，她們家董事才會做出這種決定吧？反正第一場輸不代表全都輸，之後還是有扳回的機會。

「第一場比賽勝負決定，由Atlantis學院奪得第一勝利。」琳綺揮高右手，天空螢幕框上出現了賽程表，然後學長他們晉級，「嗯……登麗選手似乎有話要說。」

場上的登麗對播報員招了招手，然後她的聲音被擴大出來，「對於此次比賽我們輸得心服口服。」她說，然後目光對上我們學校選手的休息區，「不過我們想知道冰炎殿下臨時退場究竟是什麼意思，請給我們一個解釋。」

喔喔，針對學長來的。

在休息區的學長冷笑了下，然後跳下競技台上，「就像剛剛所說的，因為實力相差太大，所以我想我不上場對兩方都好。」他的回答再度引起場上觀眾的聲響，仍然像剛剛聽見的有不少人在批評他囂張，黑袍也不見得有多厲害等等。

「請冰炎殿下讓我們見見您所謂的實力差距。」登麗似乎對這個回答不太滿意，重新要求，「請問大會能夠讓我們破例一次嗎？」

評審席那邊交頭接耳了一會兒，然後琳綺代替開口，「大會方面認為，如果冰炎選手願意的話，可以直接在場上做出令登麗選手滿意的答案。」

我想大家還是都以看好戲居多吧。

畢竟學長說這種話沒有實際做些什麼，很難令人滿意的。

「好吧。」學長騰出了手將長髮往後撥，「就讓妳看看所謂的實力差在哪邊，放出妳最得意的雪妖精之術吧。」

他話語一落同時，場上再度結滿冰霜，四周的溫度整個降低，連觀眾席上都覆蓋了薄薄一層冰霜，讓我狠狠打了一個噴嚏，「這是我們雪妖精的降雪，最大範圍五公里之內都能夠出現暴風雪。」登麗看著學長，勾起了冰冷的笑容。

「五公里的暴風雪是嗎？」

學長閉上眼睛兩秒，又張開眼睛，「比我預估的……短少。」

「你說什麼！」

就在登麗像是憤怒的同時，我聽見一種謎樣的聲音，然後從學長腳下爆出了金色的火光，狂暴的金色烈焰席捲了整個場上的冰霜，猛然襲來的高溫將整片冰霜暴雪都給融解掉。

我看見高熱空間在扭曲。

下一秒，金色火焰突然消失，然後溫度馬上降低下來。

不是雪白色的冰霜，一層一層的透明冰層繼火焰之後馬上在四周凝結起來，隨著溫度越漸降低，整個大競技場出現了比冰霜不知厚上多少倍的冰牆，然後持續往外延展。

我看見四周的人都在發抖，我有種會馬上死在這裡的感覺。

就在場上，所有人腳下都出現厚厚冰層，冰上還有金色的火焰在燃燒，形成詭譎妖異的漂亮景色。

登麗的表情整個震驚。

「我的冰與火能力，最高範圍是一百公里。」學長彈了下手指，滿場的冰與火全部都消失，又變回原本的樣子，他看著登麗，後者一臉鐵青，「妳說，我們的實力有多少差距？」

現場原本還在說學長囂張的聲音整個都消失了。

「我完全認輸了。」

登麗突然笑出來了，很爽朗的笑聲，「Atlantis學院果然高手眾多，我們服了。」她對學長伸出友誼的手，學長也跟著回握，「很榮幸能與你們一戰，希望以後還能與Atlantis學院再做交流。」

「彼此彼此。」學長也很客氣地回答。

四周響起了爆雷般的鼓掌聲。

第一場的開場賽，就這樣落幕了。

第十二話　禁忌

地點：Atlantis

時間：下午三點二十分

開場比賽結束之後沒多久，另一邊也傳來第二會場同時的比賽結束。

奇雅學院落敗了，由明風學院第一代表隊晉級。

我站起身打算離開會場，轉頭想和剛剛七陵學院的人道謝一下，不過不曉得他什麼時候離開的，人已經不在座位上了。眞是個神出鬼沒的奇怪學生，不過給我的感覺也還不錯就是了。

就在我轉身想出去時，眼尖地看見原本在醫療班裡面待命的輔長不知道在跟誰說話，然後點點頭，就往學長他們的休息區走過去，一下子幾個人就消失在休息區裡面。

剛剛有人受傷嗎？突然有一種奇怪的想法冒出來，剛剛的比賽基本上幾乎是沒有人受傷，而且說起來還滿和平的，還是其實有誰受內傷？

夏碎嗎？

不太像，他整場都好好的，連根頭髮也沒掉。

學長根本沒有下場比賽所以應該也不是。

這樣說起來應該只剩下五色雞頭，誰教他剛剛手賤要去打人家的妖精兵器，搞不好又是啥詛咒還是手指斷之類的。

管他去死。

……

其實我跟五色雞頭還算是有點交情啦……既然他都疑似受傷，那我去看一下應該也是理所當然吧，要不然那傢伙如果事後又來個莫名其妙算帳，倒楣的可是我。

那好吧，基於以上理由，我還是順路繞過去看一下五色雞頭有沒有還活著。

出了大會操場之後我循著剛剛五色雞頭帶我走的路線去找選手休息室的走廊入口，不過轉過一道牆壁之後，我馬上傻眼。哪來的入口？

剛剛五色雞頭帶我進去的地方根本是一面超級大牆，連個老鼠洞都沒有。

這是怎麼回事啊？該不會我又走錯新的學校路線走到另一個地方去了吧？

我看今天回去之後一定要把新的路線手冊看一下，不然每天每天都要亂七八糟地摸索遲早我會神經崩裂。

「你在這邊做什麼？」突然身後傳來問句，我連忙轉身，後頭站著一個很漂亮的大姊，褐色短髮藍色眼睛，感覺上比較像大學的人，「這邊一般學生不能進去喔。」

「呃……不好意思，因爲我朋友有參加比賽……我可能走錯路了……」我不知道應該怎樣向這個陌生人解釋。要說我是進去看五色雞頭的也不曉得她會不會相信，畢竟我看起來比較像跟選手們沒有交集的路人甲。

「原來如此。」大姊微微一笑，「你沒有走錯路，選手休息室區只有經過核可的相關人士可以進入，或者是由選手帶進，非相關人士只會看見結界牆。我看你會知道這個地方應該也進來過了。」

「啊、對，我剛剛有進來過一次。」我有點尷尬地笑了笑。

「那跟我一起進去吧。」人很好的大姊站到那面牆前，瞬間牆壁變化出我剛剛見到的走廊，馬上就可以通行，「你應該是Atlantis學院第二代表隊選手的朋友吧，我是明風學院第一代表隊的指導老師，芮西碧．辛菈。」

「咦？」

騙人，她看起來很年輕說！

「我是Atlantis學院一年級的學生，褚冥漾，謝謝您帶我進來。」我連忙行了一個禮。

「你應該知道Atlantis學院的休息室吧，跟明風是相反的方向，那我就不跟過去了。」辛菈笑了笑，然後向我點點頭。

「我知道，非常謝謝您。」

然後辛菈還是笑了下，才轉身往走廊的另一邊走去。

我最近好像經常遇到好人呢。

循著剛剛的路線小跑步，果然沒有多久就看見Atlantis學院的休息室牌子。

不知道擅自跑來會不會捱罵？要進去嗎？

我開始猶豫了。

就在我猶豫到底要不要自己進去還是乾脆轉頭走不要打擾人家比較好的同時，門扉突然無聲被人打開了，「褚同學？」

一個意外的人。

我錯愕、我愣掉，我站在原地不知道做啥反應。

打開門的不是學長、夏碎也不是輔長、五色雞頭，而是賽塔。他是什麼時候來的？

「你是過來看看狀況的嗎？」可能也沒想到我會來，賽塔在開門的那瞬間也有點訝異的神色，不過很快就恢復平常的樣子。

「看狀況？」我被弄迷糊了。

是在講五色雞頭的狀況嗎？那傢伙最糟糕的狀況我想大概也是手指骨折吧。

「先進來再說吧。」賽塔讓開了個位置讓我進去，然後才把門關上。

一入門，我本來以為受傷的那個人就站在不遠處，活蹦亂跳的那副樣子看起來壓根完全沒有啥傷痛。

夏碎也站在旁邊。

他們都沒受傷？那受傷的究竟是誰？

「早跟你說過盡量避免同時使用相互衝突的力量，你就不聽，別人說的話都不聽，你遲早痛死活該！」從一邊傳來揶揄的聲音是輔長的，隱約還有點責怪的意味。

我循著聲音看過去，看見一旁的休息床邊坐著學長、前面站著還在碎碎唸的輔長，然後前者用一種想殺人的目光惡狠狠地瞪他。

學長的臉上、眼下跟額頭都出現了深紅色與銀色交錯的奇異圖騰，紅色的我之前有看過，在奇雅被暗算時出現過一次，銀色的就沒見過；就連脫下手套的手掌、手背都有那種圖騰，感覺頗詭異。

「囉唆！」他踹了輔長。

「喂喂！患者就要給我有患者的樣子。」

「滾！」

這是啥狀況，不是應該是五色雞頭手指斷光光才對嗎？應該斷手指的五色雞頭晃過來，搭在我肩上，「你怎麼想到要過來？」劈頭就是問這句。

「純粹路過。」我該說啥，我還以爲是你這傢伙有事情，沒來會被你惡整所以先來看看而已，結果居然有問題的會是學長。

他不是沒有下場比賽嗎？

「不好意思、各位，我們現在要進行治療，等等請你們盡量不要打擾。」賽塔用一種有點抱歉的微笑這樣跟我們說，然後才往床邊走過去。

我本來想回不用管我之類的話，一個白色的細煙先從我旁邊飄過去。

這個場景我看太多次了，是鬼娃出場必備。

「吾家來了。」果然沒錯，鬼娃從我旁邊飄過去，然後就浮在半空中。

「麻煩你們配合一下了。」輔長對賽塔跟鬼娃點點頭，「然後你們三個路人甲乙丙，我知道你們現在一定滿腦問號，不過我們現在要進行治療，沒事就不要出聲，出聲我就會讓你永遠出不了聲，注意一點。」

路人甲的夏碎點點頭，非常配合。

路人乙的五色雞頭哼了哼兩聲，晃到旁邊去坐進沙發。

……等等，我是路人丙？

好吧，我是路人丙，反正在整個故事裡面我已經夠像路人了，不差這次。

輔長轉過身，換成面對賽塔和鬼娃，「接著是你們，因爲主要是讓他排出打結的冰火兩種力量，麻煩請拋開兩位的種族歧見，互相幫忙一下。」

「這是當然。」賽塔微微一笑，配合度百分之百。

「只要是關於黑袍的事情，吾家自然無異議。」鬼娃也相當配合。

是說，他們兩個爲什麼會有種族歧見啊？

「很好，那就請聽我的指示吧。」

話說完，輔長彈了下手指，整個地板立即出現銀藍色的大陣，是一個大正方形圍繞圖騰、然後旁邊布著四個小方形圖騰的陣型。

學長把雙手手掌伸出來，一邊搭上賽塔的手掌一邊搭上鬼娃的手掌，然後三個人同時閉上眼睛。

「讓多餘而不受控制的力量離開，讓它成爲新的力量讓新的擁有人所擁有，讓自然的力量重新甦醒，讓新生的力量重新活躍。」隨著輔長的聲音，底下的陣法開始慢慢轉動著，上面的圖騰咒文也不停地轉換排列等規則。

我看見學長身上的圖騰印越來越明顯，像是傳染一樣，賽塔與鬼娃的手也各自出現了銀色和紅色的圖騰印。然後大約十來秒之後，學長身上的圖騰印子慢慢消退。

我的手錶秒針走了一圈，那個銀藍色的陣法就在同時也結束。

就在陣法完全退掉之後，夏碎第一個迎上去，一臉難得地擔憂，「行了嗎？」

輔長白了他一眼，「廢話啊，當我是誰。」

除了你是個蓬毛土著之外我實在想不出來你還是誰。

「你是除了醫療之外就沒什麼用處的火雞人。」坐在床上的學長慢慢睜開眼睛，然後丟過來就是一句比我更絕、殺死人不留情面的狠話。

按著胸口倒退三步，輔長用一種完全不可置信的眼光悲傷地看著他，「我爲你掏心掏肺、一聽到有事情就第一個衝過來，你你你、你居然用這種話報答我！你這樣對嗎你這個忘恩負義的沒良心小孩！」

「我記得我找的是月見而不是你。」學長二度發出冰冷的言語，房間裡面的溫度整個下降了好幾十度，「就算你要掏肚掏腸掏其他的內臟也不干我的事情。」

「月見那小子的功力哪比我厲害，給他醫你還不如等死。」輔長哼哼了兩聲，非常自豪自己的醫術。

「我覺得給你醫我應該是自己送死。」站起身拍拍衣襬，學長繼續和他抬槓。

究竟他們兩個到底是不是好朋友呢？

我想應該是吧。

※

「好多了嗎？」

趁著兩人暫停抬槓的空檔，賽塔將手上的圖騰收到不見之後睜開眼睛，柔聲地詢問精神看起來非常好的學長。

「嗯，謝了，賽塔、瞳狼。」

「沒什麼好言謝的，這是吾家應該做的。」鬼娃也幾乎是同時整理好身上的印，然後飄浮在空中還是那種要死不死的平板語氣，「只是提醒您一下，就算您是能夠徹底融合兩種力量之人，但是還請記住這兩種力量原本就是禁忌而衝突的力量，下次請不要再因爲這些無聊的事情拿自己的性命開玩笑。」

拿性命開玩笑？我疑惑地看著那個完全不像在鬼門關繞一圈的學長。

「我會謹記。」學長難得會受教地點頭，沒再多說什麼話。

拍拍他的肩膀，賽塔也笑了笑。

我終於知道剛剛然給我的親切感是怎麼回事了，原來跟賽塔很像，他們兩個都是治癒系的對吧！難怪每次看見賽塔我都有一種心靈解放的感覺，我終於明白了！一切謎底終於解開了！

「那麼，我就先告退了，比賽還有一些住所的事宜必須處理。」賽塔微微一彎身，非常有禮貌地向所有人先告辭，然後才離開房間。

「吾家也先走了。」

對於來匆匆去匆匆的鬼娃我反而沒啥特別的感想，反正他一向都是這個樣子。

室內突然陷入一片寧靜。

「你不認爲該跟我們解釋一下嗎？」打破安靜的是夏碎，他把面具拿下來放在一邊，然後狀似優雅地在一旁的桌面沖起茶水，只是手勁好像有點強，杯子都發出奇怪的聲音。老大你繼續握下去的話杯子可能會當場陣亡給你看吧我想……

整個氣氛有點冷凝，我懷疑自己來錯時間了。

「是發生什麼事情啊？」我偷偷頂了頂旁邊的五色雞頭，小小聲地問著，完全不知道發生啥事的我好像莫名其妙踏到誰的暴風圈。

「誰知道，剛剛我們一回到休息室後學長整個人馬上不對勁，所以才找醫療班的人過來。」一樣摸不著邊的五色雞頭搭在我肩上，同樣小小聲地回答我。

「想問啥就直接問，不要在那邊偷偷摸摸講話，眞煩！」學長直接轟來這句話，我跟五色雞頭同時嚇一大跳然後往後退一步。

後面是大門，要逃比較方便。

「大家當然是想問你剛剛爲什麼會『發作』啊，親愛的殿下。」完全不知道死活的輔長用那種極度挑釁的愛嬌語氣說話，還翹起小拇指。

有時候某種人眞的是活膩了不知道死活。

三秒過後，輔長讓一記漂亮的過肩摔摔到房間另一邊角落，叩咚聲過後宣告被殲滅。

他現在處於暴怒狀態中。

我的背後偷偷掉下一滴冷汗，「不好意思打擾了，我突然想到有事情要先回宿舍，改天見。」傳說中的野獸保命第六感叫我趕快從這邊逃走。

「站住！」

完了死了慘了，我就知道逃不了。

我用力閉上眼睛等待死期到來。是說我剛剛應該沒有做出什麼會被宰掉的事情吧？

一隻手搭上我的肩膀，「你剛剛在外面碰到誰？」

欸？

我睜開眼睛，看到學長就站在我旁邊，紅色的眼睛直視著我的背後，「你帶了不該帶的東西進來。」說完，他就從我肩上一抓，一隻黑色的細長東西被他扯出來。

不是吧？我居然身上有海參都不知道！

「海你的頭！」學長直接往我後腦一巴，「這是跟監的黑蟲。」他把手上黑色的東西摔在地上，夏碎和五色雞頭立刻湊上來看，是黑色長條物，大概十五公分左右，在地上蠕動想逃走，然後被學長一腳踩住。

說真的，還滿像廁所裡面的●●。

「黑蟲會自動融入周遭的景物中改變顏色以及型態，所以是最不容易被發現的情報蟲。」學長扭動腳底，然後他腳下的●●跟著變扁，「你剛剛進來時是誰帶你進來的？」紅眼銳利地瞪著我看，有種我不說馬上會被灌水泥沉屍到海底的錯覺。

「那個……一個女的，她說她是明風學院的指導老師、辛菈。」我也不敢隨便亂講，就把剛剛進來時候那些事情都講給他們聽。

夏碎先皺起眉，「賭，我們沒有聽說過明風學院此次有指導老師隨行，而且明風學院的休息室不在這邊，這邊只有我們學院與巴布雷斯、禔亞、奇雅五個代表隊使用，明風、亞里斯、七陵以及惡靈等五支代表隊的休息室是在大門出來往另一邊走的第二區。」

「欸！」眞的假的？

我被騙了！

那她是怎麼進來的？

明明這裡就是只有選手相關人可以進來的不是嗎？這樣也說明了她是相關人士不是嗎？

「指導老師很可能是之後才補辦手續進來的。」學長環著手，然後繼續踩著地上的黑蟲，無視於那個●●正在扭動掙扎，「我看她應該在之前比賽有看過褚跟我們混在一起所以才故意放他進來，然後收集情報，因爲休息室一、二區只要是選手以及相關身分都可以進入。」

這麼說我被當成快遞了？免費快遞黑蟲一隻是吧？

「對不起！我不知道她……」

夏碎拍拍我的肩膀止住我要說的話，「沒關係，這種事情一定會有的，反正不是你也會是別人帶進來，不用介意。」

我偷偷瞄了學長一下。

「反正你這個人就算被啥附身也是不知不覺，我幹嘛還要期望你會發現有情報蟲的存在。」學長說出了很冷涼的事實，「就不知道對方聽多少去了。」

說完，他狠狠往黑蟲踹去，那個黑色的●●發出一聲很詭異的嘶聲後被踹爛，然後變成一堆黑色的灰塵、接著消失得無影無蹤。

「應該……都聽了。」夏碎的臉色不怎麼好看，「快說吧，你的發作究竟是怎麼回事，我們要預防對方在比賽動手腳。」

聽起來就是很嚴重的事情。

學長點點頭。

※

茶香飄過。

「這個是精靈送來的手工點心喔。」化身爲小孩的金眼黑蛇端著大盤精緻的餅乾和點心上桌。

……等等！

現在開始不是要上演歷史大揭謎的時候嗎？

爲什麼場景一跳就跳這麼遠變成午後茶香大家來的活動啊？

這是不對的行爲你們不知道嗎！

啪地一聲學長砸了我的後腦。

「你在觀眾席沒啥事看戲就好，我們也會肚子餓，不能一邊休息一邊說嗎！」他坐到沙發椅上，接了小亭遞來的茶水。

基本上這種話讓你這個最高紀錄N天工作不吃飯的人來說特別沒有說服力。

輔長等人也紛紛在沙發椅找了位置落坐。

「漾～快過來吧。」五色雞頭拍拍他旁邊的空位，「等你喔。」

直覺坐他旁邊一定會出事，我左右看了一下，最後決定坐夏碎學長隔壁。

小亭在我的杯子倒滿了不知名的茶水。

很香、非常香，不過由於是條蛇倒給我的，所以我有點擔心裡面會不會滿滿整杯都是蛇毒。

「我的個人基本能力是火系與冰系。」一點廢話也沒有，學長一開口就是直搗黃龍，快到讓還在考慮要不要喝茶的我以爲是耳朵抽筋聽錯了。

紅眼猛然轉過來對我狠狠一瞪……沒事，請繼續。

「這個我們都知道。」夏碎很冷靜地開口。

你知道我不知道啊老大！

「總之就是我原本的能力是火冰兩種。」學長搔搔頭，有一種滿厭煩的口氣，「一出生就有的，所以起源不必解釋了。」我知道這兩段話是針對我說了，因爲大家都看了我一下。

「學長，我個人比較想知道那兩種能力爲什麼會在你身上。」五色雞頭不怕死地舉手發問了，不過剛好他也問到我想知道的事情。

對立的能力爲什麼會同時出現在學長身上？

包括他使用的幻武兵器也是。

「那個是個人隱私。」學長居然用一句很老舊又簡短的說辭打發問題了！

「總之那個天生能力原本就不可以亂用，如果取得平衡就算了，不過目前這傢伙還沒百分之百能控制自己的冰與炎之力，所以像剛剛在場上那種大法術是禁止使用的。」輔長直接把他的話講完，「會發生像剛剛那種狀況，能力失控。」

喔，我大概瞭他的意思。

因爲漫畫上面常常有演，就是失控下去會暴走還是毀滅地球一類的老劇情。

「並不會毀滅地球。」學長橫了我一眼。

「這些我大約知道，而且這種能力也違反自然。」夏碎端起茶很優雅地喝了一口。

「好帥啊！」完全無意義的發言從五色雞頭那邊來的。

「之前忘記提醒你們。根據醫療班先前針對他的研究，這次大賽中一定還會發生類似的事情，所以你們跟他同隊的要稍微注意一下，往年大賽中最後決賽的傷亡率都很高，我想今年應該也不可避免。」輔長突然正經起來，有種酓長在開會的嚴肅感，「一旦發生失控的事情，你們要快點通知醫療班、賽塔跟瞳狼在場。」

賽塔跟鬼娃？

我突然想到剛剛他們兩個也在。

「賽塔跟瞳狼可以平衡那兩種能力。」輔長補充這句話。

「賽塔就算了，他是隨找隨到的人，不過、瞳狼的東西我已經給褚了。」學長懶洋洋地丟過來這一句莫名其妙的話。

所有人的視線突然都往我這邊聚集過來。

「欸？」

我啥時拿到鬼娃的東西了？

「那支手機。」學長又丟來一句，「那個東西裡面有瞳狼唯一的分體，因為瞳狼沒辦法用原本面貌到這個世界，所以只能藉由法術和那個媒介物現身。」

「眞的假的！」我從沙發椅上面跳起來。

一切的謎底終於解開了！

難怪我就覺得鬼娃在我身邊出現的頻率很高，高到完全不像路過碰巧遇到。

原來他根本是從手機裡面冒出來的！

那個手機鬼！

所以，賽塔剛剛打開門是要找我來？

更正，找鬼娃。

「那好，這個意思就是說以後漾漾最好不要離你們隊伍太遠，一旦有問題就可以就近把人找來。」輔長很快地就下定論。

「我把手機還你不是比較快嗎？」我看著學長，想把有鬼的手機還他。反正我又不太使用手機，眞的要用的話去辦個門號也很方便啊。

重點是，一般手機不會有鬼。

學長放下手上的杯子，「褚，還我之前你先想看看，你有幾次被瞳狼救了？」

……好幾次。

「如果還我之後沒人跟在旁邊，下次你又被攻擊，可能直接升天喔。」

好邪惡的煽動之話！

「如果說要讓褚隨時都在附近，我倒是有一個好方法。」

夏碎猛然拍了一下手。

然後，我的眼皮開始跳了。

※

我有一種萬劫不復的災難來臨感。

夏碎老大的一句話讓我陷入一種謎之地獄的感覺。

翌日早上七點多時，我眨眨一晚沒睡非常痠澀的眼睛，抱著盥洗用具（不好意思我到現在還不敢用我房間的廁所），敲了敲學長房門。

「門沒鎖。」

慣例回答，然後我就自己推門進去。

一開門，撲鼻而來濃濃的牛奶香，「早，剛剛廚房有送早餐過來，你整理好看要不要吃。」

學長打開電視專注盯著所以沒轉過頭看我，然後端起了桌上的茶杯喝了一口。

我偷偷瞄了一下電視，好像是什麼新聞之類的、看不懂。

……不對，學長的房間什麼時候有電視？我明明記得之前他房間連一個插頭都沒有。

「電視是提爾拿來的，最近原世界好像有點問題，多少要關注一下。」繼續盯著電視看，學長拋來這樣一句話，「看電視是最快的資訊選擇，不過當然比不上情報班，但是從情報班取得持續資訊也是需要代價，所以看電視就行了。」

我那個世界有問題？不會是恐龍還是外星人又要攻打地球了吧？

是說就算恐龍還是外星人攻打地球，一定會有救世主降臨在地球上，不然就是國防體系會在瞬間變強，根本輪不到我們這些小老百姓去操心吧我想。

「我一大清早不想扁人。」紅眼瞪過來，讓我一秒就衝進浴室。

我用了十來分鐘盥洗完和換完衣服，出來之後學長還是坐在原位，不過電視節目好像已經告一段落了，因爲已經被他切掉電源整個螢幕一片漆黑。

「昨天幫你申請的隊伍章來了。」

就在我拿起牛奶杯子的那一秒，學長發出我最害怕的地獄宣言。

我僵硬地轉過頭去，看見他已經抬頭在看我，然後揚揚右手，上面有枚徽章，銀色底的八角型徽章，其上有和校徽一樣的圖騰，不過裡面多了一個小小的圖案，是比賽的大會共通記號。

對，事情就是在昨天發生的。

我僵硬的腦子重新想起昨日夏碎學長的話……

「如果說要讓褚隨時都在附近，我倒是有一個好方法。」

「就是讓他也變成第二代表隊的人就可以了。」

回想結束。

「你的回想也太短暫了吧。」學長把代表徽章抛給我，然後這樣冷哼了一聲。

「回想一堆會被你巴。」我很有經驗了。

「你也都知道你腦袋裝廢物嗎。」

早說過沒人叫你聽啊！

「對了，已經幫你申請好了，所以從今天開始我們代表隊行動時你一定要出席喔，另外有一些相關的事情晚點夏碎會拿手冊給你看。」無視於別人的心聲，完全我行我素的學長又繼續喝他的熱牛奶。

地獄！這是地獄！

叫一個比菜鳥更菜的我加入第二代表隊，這存心就是要我死到地獄三千次嘛！

「放心，我們還不至於大膽到用你這個比菜鳥更菜的傢伙當候補選手。」學長冷冷地哼笑了一聲。

「欸？不是嗎？」

我還一直以爲按照漫畫小說主角的走向來講，我十之八九會變成候補選手，接著帶衰地去比賽，然後沒有打敗最終Boss的場景，反而是在第一局就被K.O.，接著整篇故事就END這樣。

「又不是腦袋壞掉。」學長給我一句很毒的實話，「幫你申請的是相關人員。」他遞給我一張紙，上面寫著申請書的備表。

我掃了一下，然後呆滯。

整張紙上有我的個人資料，接著最下面一欄申請人身分居然寫著……

「打雜人員？」

這是啥職稱？

打雜人員是可以這樣申請的嗎！

「除了打雜人員我想不出有啥可以寫的。」學長聳聳肩，很老實地這樣告訴我，「不然你覺得跑腿會比較好聽？」

我突然覺得，搞不好當個候補人員去死比較好，至少比較稱頭。你想想，候補選手上場被打死與打雜人員路過被打死哪個比較好聽啊！一定是候補人員好聽的啊，至少還有那種因公殉職的感覺，可是打雜人員被打死就好像是不小心自己腳滑摔到水溝還會被恥笑的感覺耶！

重點是，大會居然通過是怎樣，你們審查相關人員是這麼鬆散的嗎？

「一般隊伍申請輔助人員都是許可的，像蘭德爾就有幫他的管家申請，不過輔助隊員是沒有上場資格的，所以你不用擔心會死在外面。」

我看著那張紙，只有一個疑問，「蘭德爾應該不是幫尼羅申請打雜人員吧？」

「當然不是，尼羅是以管家身分進去的，你當得了管家嗎？」學長用一種如果我當得了也會幫我改管家的語氣說。

「我明白了。」原來打雜人員是最適合我的。

好悲哀。

第十三話　亞里斯學院的開場

地點：Atlantis

時間：上午七點三十四分

比賽的第二日只有一場讓我注意。

亞里斯學院對惡靈學院，早上九點開始。

上一戰他們也是對上惡靈學院，現在決賽再次對上，雖然說不是之前的那一隊，可是總會讓人介意。

「我們也對惡靈學院比賽的場次很在意。」學長站起身，然後一邊講一邊回房間拿出代表性的黑大衣穿上，「聽說四年前的上屆比賽他們本來也是兩隊入選，可是因爲其中一隊私下攻擊其他參賽者被取消資格；而另一隊在比賽中因爲發動大法術將觀眾給捲入造成大災害也被處以喪失資格，我有點介意他們今年會玩什麼花樣。」

其實我想看的是伊多他們啦……可是被學長這樣一說，我突然不太想去看了。

把觀眾捲入是怎麼回事啊！

不過這也說明了一件事情，惡靈學院的實力可能很強。

學長猛然回過頭，紅眼盯著我看，「沒錯，惡靈學院的綜合能力一直很強，如果他們學校不要專門出一些三流之輩，應該會是不輸給我們學校的程度。不過他們老是做一些不怎麼好的勾當，所以也一直被排除在學院聯合名單之外，沒有幾個學校想跟他們交誼。」

聽起來還滿慘的。

我用力記起來，記得千萬不要跟惡靈學院沾上邊。

「對了，你的衣服明天會過來。」學長突然拋來這一句莫名其妙的話。

「衣服？」

「代表隊的衣服，相關人員也有制服。」

真的假的！這麼大手筆喔！

等等！代表隊有衣服？

是了，就像巴布雷斯跟七陵都穿一樣的衣服，我們學校應該也會有的。

不過有個問題……學長和夏碎有袍級不說，我怎麼沒有看五色雞頭穿過？

「西瑞說穿一般沒特色的衣服他已經很想去死了，所以昨天開場穿的已經是他的忍耐極限，打死都不穿代表隊的制服。」

非常像他會說的話。

我深深覺得五色雞頭滿像一鍋粥裡面的不合群老鼠屎。

「反正學校也沒有特別規定要不要穿代表服，隨個人喜好，事後也不會回收，你可以留著看要當紀念還是平常穿。」整理了一些東西放口袋裡，學長把桌上被我們兩個吃乾淨的杯盤收到裡面小廚房的洗手台就先擱著，「走吧，已經差不多要開場了。」

「好。」

就在我應答過後的下一秒，地上立即出現大大的移送陣，不用幾秒鐘的時間，我們就已經出現在昨天的選手休息室裡。

夏碎學長比較早到，已經坐在沙發上翻閱一本我看不懂文字的厚書。

他今天打扮得比較簡單方便，可能是因爲沒有要上場比賽，所以他穿的是一件我沒看過的衣服，白色底藍色邊，跟我們的制服有點像，旁邊擱著一件同款的大衣外套。

「這個就是代表隊的制服。」學長拋了一句話給我之後，就先走過去向夏碎學長打招呼。

說眞的，代表隊的制服還不錯看。

感覺上來比賽還有賺到新衣服的樣子，其實也挺不錯的，雖然我只是個卑微的打雜人員。

「西瑞說他要去一般觀眾席看比賽，因爲那邊離販賣部比較近。」夏碎學長收了書本，幫另外一個隊友交代行蹤。

好個五色雞頭，你眞的把不合群老鼠屎的身分發揮到最高點。

我隨便找了位置坐下來。

是說我的身分是打雜人員，不過我大略看了一下室內，乾乾淨淨整整齊齊的，而且還聽說每隔一段時間都會有大會人員來整頓和提供服務。學長，你這個打雜人員不會申請得很心虛嗎？

那個感覺好像是某大公司中，有人的職位是每天都去垃圾桶旁邊檢查垃圾桶有沒有讓歐巴桑倒乾淨、洗乾淨的超級閒差，還有詐騙薪水的可疑行爲。

可能是不知道在向夏碎學長交代事情還怎樣，他居然意外地沒有衝過來砸我的頭。就在我們各做各事的時候，休息室的門從外面傳來聲響。

「打雜的！去開門！」

眞是夠了！

※

我一打開門，門外馬上有人撲過來。

「漾漾！」

「雷多？」訝異，這個應該準備去開場的人不準備，跑來這裡串門子幹嘛，「雅多？」笑臉神經病後面站了一個顏面神經麻痺者。

雅多向我點了點頭。

「我們等等要準備做開場了，先繞過來跟你們打一下招呼。」雷多環著手嘿嘿笑了幾聲，「你們應該會過來看吧？」

我看了一下後面的學長跟夏碎學長，他們先行過禮然後才點頭。

「今年惡靈學院有在決賽前動手嗎？」夏碎學長走過來，算是半寒暄地問著。

雅多搖搖頭，「沒有，所以我們覺得很奇怪，伊多要大家比賽時多注意一些。」他和雷多對看了一眼，「昨天你們比賽時我們去了明風與奇雅的比賽現場，明風學院第一代表隊今年的選手很奇怪，強得非常奇怪。」

「怎麼說？」夏碎瞇起眼，詢問，「我們昨天回去時還沒有時間可以看大賽的回溯影像。」

「明風一向以戰鬥學院自居，往年參賽大部分都是點到為止，今年與奇雅比賽時居然下重手，如果不是裁判及時喊停宣布晉級，奇雅的選手可能會重傷整個月下不了床。」雅多說這個話的時候是基於我們學校有安全保護、絕對不死的狀況下，也就代表一般情況奇雅選手應該早死幾萬次了，「過程中很明顯，奇雅選手幾次想喊停認輸，但是明風學院並沒有給他們這個機會，就往年他們比賽的狀況來看，今年特別出乎所有人的意料之外。」

我看著學長兩人都皺起眉。

等等，我突然想到明風學院反常，是不是跟他們出發時被攻擊有關？

不知道為什麼，就是會往那邊聯想。

「應該是跟被攻擊無關。」看出我心事的樣子，雷多很快地接口，「那天之後我們有再過去調查，明風到這邊時全部有被驗明身分，確定是本人無誤，也沒有受到什麼大法術的重大攻擊影響，推測大概是一些人在賽前動的小手腳多少造成不滿，或者真的純屬有什麼私怨。」

「喔……」我對這類東西不是很懂，不過雷多既然都這樣說了，大概就是我想太多吧？

可是我總覺得哪裡怪怪的，應該是我多心了。

「我們時間也差不多要離開了，先走一步。」發現已經有點趕了，雅多匆匆打了聲招呼之後拉著雷多就快點開了移送陣離開。

看著他們消失的前方，我突然有一個疑問……用移送陣就可以自由出入，那我昨天幹嘛乖乖走大門？

眞是設計不良，只要會用的人都可以進來了不是。

學長看了我一眼，「只有選手可以這樣進來，非選手者擅闖會失敗不然就卡在牆壁中等著被發現，每年從牆壁中被抓出來的人都特別多，不怕死的話，以後你也可以試看看。」

「不用了，謝謝。」

※

我現在才知道，原來選手的觀看處也跟觀眾席不一樣，難怪昨天比賽時都沒有看到其他學院的參賽者，只有學生。

選手的觀看席是在昨天的休息區裡面，因爲休息區在大會開場宣誓時就已經有分出十個隊伍專用的，原來之後也是這種用途。不過聽說大會並沒有強制選手一定要在休息區觀看，所以大部分的地方還是空著的。

「除了比賽之外，一般觀賽選手使用的休息區會有結界保護著，從外面觀眾席看不到裡面，而裡面可以看見外面，這是保護休息中選手的隱私；除非有重大事故時才會先解開結界通行，就如同那天你看見時一樣。」夏碎學長看著外面滿滿的人潮，這樣告訴我，「醫療班與輔助班則例外，他們的結界從外面也可以看進來，以備隨時調用。」

這個原理我知道，應該就跟防彈玻璃一樣，挺神奇的。

「各位觀眾大家早，歡迎大家來到今日第一競技場，我是現場播報員露西雅，將一連爲大家播報今日早上亞里斯學院對惡靈學院現場以及今日下午Atlantis學院第一代表隊對明風學院第二代表隊現場播報。」和昨天完全不同的女播報員從裁判台的另一邊飛出來，是個很陽光的女生，短褐髮藍眼，長長的耳朵之外，有一雙很大的透明翅膀，不是昨天那種鋼鐵翅膀，是很像某種昆蟲的半透明翅膀。

「眾所皆知亞里斯學院代表的伊多等三兄弟爲白袍中相當知名的高手，近年來屬於天文學院的亞里斯也因爲他們三人盡力向外各校聯盟爭取而逐漸擺脫沒落學院的地位。而惡靈學院的賈喬與伊莉雅、來德斯三人則爲黑袍、雙紫袍搭檔，在實力上與亞里斯學院有段落差，不曉得今日將鹿死誰手，請各位觀眾期待今日對決。」

場上的小場地突然轟轟作響。

就跟昨日一樣，浮在空中的小場地轉出了一個，然後在大場上面緩緩展開。與學長他們的炎場不同，這次的是展開之後慢慢出現許多很像岩石山一樣的東西，場地變得坑坑疤疤充滿小碎石與細沙，就比賽選手來看，視線非常不好。

「隨機抽取場地為岩石沙丘，請兩隊選手入場。」露西雅的聲音在整個場內響起。

一陣風沙吹過，兩邊同時出現了兩方選手。

伊多三人的白袍在砂岩裡面特別顯眼，因為很白、白到反光。

眞不知道是哪種洗衣粉這麼好用，讓他們經過無數戰役衣服還是這麼白，太神奇了！

「這個場地對亞里斯學院來說很不利。」夏碎學長開始與學長交頭接耳地討論，「伊多三兄弟是水妖精一族，砂岩場地反而是他們最大的弱點。」

「嗯。」學長點點頭，「賈喬是以黑咒術出名的，可能會形成拖延戰。」

被他們兩個這樣一說，我開始幫雷多他們擔心起來了。

雖然到最後都是要競爭，不過就認識的心情來說，我還是比較希望認識的人可以獲勝晉級。

惡靈學院為首的賈喬是個矮矮的男生，穿著黑袍感覺好像穿著什麼邪惡詛咒巫師袍，這讓我再次體認同樣衣服穿在不同人身上果然會有不一樣的效果。

另外兩個一男一女各穿的是紫袍，從面相來看，也不太像什麼善良之輩。

「與我們簽訂契約之物，讓競技者見識你的勇猛。」

伊多打一比賽剛開始，就伸出兩手讓幻武兵器浮出，一左一右地讓雙胞胎兩兄弟抽去。

不曉得是不是因為比賽場地的關係，就連我這邊都隱隱約約可以感覺到砂岩特有的燥熱，更別說場上。被吸收的水分和乾燥的場地，不知道會影響比賽多少。

「三個白袍就想打贏我們嗎？亞里斯學院不愧是爛學校，連想法都這麼白痴！」發出讓人聽了非常不舒服的青蛙聲，賈喬緩緩地伸出手，然後放在身前畫了一個圓，「讓你們這些井底之蛙見識見識什麼叫作大場面。」

旁邊的兩個紫袍退開，完全一臉看好戲的表情。

「黑暗、漩渦、死血，隱藏在時空反面的咒之鬼，清除我眼前的障礙。」巨大黑色的魔法陣直接在大會場上張開，用一種詭異緩慢的速度旋繞。

露西雅往上飛了些不讓場內波及到，「各位請看，惡靈學院黑袍代表賈喬在比賽一開始就使用了黑陣咒法。黑陣咒起源於八百年前的妖靈之地，是妖靈創造出咒殺敵人的銳利武器，傳說當年大陣法無往不利，幾乎出手必定能使獵物斃命，曾經一度被列為管制使用陣法，沒想到今天在大會中居然可以看見這罕見的咒殺黑陣，真是使人大開眼界！」

天空變暗了。

我注意到場上的明亮度漸漸降低，地面上的砂岩不再像剛剛一樣隨處飛揚，好像是被什麼沉重的東西壓著，就連細粉都飄不起來。

有一種很噁心的感覺，沉重的壓力把人壓得像是內臟都要被擠壓出來。

大會場上的觀眾席紛紛出現了一個又一個的光罩。

「那個是保護不受波及的咒語。」學長就站在我身邊，緩緩地說，「放心，場內有布大結界，不會到這邊來。」

其實我比較擔心場內的人。

「一個黑袍就想擺平三個白袍，你也很天眞。」

砂岩中，雷多與雅多同時將手上的長劍往地面用力一插，突然黑色的天空傳來一道打雷的巨響，四周被震得嗡嗡個不停。

「原來他們的是水與雷屬性的兵器。」盯著場上看，夏碎學長好像發現什麼有趣的東西。

被他這樣一說，我才想起來上次學長給我看的那場比賽的影像，的確，雅多與雷多的武器是水和雷屬性沒有錯。

是說，夏碎學長還沒看到那場比賽嗎？

我還以爲夏碎學長應該老早就看過了，大概是比賽和工作忙吧。

「誰都知道亞里斯三兄弟只有兩個能打，我就看你們有多能打。」完全不把剛剛那個驚雷放在心上的賈喬高高舉起手，「聽我命令、獵殺伊多，將他靈魂拖入黑暗深淵！」

果然一開始就攻擊戰鬥力比較弱的伊多！

意外地，雷多兩人竟然不著急過去救人，一人一手搭著地上的劍，連一步都沒有移動。

天空暗得像是墨水，整個地面開始轟隆轟隆地震動起來。

就在同一秒，整片黑暗突然自中心點往下穿刺，很像失去重心的尖針直直往下、也就是往亞里斯學院隊伍所在的地方用力貫穿下去。轟隆一響，砂岩地面被重力擊成兩半，整個大會場地掀起了驚人的砂塵暴，視線全部被灰濛濛的粉石給掩蓋，什麼也看不見。

黑暗的法術打中目標物之後向上炸開，像是黑色的雨一點一點地開始飄落。

時間突然過得很慢。

看到這個場景，我突然想起來在電視上看過的一個廣告，飲料的廣告。

黑色的酒、黑色的氣泡。

整個都是沉重到讓人窒息。

然後、黑暗過後第一道光明打散了黑雨落下，一點一滴，撕裂黑暗回歸大地。

砂塵霧散。

「我們剛剛就說過了，一個黑袍想擺平三個白袍，你未免想得太天真了。」

觀眾席上突然爆出如雷的掌聲。

呃……基本上我這個人形容詞比較欠佳。

不過場面上的畫面真的滿讓人震撼的。

巨大的塵暴過後我看見有隻手像是撥開紗簾那一類的東西，砂霧就在他手上化開了，然後慢慢消失。在煙後面出現的是伊多的臉，毫髮無傷，甚至連雷多、雅多都沒有換過位置，他們仍舊站在原地、手掌心按著劍柄。

「怎麼可能！」賈喬的臉色變得非常難看。

「怎麼不可能。」發話的是雷多，他揚著張欠人扁的囂張笑容，讓我有種五色雞頭附身的巨大錯覺。你果然已經被同化了同學。「剛剛上面的大姊也說了這是八百年前的陣法，早就退流行了，八百年間不知道有多少人研究出幾百種破解法了。」他抽出地面的劍，揮舞了下甩去砂石。

「抱歉，我們是專門研究法術神學的天文學院。」雅多的話更簡短了，不過很重點。

聽了他們的話，賈喬的臉色一下青一下白。

我聽見觀眾席傳來竊竊私語，還有些人在偷笑的聲音。

「亞里斯學院出乎意料地輕鬆擋下惡靈學院的攻擊，由此看起來像是完全不費力氣，根據方才大會提供，在黑陣覆下之後，亞里斯學院代表同時使用了反咒術陣法將黑咒抵擋掉，該說是膽大心細或是勝券在握呢！」高空的播報員立即就解析了方才塵暴裡面的手法，四周的觀眾又開始抄抄寫寫與不停討論。

轉動了手腕，雷多將劍尖指著眼前的黑袍對手，「順便跟你說，伊多並不是我們裡面最弱的人，你這笨蛋連看都看不出來，真懷疑你的黑袍資格是不是走後門來的！」

賈喬氣得臉都有點抽筋，「渾蛋……給我動手宰了他們！」一句話下去，兩旁的紫袍同時蹬腳一左一右前往襲擊雙胞胎，「我就看看你們這些最低等的白袍有什麼能耐！」

短短一瞬間，三個地方同時對上三組人馬。

「惡靈學院採用分化方式的攻擊，這對一向採用團體作戰的亞里斯學院似乎也稍微產生了些許作用！」播報員的聲音迴響在整個大場地當中。

對上賈喬的伊多連武器都沒有。

我有點擔心他了。雖然說剛剛不知道他是怎樣躲過去的，不過對方畢竟還是高等級的黑袍，也不知道到底可不可以應付得了。

說到這邊我才注意到，我看過雷多、雅多與人對決，可是我好像沒有看過伊多動手的樣子？

「水之族、鏡使、倒影與眞實、時間與逆流，我爲指定傳者，諭命而行。」就在賈喬要出手的同時，伊多雙手合掌用力一拍，他腳下立即出現大型法陣，陣上文字緩緩地流動著散出銀藍色細細的光芒，「與我們簽訂契約之物，讓競技者見識你的高貴無上。」

兩段咒文？後面那一個我聽得出來是幻武兵器的契約謠，可是前面那一段是啥？

「前面那一段是先見之鏡的詠詞。」一旁的學長看了我一眼，順便幫我解惑，「之前有告訴過你不是，水妖精的預見水鏡。」

這樣說起來伊多是打算使用水鏡？

可是他後面怎麼又用了幻武兵器？幻武兵器不是已經被雷多他們拿走了嗎？

難不成有第三個？

我的疑問很快就解開了。

伊多腳下的大陣光點四處擴散，像是會飄浮的水一樣，整個砂岩區一下子飄滿了非常夢幻的藍色光點。

「與我簽訂契約之物，讓無用輩徹底消除！」賈喬從腰間抽出黑紅色大刀，直接就往一點也沒有閃躲的伊多身上橫砍下去。

可是他的刀落空了。

伊多輕巧地一閃，連多餘動作都沒有就躲去對方的攻擊。

他閉上眼、睜開，原本褐色的眼變成了銀藍色，就像是水光一樣，「我看得見你的動作，你想做的事……」他說，聲音很低，低得像是吟詠咒語，「先見之鏡，捕捉開始。」

地上的光點瞬間就聚集在惡靈學院三個選手四周。

「什麼鏡！受死吧！」與雅多對上的紫袍女生伊莉雅斥喝了一聲，手上與賈喬相像的刀一點也不留情地疾速揮舞，快得我只看見影子。

意外的是，方才還稍微會舉劍抵擋的雅多這次居然連劍也沒動，很輕鬆地就躲去伊莉雅的所有攻擊。

另一邊的雷多也是一樣。

他們突然鬼上身？

啪地一聲，學長砸了我的後腦，「看清楚場上的東西。」

被學長一提醒，我才注意到剛剛那個藍色的光點就圍繞在惡靈學院選手四周，他們一動手光點就動，他們動哪邊光點就提早動哪邊，像是完全預測動作一樣，就連施用法術都可以先行做出相似動作和範圍。

「這個就是水鏡的捕捉預測嗎？」夏碎學長看著場上，勾起了非常有興趣的笑容，「太有意思了！」

就在賈喬完全不死心、舉刀連同爆火術一起使用往伊多身上打去同時，場面上起了大變化。轟然炸響，爆火沒有傷到水鏡陣型裡面的人，反而像被什麼東西擋住一樣，在周圍就飛化開，然後把賈喬連同他的兵器狠狠地彈出幾呎遠。

伊多伸出雙手，所有的天空螢幕都映出來，在他沒有被袖子蓋去的雙手、部分手臂上，我們看見了一點一點銀藍色的圖騰開始環繞在他的手上，看起來非常詭異、卻又漂亮到讓人移不開視線。隨著圖騰的出現，大陣法四周扭曲了空間，我看見似乎有個大圓形的透明東西擋在陣法之前保護著。

圓形的平面東西上也出現了一樣的圖騰。

「幻武兵器、鏡返盾。」

※

場上一片譁然。

幻武兵器有盾嗎？

「幻武兵器的樣式包羅萬象，看當初簽訂契約是什麼東西就會是什麼東西，當然其中也會有防具的產生，不會眞的全部都是武器。」學長環著手盯著場上，順便幫我解謎，「一切都是看個人如何使用。」

「喔。」原來如此。

「這樣亞里斯學院就一定打贏嘛！」害我白擔心了，既然可以預測對手動作，而且又在實戰上很強，我看絕對會贏的。

學長紅色的眼睛睨了我一眼，「你眞的這樣覺得嗎？」

「欸？」不然這樣還贏不了嗎？

「水妖精的先見之鏡……我記得曾聽人家說過，發動時第一個要素就是得有水，水鏡是依靠水而發出能力，這次的場地是砂岩場地，我想現在這種狀況一定持續不久。」夏碎學長指著場地上極爲不明顯的變化，「你看，已經出現負面影響了。」

不知道是不是看錯，場上藍色的光球好像逐漸變少的樣子。

「砂土去水，這些一定會擋不了砂岩場地的力量而消失。」

就在夏碎學長說完話不久，場地上的銀藍色陣型乍然消失，而雷多、雅多也在第一時間擺脫了各自的對手回到兄長面前。

不過看起來剛剛的影響還是多少有的，至少對方兩個紫袍身上都掛傷了，沒有很嚴重，可是也不算輕微。

伊多慢慢收了手，顯然也稍微達到想要的效果。

「玩什麼小把戲，垂死掙扎！」紫袍的伊莉雅斥了一聲，「火焰、砂岩，石之魔人，遵我命令鬪路殺生！」砂岩地面猛地轟然作響，像是有什麼東西從下面翻起了一條道路直直往伊多三人衝去，地面的砂岩地整個給翻起四散飛濺。

就在離最前面雷多幾步遠同時，地面炸裂開來，猛然一個巨大的砂人從下面竄出來，一把就往雷多頭上拍下去。

「小意思。」雷多一點也不驚慌，長劍沒入地面，如同我先前看見過的起式，「奔火瀑雨、場上障礙卸除，十六雷火、雷王聽命。」轟隆的巨響隨之傳出，直接劈砸在砂人之上。

承受了巨大的攻擊，砂人還沒拍上同時，它的掌凌空爆開。

不知道是不是除掉太容易了，我看到操縱盾的伊多好像愣了一下。

抓準了時機，雅多與雷多默契無間地揮劍，然後蹬腳以極快速度脫出，那讓我想到上次他們來我們學校時與學長對打的速度，整個快到只看見白色的影子，下秒同時被兩人攻擊的伊莉雅發出一聲尖叫，整個人硬生生被衝擊往後彈飛。

不亞於他們的動作，賈喬幾乎是在伊莉雅著地之前將人接住。

同一時間，來德斯揮刀往前攻擊雅多。

砂地上轟然一聲、四周掀起了塵爆。不知道用了什麼術法之類東西攻擊對方，雅多與來德斯同時往後炸開，一旁的雷多非常迅速地後退接住自家兄弟。

然後、煙霧瀰漫逐漸平息。

雙方身上同時掛傷。

就在雷多兩人似乎要進行下個動作的時候，對方的黑袍突然抬起手。

「惡靈學院喊暫停！」

場上播報員的聲音傳來，像是對他突然舉動有點不解，中央的裁判區交頭接耳起來，不知道在討論些什麼，「請惡靈學院提出理由。」

賈喬站起身，然後拍去身上的塵埃，與剛剛殺氣很重的表情完全不同，整個人好像在瞬間平靜下來。

很怪，非常怪，我說不出來怪在哪邊。

「我們的紫袍伊莉雅失去意識無法繼續戰鬥，此場惡靈學院放棄。」

整個劇情急轉直下，我甚至可以聽見場外觀眾席好像傳來有人的叫罵聲。

沒錯，他們停得太突然了，突然到好像根本只是隨便找一個藉口搪塞。

「惡靈學院這次不知道又要搞什麼鬼。」夏碎學長瞇起眼睛，完全一副不相信他們會輕易放棄比賽的表情。

「比賽中評估自己隊上狀況也列入此次評分當中，我認為目前隊伍不適合繼續對戰下去，只會拖延成漫長的惡鬥，基於以上考量，所以自願先行放棄第一場次晉級機會。」賈喬無視於場上的鬨亂，自顧自地將話說完。

評審席上有短暫的騷動。

大約過了幾分鐘後，露西雅才高舉了手，「賈喬要求通過，第二場比賽由亞里斯學院勝出！」

那瞬間，我看見雷多的臉，他的眼睛是赤紅色的。

然後忿忿地甩頭、下場。

⁂

「伊多認爲他們沒有贏。」

吃過午餐之後，出去外面一陣子的學長重新回到休息區，給我們帶來這句話。

我知道，他一定去見過伊多他們三人了。

「如果是大會批准的這也沒辦法。」夏碎學長搖搖頭，「只是沒想到惡靈學院會突然來這樣一手，居然將勝利白白拱手讓給亞里斯學院，又要他們勝之不武讓別人質疑，到底是想玩什麼把戲……？」

「天曉得。」學長聳聳肩。

我也覺得很奇怪，明明場面上看起來惡靈學院應該不會輸、雖然也不見得會贏，但是爲什麼會自動宣告棄權？

不懂，難不成眞的有什麼陰謀嗎？

「繼續觀察下去，屆時就算出問題了，也有大會處理。」學長以這句話當結論。

也對啦，反正有什麼事情都有大會去傷腦筋。

「那個……我可以去找伊多他們嗎？」不知道為什麼，我總覺得應該過去看看，不是安慰他們，只是覺得好像可以做些什麼……

學長看了我一眼，「放心，他們調適得很快，沒什麼需要擔心的大問題。比起他們，下一場比賽我認為你有義務觀看，因為有你的朋友參加。」

對喔，下一場萊恩有參加，我倒是忘記這件事情。

不過萊恩是候補人員，應該沒有那麼容易上場吧？

「不管有沒有要上場，你還是得看，這是當朋友的責任。」學長的語氣不輕不重，可是又好像在跟我說些什麼。

「好。」

我只能點頭，基本上，學長說的一點都沒有錯。

畢竟上一次預賽時我已經漏掉一次了，這次再沒有好好地看，會對不起萊恩。

就在午餐時間結束之後，五色雞頭還是沒到休息區來，同時，第二場比賽也開始了。

秒針指向最後一格。

「各位觀眾大家好，現在是下午兩點整，我是播報員露西雅，先在這邊向大家公布早上決鬥會場，第一競技場由亞里斯學院勝出，同時間第二競技場由七陵學院同時取得晉級資格。」

七陵學院晉級了？

我突然想起來他們好像是完全沒有袍級的學校？

有這麼強嗎！

「下午兩點開始，最後一場由Atlantis學院第一代表隊對上明風學院第二代表隊。Atlantis學院由黑袍蘭德爾為首，以下紫袍羅米、無袍級庚等三位；明風學院第二代表隊黑袍雷諾拉為首，以下紫袍蕭同雷、紫袍賽亞斯等三位，共計六名選手將為我們今日最後一場比賽畫下句點。」

等等！我好像聽見一個非常耳熟、耳熟到最高點的名字！

庚學姊？

出現在場上與蘭德爾並肩的是那個老是笑笑的某學姊。

她是代表隊選手？無袍級？

見鬼了，她外表看起來是個很溫柔的大姊、一點殺傷力也沒有的那一種啊！

「不要小看庚，她是蛇眼的傳人。」學長點點自己的眼睛，「你見識過的，雖然不是很明顯。」

我見識過？

「啊！」我想起來了！

第一次遇到學姊時有注意到她眼睛隱約有點綠色的，我還一直以為自己看錯！

「就是那個。」學長點點頭算是認同我的想法。

「是說，什麼是蛇眼？」基本上看過歸看過，我連它是啥東西都不知道。

夏碎學長勾了微笑，「蛇眼是絕對之眼，你應該聽過青蛙被蛇盯上會動彈不得吧，它是絕對控制意志之眼；另外還可以讓人產生幻覺等，是非常難修練的一種眼睛。當初冰炎對那個很有興趣，不過怎樣都練不成，後來放棄了。」

學長瞪了他一眼，好像是在說你後面的話是多餘的。

無視於他的瞪視，夏碎學長還是一樣的笑，「而且，蛇眼的老師還叫冰炎要不要考慮去練獸眼，那個還比較適合冰炎凶猛的眼神，妖惑幻覺的蛇眼實在是太難了。」

「夠了，閉嘴。」學長的頭上出現了黑線。

這讓我覺得很新鮮，我還以爲學長眞的是萬能的咧。

就在抬槓的同時，明風那邊的代表選手亦出現在台上。

我隨便四周看了一下，在對方的休息區看見了一個女生，「學長！」那個把●●情報蟲放到我身上的人！

「我知道了。」學長像是隨意地看了對方的指導老師一下，淡淡地給我這四個字。

就在明風學院的選手上場瞬間，我突然有種非常壓迫的熟悉感覺。

那種、空氣緊窒，完全無法說話的感覺。

在哪裡遇過？

「夏碎！」學長的表情也不太對勁，連忙抓了夏碎學長的手兩個人不知道說了些什麼，然後後者點點頭，眨眼他腳下立刻出現移送陣。

夏碎學長離開現場，不知道是因爲什麼事情。

「第三結界與無聲之境，畫出我規範之地、立起。」學長將手按在休息區的地面，我好像看見休息區裡面隱約發了一下光，然後消失。接著他站起身，轉頭看我，「褚，你是不是也覺得場上的人有一種感覺？」

我連忙點頭。

是說，好像學長做了那個動作之後我感覺到的壓迫感就沒有那麼大了。

「我只在這邊跟你說，不許對第二個人提起。」學長呼了一口氣，我好像沒見過他那麼緊張。只有一次，就是在工地中遇到鬼王手下那一次……

工地中？

我突然驚覺那個壓迫感好像就和這個差不多。

抬頭，只見學長凝重地點了點頭，「我想，可能有人混入明風學院裡面了，因爲我們曾經碰上過，雖然沒有正面衝突，不過那個感覺會存留在身體上。現在無法確定是誰，不過你從現在開始，可以離明風學院的人多遠就離多遠！」

鬼王的手下！

我腦袋嗡嗡響。

難怪明風一開始會被襲擊、難怪千冬歲放追蹤術時我們會被反攻擊。

突然好像很多不能理解的事情因爲某條絲而開始變得可以理解。

是不是就是因為都與鬼王的手下有關？

「要不要去告訴蘭德爾他們？」第一件事情就是想到場上準備開始比賽的人。

學長搖搖頭。

「正式比賽開始，選手區是不能相連進入。」

※

我想問學長可不可以直接通知裁判。

可是，晚了點。

場上猛然傳來巨大的爆炸聲響，然後整個白石面的競技場地被轟成兩半。

第二決賽場地是普通到了極點的競技台，上面什麼也沒有，就只是白石做成的平面式競技場地。

蘭德爾等人被分散成三處。

與電影不同，我看見夜行種族真正的恐怖地方。

蘭德爾的黑甲變得很長，就像是野獸的爪一樣，堅韌如鷹爪，銳利而尖的牙暴出唇外，整個白色無血的面孔糾結可怕。他的手上已經穿透了一個人，一個血液幾乎被吸乾的敵對紫袍，乾得連眼珠都翻白幾乎凸出皮外，血管骨骼在皮膚下清晰可見，像是會穿透皮膚突出一般。

他們的攻擊好像就在瞬間而已。

庚的眼前也站了一個紫袍，雙眼無神、連動也沒有動。

不過顯然我方也佔不到便宜，紫袍的羅米被敵方黑袍扭倒在地、胸口不知被什麼炸裂開來，一個大大的血口，整個地面都是鮮紅色的血液，不停蔓延。

「請各位觀眾凝神看好，兩方學院此次對手竟然都是速度型選手，攻擊只在短短一瞬間，快得讓人來不及眨眼！」露西雅的聲音傳來，連連傳報場上動作。

其實說眞的，我覺得場上比較像殺人不眨眼。

前兩場說起來……非常、非常地和平過頭。

甩開手上的乾屍，蘭德爾看了一眼躺在地上的紫袍同伴，然後與庚對了一眼。

明風的黑袍將腳下屍體踢到旁邊去，非常挑釁地看著同樣是黑袍的蘭德爾，接著伸出拇指往脖子一畫。

不知道為什麼，我的心臟突然跳得很快，好像要發生什麼事情。

完全接受對手挑釁的蘭德爾鬆了鬆手，發出奇異的聲響，下一秒人就消失，隱約可以見到黑色影子竄過。

就在同一秒，場上突然發出巨大的聲響，白石場地猛然翻起，觀眾席傳來驚叫聲。

就在眾目睽睽之下，白石場地被打得四散破碎，凝聚起來如同刀刃的砂岩穿透了凝神要對付眼前敵人所以毫無防備的蘭德爾胸口，以及那名被庚控制的紫袍選手後背。

上一場理該被殲滅的巨大砂人突然竄破白石場地，在第二場比賽重新復活。

我似乎在比賽場上看見賈喬他們的笑臉。

有一種恍然大悟的感覺突然在我心中蔓延開來。

與其除去三個白袍，其實他們的目標是下一場同樣在第一場地的黑袍嗎？

蘭德爾口中冒出鮮紅色的血液。

第一代表隊休息區中，我看見尼羅似乎想衝上場將主人救下，被萊恩給按住了。

戰鬥往所有人都想不到的方向發展。

「比賽暫停！」

露西雅的聲音響遍了整個大會場上。

「比賽全部暫停！」

第十四話　紅袍的友人

地點：Atlantis
時間：下午兩點

場上起了騷動。

那個大型的砂人在場地上肆虐，像是不受控制的猛獸般直逼近其他選手。與方才不同，砂人連連受到攻擊卻沒消散停止，棘手程度高於雷多等人剛剛所對付的樣子，像是這才為其隱藏的實力。

事情變化突然出乎所有人意料之外，露西雅喊了暫停之後，立即就有人往惡靈學院那邊開始明白狀況。而場地上也沒得空閒，緊急出動的醫療班無視於砂人的威脅，搶上將場上幾個死傷者都給運送走，八九成是必須立刻治療的狀態。

我看見不參加比賽的安因與另一個我不認識的黑袍出現在場地上，「鎮壓之術，四界違反自然之物歸回自然之處。」安因站定方位之後甩出他擅長的符咒，四周立即拉出了銀色像是結界一般的光陣，不用眨眼時間，地面上的光陣開始轉動限制了砂人的行動範圍。

像是被咒術干擾，砂人開始痛苦地掙扎扭曲。

另一邊配合的黑袍抽出一把短銀刀，猛地就往砂人的中心射去，「破亡！」短短幾秒中，襲擊所有人的砂人發出了聲最後哀號才整個碎散在陣法當中回歸粉塵，快得令人來不及眨眼。

果然行政人員跟學生有很大的不同，實戰上厲害得讓人屏住呼吸。不過話說回來，我想袍級應該也有相當的關係啦……

砂人這次是確定被殲滅了。

庚與明風的雷諾拉就站在原場地上等待，四周變得吵雜了起來。

「大會報告：來自惡靈學院的訊息，因爲原本要攻擊的對象是亞里斯學院以至於設下了陷阱，沒想到會誤傷隨後比賽的隊伍，一切都是不經意的意外。」露西雅將詢問之後的答案公布整個場地。

一聽見這種說法，觀眾席又更騷動了起來，感覺上很像推託的爛說法。

我眞的覺得他們是故意的而不是忘記的意外，這點連我都看得出來，還用那什麼靈異的推託之詞啊。

「不然你以爲他們會光明正大地說沒錯我就是要殺其他人嗎？」站在旁邊的學長白了我一眼，冷哼。

是這樣講沒錯啦……

「因爲事件的發生，請問Atlantis學院與明風學院是否要保留時間，等待兩日後雙方選手都休養完全再重新比賽？」看著場面上的兩個選手，露西雅降落地面然後詢問延賽的意願。

先是明風的人搖搖頭，「我們有準備候補選手預防意外的發生，若是Atlantis學院沒有意願繼續比賽的話，我們絕對可以配合延賽。」

其實這話聽起來頗挑釁的，都被這樣說了不比賽就有種自己很弱的感覺。

露西雅看著庚，隊長重傷被送走之後，場地上就剩庚這個正式隊員能做決定。

她往自家的休息區看了一下，不知道跟誰點點頭，「我方候補隊員也可以配合，比賽請繼續吧。」說著，緩緩地朝明風學院那方勾出一抹自信的笑。

猛然一振翅，露西雅飛到高空，「兩方選手都選擇繼續比賽，請兩方的後備隊員補上缺少的人數。」

白石的場地上只見影的錯落，兩邊的人同時補滿了原本三人。

庚的旁邊出現了萊恩與那個戴著鬼面具的紅袍。

雷諾拉旁邊重新出現了一個紫袍與一個白袍。

說眞的，光是這樣看的話我們學校感覺上好像輸定了，連袍級都矮人好幾等。

「你以爲蘭德爾會挑實力不好的人上場嗎？」站在我旁邊的學長突然這樣說，「有時候一個紅袍的實力甚至可以跟紫袍、黑袍並齊，因爲在蒐集情報與分析時，他們的歷練會更多一點。」

「欸？」說實話，我剛剛一瞬間的確有種場上紅袍可能很難打贏的感覺。

「比賽重新開始！」

※

場面上起了嗡嗡的聲響，像是什麼奇異的聲音，一高一低的。

「與我簽訂契約之物，讓競隊之人見識你的無上。」轟然一聲，我見到一雙銀底黑色紋路的雙刀插在萊恩身邊左右。那對雙刀在場上發出共鳴聲，清脆地迴盪了整個場地。

跟之前我看見的朧火刀不太一樣。

「與我簽訂契約之物，讓競對者見識你的餘光。」不知道是不是錯覺，我覺得場內的共鳴聲變得非常大。那個紅袍手中畫出一條光線，左右伸展，然後握緊了手掌後，出現的是一副銀色的弓箭、黑色的圖騰紋路。

是說，那個弓箭好眼熟，我有在什麼地方看過嗎？

「出現了！成雙的破界兵器組合！」露西雅的聲音又大了起來，「請各位聽聽場上優美的共鳴聲，這是罕少會產生共鳴的破界兵器，據說是雙生幻武兵器才會產生如此的共鳴。」

雙生兵器？跟雅多、雷多他們用的是同一種的東西嗎？

「差不多可以算是同一種，不過有些微的不同。」旁邊的學長簡短地解釋著，「他們使用的與雙生兵器有些差異性。」

有聽但是沒有很懂，反正也是那種整套組合就是了吧？

「不錯，看來Atlantis學院的候補也很有意思。」雷諾拉輕輕地拍了拍手，然後勾出了一種難以捉摸的微笑，「但是在實際場面上可能還稍嫌不足！」

話語落出瞬間，兩道黑影急速地像是風一樣颳過，猛然出現在萊恩與紅袍的身後，「在攻擊上仍是以速度型選手吃香！」

反應相當迅速，紅袍翻高身然後搭箭挽弓，叮地聲，黑色的箭末入白石地面，恰恰讓對手給閃避。在對方閃開的同時，捱了一箭的地面整個爬出像是黑色的蜘蛛網般崩裂，而黑箭在半秒後則猛然消失。

迅速向前一刀讓翻身落地的紅袍在刀面上站穩，萊恩甩出了另把大刀，同樣翻高的紫袍對手這次就避得特別狼狽，紫色的大衣被利刃削飛一角，然後無聲無息地落地。

萊恩與那名紅袍配合度很高，幾乎整個動作是一氣呵成。

大約是剛剛見識過庚的蛇眼，與她對上的白袍顯得特別小心，維持了一段距離不敢妄動。

「嗯……距離遠也是沒有效果的喔。」庚環著手然後微微一笑，與平常我們看見的不同，是一種很邪氣的笑靨，好像是蛇盯上了獵物一般慢慢地往他靠近。

她的眼睛整個變成青綠色。

短短幾秒中，站了還有一段距離的白袍突然垂下手，眼睛呈現空洞。

被蛇眼捉到了！

我訝異那個東西居然可以迅速成這樣，比賽還沒開始多久就先做掉一個白袍了。原來沒有袍級的人也不一定不厲害……

觀眾席發出訝然的聲音。

「所以說非速度型選手就是這方面輸人。」不知什麼時候已有動作的黑袍雷諾拉繞至那剛下地的紅袍面前，猛然一把掐住他臉上的面具，「對於用破界兵器的另一人我感到非常有興趣。」

原本背對著的萊恩聽見聲音那瞬間錯愕半晌，然後返身就將手中的大刀要投擲出去，不過那名紫袍沒給他時間動手，影子一閃整個人就繞到他面前，赤手就抓住他的刀面。

那名紅袍似乎有些想反抗，不過雷諾拉的動作比他快更多。

在萊恩還來不及回頭解除同伴困境時，雷諾拉的手已經緊緊地收緊，整張鬼面具發出一個奇異的聲響，然後自中間迸出一條一條的線痕。

面具裂開，碎成好幾片碎片然後落下來。

所有人都屏息面具之後的臉。

那名紅袍慢慢地抬起頭，黑色的短髮四散落下，底下的眼睜開，呈現了近乎華麗詭異的紫金顏色。

看見臉的那一秒我錯愕掉了。

「夏碎學長？」

那個紅袍的臉和夏碎學長一模一樣。

「去死。」

跟夏碎學長長得一樣的紅袍一臉鎮定非凡，底下不知道什麼時候已經搭起箭直接近距離地往黑袍的腳下射去。

雷諾拉的反應很快，不用半秒就已經離開數步遠的距離。

我突然知道那個紅袍是誰了。現在回想起來，我第一次在二年級看見夏碎學長時爲什麼會覺得他眼熟，原來是因爲他們長得……

「千冬歲！」

萊恩喝了一聲，穿著紅袍、此刻臉上已經沒有那付黑框眼鏡的人往後一翻身，凌空搭箭就往那名糾纏的紫袍射去，當場將所有人的距離都給拉開。

共鳴聲慢慢停止，場上突然陷入詭譎的安靜當中。

是說，我突然想到一件事情。千冬歲跟夏碎好像差一年喔……基因的遺傳還眞是一種很奧妙的東西……

等等，他的眼睛不是黑色的嗎，爲什麼現在是紫金色的？

難不成跟雷多他們一樣一興奮也會變色是吧！

這麼說起來的話，夏碎學長是紫色眼睛沒錯啦……可是他的眼睛不會變成黑色也不會變成紫金色啊，眞是奇怪的家族遺傳。

「原來蘭德爾第二個候補選手是找他啊。」學長環著手勾起笑容，雖然說是微笑，不過我覺得詭笑的成分比較大了一點，「也是，萊恩很難找到別人可以跟他配合搭檔。」

就在短暫談話之間，場面上的萊恩兩人一反剛剛的被動狀態，反而開始主動攻擊起來，「奈由良之神說、三五七之數，破界一、四、九之位！」與萊恩背靠著背，千冬歲緊拉滿了弓，搭在弦上的黑箭隨著吟詠咒文逐漸散出了微弱的亮光，「散！」

脫出弓的黑箭發出響亮的嘯聲往天空直直射去，接著在半空突然分裂了三束黑光，接著猛然爆裂四散。接著，黑色光點拉出了黑色光線相對連接，整個場地上空被畫出了巨大的黑色空間。

四周安靜了下來，連一點風的聲音都沒有，靜悄悄的，令人感覺詭異。

「無盡黑空。」看著場上乍然出現的第二空間，雷諾拉臉上除了讚歎之外還是讚歎，「現在已經很少人可以使用得如此漂亮。」

「謝謝稱讚。」千冬歲很愉快地大方接受，「不過您應該也知道黑色空間代表的是什麼意思，現在您要投降呢？或者是試試看能不能毀去這個空間。」

雷諾拉笑笑的，沒有回答。

避開黑天空的露西雅靠得離觀眾席近了些，好像不太想被捲入一樣，可見危險性之高，「現在場上我們看見的是破界型幻武兵器專有的招式、黑空，這是破界兵器的特點，能夠製造第二空間，依照使用者能力來決定其大小以及顯現時間、能力，因爲此種兵器到現在罕少人能使用，所以在紀錄上也很少有這兵器招式的解析特點，請各位觀眾就好好地看著這難得的機會──」

我覺得其實我應該也看過這個招式。

第一次遇到萊恩時看見的，雖然不是很像，不過大同小異。

可是場上這個黑天空到底有什麼用處呢？

因爲播報員不知道沒有說，所以我也看得一頭霧水就是了。

「破界兵器、黑空，據說是一種天然的空間武式，在這個空間之下所有的法術攻擊都會被吸收，無法傷害到使用者一分一毫，且還會被使用者反攻擊，算是一種絕對能力之一。」學長看了我一眼，然後開口給我解釋，「在紀錄上能駕馭破界兵器的人不多，你們這一輩的大概就只有萊恩跟千冬歲和一、兩個你不認識的人。」

……學長，你應該也是我們這輩的吧？

講得自己好像是老一輩的人，其實自己才跟我差一歲，沒事裝啥老？

啪地一聲，學長直接往我後腦巴下去，害我差點整個人往前趴，「你很囉唆耶！」

場上的人完全停止動作。

咚地一聲，庚眼前的白袍倒下地面，徹底被擺平。

「如果我就這樣一個一個讓你們也瞧瞧蛇眼，你們的勝算應該也沒多大了吧。」環著手，庚一腳將那個白袍踢出場地外，勾了美麗的笑容這樣說著。

「我可以先告訴妳，所謂的蛇眼對我無用，畢竟在黑袍的個別指導中已經有如何破解這些幻術的方法，如果妳要用在我同伴身上，我也沒有辦法。」雷諾拉非常風度地這樣回應，「不過，就算是在黑空中不能使用任何能力，我想依照我們的速度還是有足夠的方法徒手掠倒你們，只是可能雙方都討不了便宜就是。」

萊恩與千冬歲相互看了一眼，「我可以跟你打賭，你打不贏我們。」發話的是千冬歲，他將弓給收起，不過黑色的天空還在。

「怎麼說？」

雷諾拉顯然很有興趣這個話題。

「因爲我是紅袍的情報蒐集班。」千冬歲用一種非常自信的口氣說話。

是說情報班跟打得贏打不贏有啥關係啊？

沉默數秒之後，雷諾拉勾起笑容，「我明白了，不過有些事情還是要試看看才知道！」

語畢，白石場地上立即捲起了小小的風沙，猛然出現在萊恩身後的是上一秒還在交談的雷諾拉，他一腳往萊恩的後腦甩去，完全沒有一點空隙給他的萊恩側身躲過，兩人各往後退開一步。

沒讓他有更多鬆口氣的機會，一手撐住萊恩肩膀翻高然後重重的腳跟落下往對手腦頂上砸去，意外地，對武術也很拿手的千冬歲立刻把他之前書呆子的印象在我腦袋裡面大大扭轉過來。

原來他是那種隱藏性的類型。

我突然覺得幸好之前我沒有惹火他。這樣看起來，其實他每次在跟五色雞頭打鬧時都有隱藏自己的身手囉？

心機好重啊這位同學。

眼也不眨，雷諾拉猛地出手搶抓住千冬歲的腳踝，重重的力道讓他稍退了一步，還來不及將手上的人摔翻出去，萊恩就搶前一掌擊中他的胸口。瞬間，失去重心的雷諾拉整人往後翻倒，好不容易才勉強站穩。抬頭，千冬歲已經單腳落站在萊恩的右肩上，好整以暇地等待。

我想，遊刃有餘這句話現在一定是形容像他們兩個這樣的情況。

※

咚地一聲。

最後一個紫袍敵手被庚給踢到場下。

她一個人就無聲無息自我幹掉兩個袍級？騙人！

「我剛剛就說過了，不要太小看庚。」學長似笑非笑地看了我一眼，「有時候最不起眼的人，才是最難纏的對手，因為你會不知不覺就走進去圈套當中。」

咳咳……我明白了。

那個感覺就是太輕敵的魔王永遠都會被路過的卒仔兵打死的意思。

「萊恩、千冬歲，我已經清場了喔，剩下的就交給你們了。」庚拍拍手、甩乾淨衣服上的灰塵，居然就這樣大搖大擺地退場了！

搞不好庚學姊其實也是外表溫和骨子囂狂叛逆。自從我來到學院之後，經常遇到這種人。

「你們很有自信。」雷諾拉見狀不怒反笑。

「當然。」千冬歲輕巧地翻身落地，一臉無謂的表情，「實際上萊恩很早以前實力就已經可超越紫袍，只是因爲術法不行無法往上晉級，實戰當中他可不會隨便輸給雜魚對手。」他拂去身上的碎石屑，然後這樣說道。

同學，就算你家搭檔術法不行你也沒必要宣揚這麼大聲吧，你難道不知道這個是會全場放音的嗎！你就不怕有一天你家搭檔被人暗算是吧？

「這個只要看過他使用幻武兵器就會明白，不過我比較好奇的是雪野家的閣下，紅袍不能代表實力，只能代表階級。」看著眼前的千冬歲，雷諾拉露出興致盎然的笑容，「與萊恩相比，我對於您的眞正實力還要更加好奇。」

千冬歲伸出食指放在唇上，然後露出笑容，「這是祕密。」

我突然想起來，比起喵喵、萊恩與夏碎等人，在所有我認識的人當中，除了學長之外，我唯一沒有看過展現實力的人，就是千冬歲。

在鬼王塚時全部的人裡面只有他有應對反應，爲什麼學長會託他負責。

原來他也是袍級。

其實比賽看到現在，我發現我身邊最謎的人也許不是五色雞頭，而是千冬歲，他不讓人知道的底子實在太多了。

我身邊的人都變得很了不起，白袍、藍袍、紅袍，結果只有我還是當初那樣子，一點也追不上別人的腳步。

啪地一聲，我的後腦立刻被重砸，有那兩秒我整個人腦袋是發黑的。

「就是有你這種想法，所以他們才不太願意在你面前展露袍級身分。」學長冷哼了聲，紅色的眼睛只盯了我半晌、又移回比賽上方了，「並不是所有人一開始都那麼厲害，大家也都是從不懂走過來的，只是你比別人慢了一點而已。」

「嗯。」

我用力吸了口氣，點點頭。

場上的思考似乎已經有了結果出來。

雷諾拉微笑地舉高了雙手，做出投降動作，「好吧，明風學院第二代表隊在這自願認輸。」

場上又是一陣喧鬧。

今日認輸的場次太多了，多到會讓人以為是故意說好一起這樣做的。

「這次的比賽太多意外，我認爲我們學院並沒有完全地展現自己應有的實力，若是不嫌棄，希望以後還能夠有機會與Atlantis學院來一場友誼性的切磋比賽。」雷諾拉非常風度地先伸出了友誼的手。

萊恩與庚對了一眼，然後代表性地也伸出手與他回握，「這是我們的榮幸。」

天上的黑色空間就在露西雅宣布結果同時化作無數的星碎散開、然後消失，就好像從來不曾有過那玩意一樣，「最後一場由Atlantis學院第一代表隊勝出。」

露西雅飛高了天空，聲音響亮地播報著，「現在宣布第一次競賽結果，晉級的隊伍一共爲：

Atlantis學院第一、第二代表隊伍，明風學院第一代表隊、亞里斯學院代表隊以及七陵學院代表隊共計五支隊伍。第二場決賽將在兩日後於大會場上再度舉行，非常謝謝各位來自各地的朋友們……」

後面的話我就沒有仔細聽了，反正一定都是一堆長長的閉場詞之類的東西。

我的視線被場上的萊恩兩人吸引過去。

他們兩個不知道湊在一起說些什麼，過了一會兒之後，千冬歲突然轉向我們休息區這邊比出了一個大大的勝利手勢。

我知道，他們向來對學長畢恭畢敬的，不可能這樣開玩笑。

「走吧。」旁邊的學長轉過身，打算離開休息區。

「欸？不用聽完嗎？」場上好像還在說些什麼東西。

「不用了，反正重要的事情事後會再通知我們。」學長走到門口回過頭，勾起冷冷的笑容，「要去開第一次的慶功宴了，來不來？」

說眞的，這個對我的吸引力很大，非常大！

「當然去！」我立刻追上學長的腳步。

就在離開休息區的那一瞬間，一個被遺忘的事情又讓我想起來。

那個詭異的壓迫感，不知道在什麼時候徹底消失了。

第十五話　收場的休息宴

地點：Atlantis

時間：下午三點零一分

「漾漾！」

一走出大會場，我就看見喵喵在不遠處衝著我們揮手，她身後不意外地看見了千冬歲、萊恩和庚學姊，「我們要去慶祝拿下第一勝喔。」

我看見千冬歲的紅袍，其實有點「他居然騙了我這麼久」的想法。

可是話又說回來，我也沒問過他所以不算被騙吧，大概是他覺得沒有必要告訴我……

「蘭德爾狀況呢？」站在旁邊的學長詢問著庚學姊。

「沒什麼大礙，提爾治療過了，原本他也要來慶功宴，不過被他家管家禁止出門了。」庚聳聳肩，勾畫了漂亮的笑容，「你知道的，有時候尼羅堅持起來就連我們伯爵大人都得認輸。」

「也是。」幾個人都笑了起來。

在原地等了一會兒之後，剛剛離去的夏碎學長才姍姍來遲，我這才知道原來大家都站在這邊是還在等人而不是閒聊。

「調查報告出來了，不過只有初步調查。」拿了一本不曉得是什麼的東西給學長，夏碎學長很有禮貌地朝所有人一一打過招呼，「抱歉讓大家久等了。」他勾起一貫溫和的微笑、說著。

「現在人都到齊囉。」喵喵蹦出來高興地說著，「因為不能跑太遠，所以就讓我們到左商店街的茶館去慶祝吧。喵喵已經有預約訂位了喔！」

我看了一下，沒看見五色雞頭的影子，不曉得他又跑到哪邊去了。

「西瑞剛剛去亞里斯學院那邊了。」學長看了我一眼，這樣說著。

欸？五色雞頭會主動跑去找雷多他們？真罕見啊，該不會是看到手癢跑去找人單挑吧？基於我對五色雞頭的了解，我覺得這是非常可能發生的事情。

老天保佑，希望他不會被雅多宰了。

「漾漾，我們要出發囉。」不知道什麼時候繞到我身後的喵喵推著我的背，我才回過神注意到其他人已經離開有一段距離了。

你們這些人要走都不會先打招呼的是嗎！

快步地跟著走出大門之後，我們往左商店街走去。可能是因為比賽的關係，左商店街中出現了各地不同的學生，到處都可以看見不同的校服攢動，整條商店街比平常還要擁擠熱絡，小販們搬出比平常更多的東西大方招呼客人，四周形成很有趣的景象。

「左商街限時大特價，『邱恩的店』今日黑爪一支一卡爾幣，現在買一打可打八折還贈送戒言盤試用品，限量二十份，要買要快喔！」坐在二樓的兔子耳女孩仍舊坐在原位翻看著手上的資料，報導著每日最新的商店訊息，「左商店街大特賣，『西里山丘』今日特價深谷妖精編織的幸運帶，戴上之後讓您會有一整年的好運氣，兩條情侶價只要一個卡爾幣，送禮自用兩相宜，現在購買兩條還送您情人符，保佑您的愛人出外順順利利。」

我看見到處攤位幾乎都圍繞滿滿的人群。

「褚，走這邊。」最靠近我的夏碎學長抓著我的肩膀，我才看見不曉得什麼時候大家都已經被人潮衝散不見了，只剩他還在，「今天人太多了，沒走好很容易迷失方向。」勾起微微一笑，然後搭著我閃避左右人群往一個方向走去。

不久之後，我們轉進一條巷子之中，走至盡頭之後人群稍減了些、不像剛剛那種活像可以把人擠死的狀況，在那之後出現在我們面前的是個大大的建築物。那是一個很像西洋宮廷建築的地方，整個外觀看起來非常華麗，有點像是十幾世紀皇族所在地那種感覺。

「漾漾。」已經站在門口的喵喵朝著我們揮手。

看來這就是她訂好的茶館了。原來喵喵喜歡這種風格的東西啊？

是說我來來往往商店街也有好幾次了，怎麼沒有看過有這種地方啊……

「學長剛剛跟另外一個熟人已經進去囉。」一等到我們走過來，喵喵咧著大大的笑容這樣說著，「他們好像在聊天，等等就會回來了。」

熟人？話說學長的熟人大概滿天下吧。

陸陸續續的，其他人也三三兩兩地到達這個地方，在門口的侍者彎身行禮打開門的那瞬間我倒退了一步。

這裡華麗得好可怕！與外觀幾乎相同，門後出現的世界也是極度奢華的宮廷裝飾。一進門先看見了頂上有著巨大的水晶燈閃閃發亮，天花板整個都是雕刻與繪畫，地面鋪著紅地毯、牆上裝飾著名畫，四周到處都有著高級的擺飾，好像是你不小心跌倒打破一個花瓶都要在這邊押一輩子也還不完的那種高級價值。

我還以爲這種畫面只會在動漫畫或者電影上看到！

「漾漾，你怎麼不進來？」一腳踏進門口之後，喵喵轉過頭疑惑地問我。

我可以說因爲這裡太過於閃閃亮亮華麗了所以我不敢進去嗎？

如果說上次學長帶我去住的飯店是會閃瞎人眼，那這個地方應該是會奪走人命那種。

我只是普通平民百姓我不敢進去這種高級地方啊！

「你又在外面囉唆個什麼鬼！」

凶猛的喝聲往我臉上砸來。出現在大門裡的學長惡狠狠地瞪著我，「馬上給我滾進來！」

我立刻衝進去。

一進到裡面，我有種快要窒息的感覺。這裡好可怕、這裡眞的好可怕……

「唉呀呀，小朋友，我們又見面了。」一個聲音吸引我的注意力，轉頭、我看見一個老先生，蓄著白白的鬍子。

好眼熟……啊！上次那個被亞里斯學院不良紫袍砸店的老先生。

「您好。」我馬上行了禮。

「難得今天遇到黑袍先生，又遇到小朋友，真是愉快的一天。」老先生笑了笑，這樣說著：「您說是吧，黑袍先生。」

「三王泰府，您太客氣了。」學長勾起一抹微笑，與剛剛惡狠狠凶我的模樣完全差了十萬八千里，簡直就是變臉比翻書快的雙面人。

啪地一聲，我的後腦遭受直擊。

「你們先去座位吧，我還有些事跟三王泰府聊聊，等等會過去。」看來這位老先生應該就是剛剛喵喵說的熟人了。

「喔。」我摸摸鼻子，跟著喵喵他們往裡面更華麗無比的房間踏進去。

在侍者的帶領之下，我們進入一間豪華大房，看起來還是那麼閃亮無雙，四處都是亮晶晶會發光的飾品加上高貴的名畫，讓我全身都不怎麼自在。

是說，該不會蘭德爾學長家裡也是長這樣吧？

他看起來就很像是這個次元的生物。

優雅從容的侍者將菜單一一分攤給我們。

這裡眞的是茶館嗎！

我懷疑喵喵對於茶館跟我認知的有很大的差異。這裡根本不是茶館好不好！

在我看見還燙金的高級菜單之後，腦袋中某條疑似神經的東西正式崩裂。

上面還有烤●●全餐是怎麼回事？那是什麼生物啊你告訴我老大！一般的茶館會賣這種東西嗎？茶館應該是一壺茶跟一盤點心然後三五好友相聚的好去處吧？

「褚，你要吃什麼？」很自然就坐在旁邊的夏碎學長這樣詢問著。

我啥都不想吃……讓我走……

「漾漾不點的話喵喵就幫你點囉。」不知道爲什麼很樂的喵喵把菜單交給侍者，劈里啪啦就是一堆我完全聽不懂的菜名丟出去。

這裡一定是異世界外面的異世界。我頭好昏，上面的水銀燈閃得我的頭好昏。

就在恍惚當中，大概是四周的人都點完菜了，陸陸續續在等待的時間裡面聊起大來。

「這次比賽讓人意想不到的事情還眞多。」喵喵端著茶水這樣說著，「不過最討厭的還是惡靈學院，害醫療班要緊急救護。」

被她這樣一提，又讓我想起那個砂人的事情，不曉得那之後又要怎麼處理。看惡靈學院的態度，他們好像有那種不會被取消比賽資格的把握。

「也是，惡靈學院要好好注意，居然連伯爵大人都會捱一記暗算，可見他們是有備而來。」庚環著手眨眨眼睛，顯然對於砂人一事也不太怎麼高興。

我偷偷瞄向另一邊的座位，夏碎學長在席的話，千冬歲好像會變得比較安靜，平常這種時候應該輪他跳出來分析戰況了，可是今天他連一句話都不吭。

幾句交談過後，侍者們很快地就將菜端上來。

花花的，全部都是那種與這裡環境很相稱的菜色，再度讓我閃瞎眼。

爲什麼連烤肉上的油脂都會發光？這眞的能吃嗎？

「你還眞是窮酸習慣了耶。」冷冷的聲音從後頭傳來，轉頭一看，不曉得什麼時候出現在我身後的學長用一種冰塊眼看著我，害我有一秒冷凍的錯覺，「食物就是食物，還有什麼能不能吃的分別嗎。」

話是這麼說沒錯啦，可是你要知道食物在視覺上還是有高等程度跟低等程度的差別，如果今天是大家哈哈哈地跑去吃路邊攤，我一定不會有什麼問題的。

紅眼又瞪了我一眼，然後才在夏碎學長旁邊的空位落坐。

「三王泰府帶來什麼消息嗎？」在學長落坐之後，一旁的夏碎便這樣詢問。

「白川主又逃走了，現在府君們正在大舉搜查其下落，招呼我們如果有看見的話能通知一聲。」接過喵喵遞來的茶水，學長相當自然地說著，就像是平常聊天般地討論疑似公事的事情。

「又來了。」我聽見夏碎學長無奈的語氣。

這個人很會逃走嗎？

「白川主是冥界與時間之流交際的主人之一，因爲身分特殊，所以你可能沒有機會遇到。」

學長轉過頭看了我一眼，這樣說，「不過他經常會逃脫崗位，讓冥界府君們經常派人協助外找，畢竟時間之流與冥界交際是不可崩毀的地方。」

說了長長一串，然後我覺得我有聽沒有懂。

※

我聽見杯身互碰的聲響。

「今天要慶祝學長們與庚庚隊伍取下開場勝利，大家用力吃吧！」喵喵熱絡的聲音一下子就帶動氣氛，就連本來已經快消失不見的萊恩在吆喝之下也難得有了快吃的身影動作。

就在我鼓起勇氣想要去戳第一塊肉的時候，一個剛剛沒看見、現在不曉得為什麼出現的黑色影子在我旁邊晃來晃去。

「給我肉、給我肉。」眨著金色眼睛天真無邪望著我的黑蛇小妹妹端著盤子朝我咧開了一個詭異的笑容。

「小亭，來這邊。」夏碎學長拍拍自己竄出來的黑蛇小妹妹，然後端了一整盤的肉塊給她。

她已經從詛咒黑蛇變成極欲吃肉的小狗了嗎？

我覺得我應該沒事就離她遠一點，不然有一天我也變成她嘴上的肉就慘了。

「漾漾也進入相關人員的行列了嗎？」庚學姊猛然地一問，差點害正在吃某種點心的我直接嗆到，「我今天有在選手席看到你的影子喔。」

那個選手席不是外面看不到裡面的嗎！

「呃、應該算是吧。」打雜人員算是相關人員嗎？我還挺好奇區分的，怎麼聽都不像啊！

就在庚學姊好像還想問什麼的時候，一旁一直不吭聲的千冬歲突然站起身，「不好意思，我離席一下。」他相當有禮貌地先與其他人打過招呼，然後才離開了房間。

他該不會肚子痛吧？

對了，是說那天他手還有傷，不曉得好了沒有。另外，我也想問一下其他的事情……

「不好意思、我也離席一下。」幸好喵喵和庚學姊他們正在愉快地聊天，反而沒有很注意。

踏著閃亮亮的地板，我離開閃亮亮又華麗的房間後，四周一眼望去都是會讓人發昏的裝飾……這要教我到哪裡去找人啊！

「請問需要幫忙嗎？」一名侍者注意到我在原地站了半晌後就靠過來，非常有禮貌地詢問。

「呃、我想找我朋友，他剛剛也從這裡出來。」

「如果是那位紅袍的先生的話，他往陽台方向走去了。」侍者比了右側一個方向給我看，那邊一樣也是一條很閃亮的道路，直直的、不曉得通到哪邊，「需要我帶您過去嗎？」

「拜託你了。」我很感動地看著眼前這個活像是天神降世的好心侍者。如果叫我自己去那個什麼陽台，我可能會直接迷路然後風乾在這個閃亮亮的地方。

根據這兩次的經驗，我懷疑我跟華麗的房子犯沖。

隨著侍者走了一段路後，轉轉繞繞了幾個轉角，他說的陽台終於才慢慢出現在我們面前。

「就在這邊了。」侍者在一段距離前就停了下來，「需要幫您拿點什麼飲料或者其他東西來嗎？」

「呃……不用了，謝謝你。」在陽台還要喝什麼啊……我只是去聊天的又不是去野餐……

「若有事可以再吩咐附近的侍者，很高興能爲您服務，謝謝。」超級有禮貌的侍者又是一個九十度的彎身，我連忙也彎回去。要死了，這樣應該不會折壽吧，他年紀好像比我大耶！

侍者笑笑地又離開了。

是說他說如果有事情可以吩咐附近的侍者，可是我看來看去、附近好像都沒有侍者喔？

糟糕！這不會就是傳說中安全地帶的死角吧？

要是萬一被怎麼了絕對不會有人來救你的那種地方是嗎！

我小心翼翼地往陽台靠近，果然在幾步遠之後就看見千冬歲背對著我站在外面，外面是個仍然很宮廷式的雕刻欄杆，最接近牆的地方有著漂亮的天使聖像雕刻。

千冬歲就趴在欄杆上，微風把他的髮吹飄了好幾許。

「漾漾嗎？」

很單純的一個問句，差點把我的心臟問出來了，要知道做賊也不是那麼容易的，我才剛考慮要怎麼無聲無息靠近時就被發現了。由此可見，我一定沒有當賊的天分。「哈哈……我、我純粹路過。」乾笑，不然我還能說什麼。

千冬歲轉過身，「路過嗎？」他的音調有點揚高。

「不好意思我說謊了，我是來找你的。」不用半秒，我乖乖地認錯。

走出陽台之後，我才發現欄杆外的景色非常好，不是左商店街，而是一整片像是山景的壯麗景色。白雲飄飄，還有鳥兒飛過。

……我們學校附近哪來的山景你告訴我！

要詭異也要有個限度吧！

※

我看著千冬歲，又看著一片山青青、白雲飄的壯麗風景。

有那麼一瞬間，我突然感覺到空氣眞是清新，人世間眞是美好，能多吸一口空氣都可以感覺到無比的美妙。

大概過了好一段時間，四周還是靜悄悄的。糟糕，我要怎麼問啊？

那個、同學今天天氣很好，你上次的傷口好了沒有，另外爲什麼你是紅袍沒說哩？

這樣問很奇怪吧！

「我還以爲你要問紅袍的事情。」千冬歲發出一語直插我心臟的話。

我是想問沒錯啊……

「你如果不說，我也不好意思問啊。」我趴在他旁邊的欄杆上，回答。如果千冬歲不想說，他當到白袍黑袍紫袍一樣也不會告訴我嘛。

「又不是什麼不能說的事情。」千冬歲發出會讓我想搥他腦袋的話，不是不能說，那幹嘛現在才要說啊，「你應該知道紅袍是情報班吧，情報班最注重的是隱蔽，我們在任務時會掛上面具隱藏眞面目，所以能有多低調就多低調，當然不會到處宣傳自己的身分囉。」

也就是說，紅袍其實是忍者班的意思嗎？

「欸？這樣你也沒有告訴萊恩過嗎？」萊恩是他同伴兼搭檔，應該早就知道了吧。

「我沒告訴他過。」出乎意料之外，千冬歲居然搖頭，「有一天我在住所換衣服……情報班不像其他袍級有特別住所，平常都是混在學生宿舍。就在我換衣服要出任務時，我一轉過頭，才赫然發現萊恩站在門口不知道已經看多久了，一點聲音都沒有，就這樣被發現的。」

……我可以理解，萊恩不做點什麼、像是流浪漢的時候，眞的存在感相當薄弱。

可是這樣會不會太誇張了啊同學！你當心哪天不知不覺被幹掉！

「喵喵則是一開始就知道了，因爲情報班與醫療班來往得很密切，我們很早之前就認識了，任務上都有互相往來幫助。」千冬歲聳聳肩，在一名不認識的客人路過、看到紅袍驚艷離開之後，他就把身上顯目的袍子脫下來掛在欄杆邊，「大致上是這樣。」

原來如此。

不曉得爲什麼，我覺得心中好像有哪部分鬆了口氣的樣子。

其實，我並不像我自己想的那麼不介意。

「對了，你受傷的手怎麼樣了？」因爲後來幾乎沒什麼機會和千冬歲說到話，所以也很難詢

問，「夏碎學長不是說受傷的手不可以用術嗎？」可是我剛剛看他在場上還用得挺愉快就是了。

千冬歲抬起了手，上面連繃帶的痕跡都沒有了，「已經痊癒了，請喵喵幫我治的，現在不礙事了。」

喔喔，我都還忘記喵喵是醫療班的人，有傷什麼的都不用煩惱，反正立即就會治療好了。

話題一打住，我們兩個人又沉默了。四周的風好涼爽……然後我有一點尷尬。

接下來要找什麼話題比較好呢？

※

「你們兩個要在這邊吹風吹多久啊？」

猛然一句話讓我和千冬歲同時回過頭，陽台入口處站著萊恩。

「你來多久了啊？」千冬歲皺起眉、問。

「從『我一轉過頭，才赫然發現萊恩站在門口不知道已經看多久了』那邊開始就來了。」

萊恩同學，你果然是忍者的最佳典範。

你站在那邊好一陣子了居然連千冬歲都沒有注意到是怎樣！你跟入口同化了是嗎！

「……」千冬歲無言了。

「喵喵在找你們兩個喔，說要聊天時居然雙雙偷跑，看來再不回去的話她就會直接殺到這邊了。」似乎沒打算走過來一起吹風的萊恩這樣說著。

我看了千冬歲一眼，他拿了掛在旁邊的袍子之後，就往自家搭檔那邊走了兩步，然後回過頭奇怪地看著我，「漾漾，你還不回去嗎？」

「喔……我想再待一下。」我還不想那麼快回去閃亮亮的異世界，「這邊風景感覺挺好的。」順口就隨便扯了個藉口。

千冬歲看了我一會兒，沒有說什麼質疑的話，「那好吧，我們先回去囉。」

「嗯。」

我聽見細微的腳步聲，再轉過頭之後，千冬歲和萊恩已經離開了。

一股清冷的風從我臉上吹過。

幾句短短的交談，剛剛那種被瞞住的感覺又消失了。其實有時候人在意的事情遠比自己心中所認定的還要小，只要幾句話，就可以改變了想法。

「那就是你的想法嗎？」一句冷冷的發言隨風而來。

發、發言？

我轉過頭，差點被嚇到，不知道什麼時候出現在欄杆另一邊的學長看也不看我一眼，就盯著外面風景。

你們來去都不出聲了嗎！還有學長你是跟欄杆同化才出現得這麼無聲無息又自然嗎！

啪一聲，我的後腦不知道幾度遭到重擊，差點整個人從陽台飛出去。

我覺得我遲早有一天一定會死得不知不覺。

你到底是什麼時候來的啊！

「剛到，就聽到你在廢話。」紅眼瞥了我一下，冷哼了一聲。

都說過幾百次不想聽廢話就不要聽嘛……

紅眼又瞪了我一眼。

好吧好吧，當我沒說話了行不行啊。

「你的想法，其實也不盡然都是廢話。」

對啦對啦，我的想法都是廢話……等等，剛剛學長說什麼？

如果我耳朵沒抽筋沒聽錯的話我好像是聽到不一樣的說法，「學長，你剛剛……」我想再確定一下，如果是聽錯的話就糗大了。

就在紅眼瞪過來同時，陽台入口處起了騷動。

某個氣勢洶洶的腳步聲衝過來。

「漾漾！你怎麼可以跑出來這麼久不回來聚會！」我看見喵喵大人偕同其他人殺出陽台，後面還可疑地跟著搬桌子、食物的服務生。

眞的要做到這樣嗎……我突然有種我果然還是搞不懂他們的最高想法。

整個室內的桌椅都被移到陽台上了，外加那些點來的一大堆食物。

話說，其實搞不好在這裡我還比在裡面吃得下就是了，室內房間實在是太閃亮到讓人沒食慾。

我看見千冬歲衝著我笑笑地眨了一下眼。

「這裡也很漂亮。」喵喵大人捧著手說著，「那就讓我們重新開始聚會吧，乾杯！」

好幾個人也跟著熱鬧起來。

我呼了口氣。

其實，也還好啦。

《新版·特殊傳說3》完

番外．五色雞毛的直立祕密

地點：Atlantis

時間：上午十點二十五分

我們學校的學生都很奇怪，這個大家早就知道了。

但是因爲本人最近和亞里斯學院有點小小的聯繫之後，我才發現，原來奇怪的……不是只有我們學校。

這是發生在還未決賽之前的事情——

「漾～」週六的假期，當我步出宿舍、準備去餐廳找點東西吃的時候，立即從旁邊傳來鬼催聲。

拜託，你已經從一叫到五，可不可以偶爾一天不要來找我麻煩啊老大……

「走吧！讓我們往左商店街出發。」完全不用先問過我意願的五色雞頭，很順手地從我領子一揪，拖了人就走。

你當你現在是在拖垃圾嗎？

「去商店街幹嘛。」差點一秒窒息，終於懂得反抗的我啪地一聲打掉五色雞頭殺人之手，咳了兩聲順口氣。要知道五色雞頭的手勁還滿大的、應該說是非常大，每次被他拉我都有種體驗上吊的免費現場模擬感。

五色雞頭很帥氣地做出了五〇年代勿忘影中人的標準拍照姿勢……一腳踩在旁邊的花圃矮牆上一手抵著下巴，不過在我看來，很像是穿著夏威夷海灘裝的台客正在耍台。果真，服裝打扮會影響一個人的氣質，眼前就是活生生血淋淋的例子。

你幹嘛一定要這樣穿啊！

「我的髮膠跟護髮劑用完了，先去買兩瓶回來擋。」

被他這樣一說，我才發現五色雞頭今天的彩色鋼刷頭好像有點垂垂的，原來是髮膠用完了。

……那你幹嘛不乾脆放下來算了！

話說回來，我好像沒有問過五色雞頭是住宿舍還是住家裡，因爲他在學校出現的機率太高了，可是我不覺得他會住宿，因爲他是一隻脫韁的野雞，宿舍應該會管不住他。

「走啦走啦，等等買完大爺我請你吃午餐。」五色雞頭抓了我的肩膀又繼續往前走。

「星期六你不用回家嗎？」我不好意思明講，就試探性地問了問，反正只是好奇。

五色雞頭瞄了我一眼，「本大爺住家族的房子幹嘛回家？」

原來他是住家裡！我還以爲他可能隨便找個山還岩石挖個洞住在裡面。

「那今天放假你幹嘛來學校！」你太閒了是不是啊！

「因爲在家族裡會被叫出去工作，本大爺很懶，而且我髮膠沒了，本大爺才不想頂著垂下來的海草頭出門。」五色雞頭說得非常理直氣壯。

很好，你還知道是海草頭，而且還是彩色的海草頭！

「既然這麼麻煩你幹嘛要染成這種樣子，乾脆就本來的顏色不就好了？」染髮還要維持一定的樣子才會好看還要做護髮，重點是還很傷髮質，眞不知道五色雞頭幹嘛對那顆彩色鋼刷頭那麼執著。

「因爲大爺爽。」

「……」眞是個好理由，「爲什麼你要特地到左商店街買？」一般髮膠跟護髮劑不是商店就都可以買得到了嗎？難不成彩色的鋼刷比較難整理，還要用特殊的髮劑？

「之前幫本大爺染髮的那個人指定的牌子只有左商店街跟右商店街有賣，我剛剛到右商店街過，那間店昨天被人放火燒了現在正在重建，所以只好去左商店街囉。」五色雞頭聳聳肩，語氣有點無奈地說。

「被人放火燒店？」我的注意力在這個上面。

「嗯？對啊，怎麼了？」

「沒事……」右商店街果然是個不宜進入的地方。

「你有興趣要染嗎？」五色雞頭猛然眼睛一亮，開始打量我的頭毛，「嗯嗯，長度上很夠，加上幾個顏色應該會很完美。」

「免了，感謝。」我覺得當初髮型設計師在幫五色雞頭弄那顆鬼頭時，一定有種欲哭無淚的挫折感，因爲這顆鋼刷居然是從他手下出來的，以後可能客人去給他染的時候都會很害怕。

「嘖。」

你有啥意見嗎？

※

左商店街一直都很熱鬧，不管什麼時候來都一樣。

這讓我有一種疑問，因爲其實看見的學生並沒有很多，有的路人還是長得……頗怪異的樣子，除了學院的學生跟學院人員之外，這些東西到底是從哪邊冒出來的啊？

五色雞頭帶我到的地方是上次那間「百年老店」。

你上次不是才在這邊吃鱉嗎，結果還不是又來。

五色雞頭推開了店門，那個很熟悉的甜甜味道立刻傳來。

「歡迎光臨……」

悠悠的老頭聲像是門後的鬼聲傳來，加上一陣陰風的話，現在應該要起雞皮疙瘩了。

「哈囉老張！」五色雞頭重複了上次的發言。

「又是你！」一室偏黃昏暗，最牆邊的大理石桌子後面出現了個小孩，嘴裡發出老人沙啞的聲音，「啊啊，還有可愛的新生小孩。」

說真的，如果不是我曾來過一次，我會覺得這句話滿像等等會突然被某種食肉性動物一口吃掉的話語。

「你的語氣突然轉變是怎麼回事？」五色雞頭一腳踩在大理石桌上，一點也不知道什麼叫作客氣，「我要髮膠跟護髮劑，之前買的那一種。」

「小店歡迎可愛的學生跟漂亮的學生，其餘不在招呼範圍中。」瞇起眼睛，小孩微微彎下身然後抱起一個快要比他身體大的木盒子放在桌上，「一套是半個卡爾幣。」

五色雞頭把付帳卡丟給小孩，「拿兩套來。」

小孩打包了一袋重重的東西給五色雞頭後刷上了卡片，然後把卡片遞回來，「可愛的小孩今天想買什麼？小店可以給您打個便宜的折扣喔。」

「我沒有要買什麼耶。」上次買的符紙都還夠用，所以我沒打算採購。

「那小店招待您吃顆糖果，下次請多多照顧小店生意。」小孩又從他的袋子裡拿出幾小包糖球放在我手上。

「老頭，為什麼他有我沒有!?」五色雞頭再度因為兩顆糖跟烏龜精槓上。

「你是小鬼要討糖吃嗎？」

第一次看到他們吵會傻眼，第二次、我覺得這個搞不好是他們的溝通方式。

所以我決定採用庚學姊的做法，就是讓他們吵個夠，我先出去店門外等好了。

當我把糖果球一收好猛然拉開門時，一個非常、極度眼熟的人馬上往後跳了一大步，可能沒有想到我會突然走出來。

「你……」

「噓噓噓！」當場被抓包的某人突然直接捂住我的嘴巴往外拖。

「嗚嗚嗚！」不要連我的鼻子都一起捂住！

他直接把我拖到旁邊的小巷子裡，然後鬆手。

我覺得我很可能一天之內會被兩個不同的人各自謀殺到死。

「你為什麼會在這裡！」我訝異我震驚，我看到有其他學校的某代表人突然出現在商店街裡，而且照剛剛他從門邊跳開的動作，我有百分之百的理由懷疑他剛剛一定貼在門上偷聽。

至於他要偷聽啥，我就不知道了。

「那個、我路過。」某人嘿嘿咧著微笑打哈哈地說。

「……你也路過太遠了吧？」從亞里斯路過到我們學校？

「不然你就當作我不小心經過吧。」

那有什麼差別嗎？

「你找西瑞嗎？」我想應該不是找我的，因為他的意圖從剛認識那天開始到現在都很明顯，

「他在裡面等等會出來。」吵完架之後。

「沒有沒有。」某人連忙搖頭，一下子覺得好像不對，又點頭，「那個，有點事情想要找他

說一下。」

還滿少人會主動來找五色雞頭耶，除了單挑之外。

等等，我可能口誤了。

這傢伙也不是來找五色雞頭，我記得他有興趣的東西，是五色雞頭……的彩色鋼刷毛。

「漾～我們去吃飯……怎麼又是你！」拿著一大袋東西的五色雞頭找來，講了一半的話在看見我旁邊那個人之後全都打斷，馬上轉變成嫌惡的表情。

「因爲我想漾漾，來找他玩。」

我一秒被當成擋箭牌。

去你的雷多，你會不會講得太順口一點！

※

氣氛很緊繃。

明明是一家看起來還算可愛乾淨的飲料店，現在滿滿瀰漫著詭異的氣氛。

我喝著手上的不明飲料，有種快要被左右夾攻而死的感覺。你能想像一邊散出來的是殺人冷波，然後一邊散出來是那種執著愛的電波的極度謎樣感覺嗎！

「警告你，不要再盯著本大爺的頭看！」可能是在幾分鐘之後，覺得自己的腦袋有被視覺

強姦的嫌疑，五色雞頭砰地一聲將桌子拍出一個洞，然後站起身，飲料店的人全都轉頭過來看，

「看什麼看！殺光你們全家喔！」

所有人馬上把頭轉回去。

你這樣大庭廣眾之下恐嚇別人會被關的……一定會的你！

雷多還是咧著一樣神經的笑容，「你的頭真的是藝術品，可以告訴我是怎麼形成的嗎？」

完全無視於五色雞頭的殺人目光，他根本就是沉浸在自我夢幻世界當中緊盯著眼前的鋼刷頭看，

「我試著幾次想做更符合的東西，可是都沒做成功。」

你瘋了！你真的瘋了！你居然還想要做更符合的東西！你哥會哭泣的啊雷多老大！

五色雞頭用一種好像在看自己全家的滅門仇人那種眼神看著雷多。

糟糕，現在如果打起來的話我應該往哪邊跑？得先確定完整的逃生路線才對，要不然這個店小小的，沒注意被桌子椅子還是倒下來的人絆倒就逃不掉了。

就在氣氛到了緊繃最高點之處，站著的五色雞頭突然詭異地笑了。

沒錯，他真的在笑，那種會讓人打從心底誠心誠意冒出巨量雞皮疙瘩的笑容。看見笑容的那一秒，我幾乎就快以爲雷多老兄這次應該是有命來沒命回去那種。

「你眞的想知道怎麼形成的嗎？」五色雞頭彈著指甲，然後很像電視上奸商還是壞人的那種感覺還吹了一下，「小朋友，你應該知道要知道一些事情都得付出代價的是吧。」

你這句台詞哪來的啊！還有雷多其實比你大你忘記了嗎同學！

「什麼代價？」笨笨的小羊雷多眨著笑神經抽搐的眼睛看著對面的邪惡奸商。

轟隆一聲桌子被砸翻，一隻獸爪出現在我眼前，「起來、幹架！」

我端著唯一沒有被打飛的飲料看著眼前活像是漫畫一樣誇張的演出，四周的人大概是剛剛因爲被威脅要殺全家，都不敢再看過來了。

「唉唉，不行啦，雅多和伊多會罵人，尤其是雅多一定發飆。」無視於被砸爛的桌子，雷多搧搧手，「只有這個不答應。」

「那就算囉。漾～我們走吧。」五色雞頭馬上轉頭。

是說，我飲料還沒喝完，而且你砸爛別人的桌子應該還要賠錢吧。

「好！我答應。」

你也太容易被威脅了吧！

「可是不能眞的打起來。」雷多很認眞的這樣說著，「可以折衷用其他方法嗎？比如比較溫和一點的辦法……」

與其叫五色雞頭用溫和的方法當代價，我個人覺得還不如叫水牛去登陸月球比較快。

「例如比腕力嗎？」不自覺地，我脫口而出這句話。想收回來時已經太遲，前面兩個仁兄馬上轉過頭來陰森森地瞪著我看，「呃……你們可以當作耳朵抽筋沒聽到，請繼續。」

「就這個好了。」雷多馬上撲過來，很感動地抓著我的手，「多謝提供意見。」

我可以感覺到五色雞頭冷颼颼的殺氣在我旁邊飄過。

「既然漾漾都說了，那比腕力當代價吧；比腕力也算是一種幹架啊，所以很符合西瑞要的代價，西瑞應該不會說話不算話吧。」很快地搬來新桌子，雷多爽朗地說著。

某隻雞轉過來，用很詭異的眼神看了我一眼。

媽啊……我不會活不過今晚吧。

於是就在這麼一句話之下，兩人還當真在新的桌子上開起了比腕力大賽。

「先說好，幾戰幾勝？」挽起袖子，還不算太笨的雷多開始詢問比賽規則。我打賭如果他沒先問，等等五色雞頭一定會要兩人比到手折斷才甘心。

「……五戰三勝。」五色雞頭又瞪了我一眼，然後才開始捲袖子。

我開始尋覓逃逸道路。

等等他們比完，五色雞頭一定會對我來個賽後算帳，要先找好逃生路線。

兩人的手肘落桌，「那好，比賽開始。」

就在我聽到三二一正要回頭看一下的同時，我聽見乒地一聲，挾著某人笑笑的聲音，「第一局，我贏了。」

雷多以不到五秒的時間扳倒五色雞頭的手。

我揉揉眼睛，如果我沒有眼抽筋的話，現在出現在我面前的是五色雞頭錯愕的表情。

「一勝了、一勝了，再兩勝就贏了對吧。」雷多很高興地收回手，四周開滿了對鋼刷頭愛的小花。

原來傳說中的偏執狂就是這樣子嗎？

五色雞頭的臉從錯愕變成了烏雲罩頂，然後伸出一根手指直指眼前的人，「你！爲什麼要欺騙我這麼長一段時間！讓我活在完全不明不白的陰影下！」活像外遇之後情婦被騙了才知道他有正妻的台詞。

「我、我哪有？」雷多一臉驚愕地看著對桌的人，完全不明白發生什麼事情。

「算了，一切都不必再說了！今天不是你死就是我亡！有種就出招吧！」一臉陰狠的五色雞頭把手擺到桌上，「這次本大爺不會再對你手下留情！」

已經從芭樂劇變成武俠劇了嗎？

一臉問號的雷多還是把手擺在桌上，「那麼，第二局開始，三、二、一。」

這次五色雞頭沒有立刻被扳倒，整個手馬上浮出筋痕，完全看得出使用了很大的力氣，對面的雷多也沒有比較輕鬆，一臉專注用力地扳回手。

我繼續喝著飲料，注意到四周已經開始有人在圍觀了，只是沒種喊加油而已。

就在手錶上的時間過了三十秒之後，五色雞頭的手有逐漸被往下壓的狀態，撐不到一分鐘，又是乒地一聲撞擊在桌面上，「第二局也是我贏了。」

雷多笑得很沒神經。

看著自己的手半晌，五色雞頭抬起頭，「你平常都怎麼練臂力的？」

「練？」雷多不解地眨眼，「沒有啊，平常都是做工藝品、出任務還有跟雅多打架，頂多就是幫伊多去扛聖石岩崗改建神殿吧？」

你平常的消遣是扛岩石？

我突然明白為什麼雷多力氣會那麼大了。

「好，第三局。」五色雞頭把手擺在桌上，我很明顯地看見他笑得有點詭異。

在第三局開始的兩秒之後，我徹底明白那個笑是怎麼回事了。

轟然一聲，桌子整個被壓垮，猛然出現的巨大獸爪是元凶，「第三局是我贏了。」五色雞頭咧著欠扁的笑容。

同學，這是犯規吧！

「好吧，我只是嚇一跳而已。」雷多拉拉右手，我聽到一個異響，然後他的左手拉著右手臂一推，右手甩了甩，「繼續吧。」他又從旁邊搬來新的桌子。

我突然覺得雅多滿可憐的，突然做事情做到一半脫臼，這樣看來他應該很快就會殺過來了。

「第四局開始，三、二、一。」

這次兩人都卯足了勁去扳對方的手，雷多的額頭出現了青筋，用獸爪的五色雞頭腦袋上也出現青筋，兩個人完全不讓對方多壓一點下來。

時間一分一秒地過去了。

我的飲料整杯喝完外加打了個哈欠，他們兩個還是僵持在那邊，時間大概過了三分鐘。

在指針往五分鐘走去之後，我看見雷多跟五色雞頭兩人的手都已經整個發紅了，臉上也冒出一堆冷汗，手還是一動也不動的。

爲了一顆鋼刷，眞的有必要拚到這一步嗎你們！

一旁圍觀的觀眾們屏息看著戰況。

就在時間往第八分鐘走去的同時，戰況有了改變，使用獸爪的五色雞頭居然開始有不敵的狀況，一點一點地往側邊倒去。

我看見雷多的眼睛整個變紅了。

現在是怎樣，比腕力比到殺氣都出來了是嗎？

就在八分三十秒的同時，轟然一聲巨響，整張桌子被壓壞，一大片碎屑像是下暴雨一樣鋪滿了整個地面。

雷多站直身體，「我、我贏了，三勝。」他的右手在抖，大概是用力過度了，整個有虛脫的狀況出現。

「嗤！」五色雞頭恢復的手也一樣在抖，「告訴你就告訴你！」

爲了一顆鋼刷眞的得玩到這種程度嗎？

坐在旁邊看的我除了無言之外還是無言。

這兩個人腦袋不正常了。

※

桌子重新又被搬來一張。

雷多與五色雞頭的右手都是垂的，沒力氣舉上桌子，兩人都用左手灌飲料。

眞的有必要做成這樣嗎你們兩個……

「好吧，依照約定，我就把那個祕密告訴你吧。」五色雞頭砰地聲摔下杯子，沉著臉說道。

「嗯嗯。」雷多用力點頭，還拿出筆記本。

「就是找一個厲害的髮型設計師幫你剪好毛之後染一染，接著用強力髮膠跟護髮的每天保養塗抹就可以了。」

「……」我無言。

「……」雷多傻眼。

四周一片沉靜。

「就、就這樣子嗎？」筆從手上跌下來，雷多整個人震驚。

「不然你以爲還有哪樣子！」五色雞頭橫過桌就是賞他一拳在腦袋上。

我覺得雷多一定有種不知所以的受騙感覺。

這根本就是顯而易見的事實好嗎！要不然你還眞以爲那頂鋼刷是天生註定要長出那種鳥顏色的嗎你！

雷多整個就是很大的震驚，然後站起身，好像靈魂脫體一樣用著某種被大企業家老闆解雇馬上失業的頹喪腳步往外走，連禮貌的道別都忘記了。

喂喂，有必要震驚那麼大嗎？

清完帳款之後，五色雞頭站起身用力伸了個懶腰，「好，終於把礙路的人打發掉了，就讓我們繼續進行逛街之旅吧！」他直接拖著我的領子把我從椅子上拽起來。

「等、等等！你不是買完了嗎！」我嚇了一大跳，差點沒讓他又把我扯窒息。

五色雞頭的臉在我眼前直接放大，「剛剛啊，不知道是誰說要比、腕、力、的、喔。」

來了！

賽後算帳來了！

我的頭皮一陣發麻，我就知道他絕對不是什麼心胸寬大的人，回頭馬上就算帳了。

「所以，你今天的時間都是大爺我的了。」

……我的命眞苦。

「對了，你剛剛說的那個髮型設計師是誰啊？」被拖著走出店外，我只有這個疑問。

「啥？」五色雞頭的眼睛瞄過來。

「就你跟雷多講的那個。」

他突然詭異地笑了起來了，「你以爲，我會跟他講實話嗎？」

「欸？不是嗎？」

五色雞頭笑得很奸險，簡直可以用太過得意的臉來形容他，「那是本大爺的終極機密，怎麼可能隨便告訴別人。」

……

那麼你這顆頭到底是怎麼來的！

一個巨大的謎砸在我的腦袋上。

前面的五色雞頭依舊笑得很囂張。

我想，當雷多知道他又被騙的時候，大概會吐血吧。

〈五色雞毛的直立祕密〉完

番外・沉靜之火

地點：Atlantis
時間：中午十二點十六分

一個清響聲落地。

他記起、他想起，有個女人的聲音。

「萊恩。」夥伴的聲音匆匆地從後方傳來，帶著沉重的書本，「不好意思，靈學的老師該死地頑固，他死都不相信我提出的論證，害我還表演一次給他看，浪費時間。」向來也不怎麼容易妥協的千冬歲一邊抱怨，一邊出現在移動陣上面。

他轉過頭，沒有特別的情緒波動，「沒關係。」反正等一下也是等、等一陣子也是等，對他來講都沒太大的差別。

「倒是你今天怎麼會想起要到焰園吃飯？你不是一向都只去白園？」推推眼鏡，千冬歲將厚重的書本又往背包塞進去一點。

「焰園的風景也不錯。」提著手上的限定飯盒，萊恩面無表情地說著。

「怪人。」這是千冬歲千篇一律的感言，「好吧，既然我到了，我們就去吃飯吧。」

據說，Atlantis學院成立之時曾與精靈簽訂了眾多契約，最著名、且最爲重要的則是學院本身是以四大元素建成，建造時四個方位分別設置了四個園景。風的白園、水的清園、火的焰園以及地的石園。以此四大地點集中元素，然後與精靈們簽約成立學院的基礎之根，最後再開始擴建其中。

這是每個學院學生幾乎知曉的基本常識。就算是只有幻武兵器行、其他方面不行的萊恩在學院遊走久了之後，也很清楚明白地知道這一點。

結束了午餐的名勝之旅後，萊恩與千冬歲很快地返回班級，一點的時間，還沒開始上課而是小休，整個班級都鬧哄哄的一片。

「吵死了！」歐蘿妲第一個發飆，「沒看到有人在午休嗎！再給我亂吵的人，就給我小心注意！」班長的話一向很有魄力，數秒後，班上靜得連有人抄寫東西的聲響都聽得一清二楚。

向來不是吵鬧根源的萊恩繼續翻看手上的入門術法書。

這些奇怪的法學，就算他一本翻過一本，記不起來的地方還是記不起來，有看等於沒看；以至於所有人在聽見他考上白袍之後都感到格外地驚愕。

萊恩闔上依舊看不懂的書冊，這才遲鈍地注意到有道目光一直小心翼翼地盯著他看。

抬頭，是那個原世界來的新生，第一次見面還被他拖去出任務的漾漾，他疑惑地對上對方的視線。褚冥漾一愣，立刻像是被捉到的小賊一樣，整個人縮回去，不敢再看過來。

他有事嗎？萊恩不解他的舉動，對方明明很像是想問什麼，不過大概是班上太安靜了，他連個單音都不敢發出來。

收起書本，就算是天才如千冬歲已經傳授了他一套萬試萬靈的背書方法，他還是怎樣都記不起更多的術法。

他感覺到身邊的幻武兵器正在騷動。不是一個，是很多個，取出一看，才發現有個紅色的寶石正在不安分地震動，引起附近寶石跟著反應。

這個幻武兵器向來就不怎麼安分。

猛地站起身，無視於全班半數被他嚇到的同學，萊恩提著那把兵器往教室外面走。

大概是還沒上課的關係，大部分教室都還老老實實地待在原地，一走出去看見走廊上還不少人，有的在外頭聊天或跨班找人。小休的時間，學校並沒有強迫一定要乖乖在教室睡覺，是任由同學使用的空檔。

使用了陣法離開教學大樓範圍，萊恩隨便找個隱蔽清靜的小亭子，取出了那顆幻武兵器放在亭子的桌上。

「我允許妳脫離形體，屬於神名、幡火。」他的指尖在寶石上敲了敲，立即，那幻武兵器捲起了熊熊烈火，火焰中浮現了女人的形體，紋著優美圖騰的眼緩緩睜開，金色的瞳孔注視著他。

「吵什麼？」萊恩看著眼前的幻武兵器靈體，皺起眉。

火焰的靈體勾起了一點冷淡的笑容，「我只是在跟其他人分享……相遇一週年的感動。」

「一週年？」被對方這樣一提，萊恩才猛然想起，「今天嗎？」

「是喔，已經一年了，每天每天都在算，所以是今天了。」

時間有過那麼快嗎？

這是萊恩的第一個想法，「妳有沒有算錯時間？」畢竟幻武兵器不可能翻月曆，所以也有可能算錯。

靈體的火焰瞬間整個爆開，「不要懷疑我！」女人發出怒吼。

「那好吧，應該是今天。」萊恩搔搔頭，「是說，一週年又怎樣？」他想不通為什麼膾火要去記一週年。

「是個值得紀念的日子。」火焰收回，靈體又恢復冷淡的笑容。

「喔。」紀念什麼？

「你不應該有點表示嗎？」挑起眉，對於對方的應聲，靈體感到不滿。

「妳想要放假一天嗎？」

「……」火焰靈體無言了。

無視於火焰靈體氣沖沖地鑽回寶石當中，萊恩反而思考起過去的事情。

原來已經一週年了。

時間過得很快。

※

一年前

「湘水，是這裡沒錯嗎？」

學習幻武兵器的第二年，正值國三部的萊恩在水系兵器的協助之下尋找到了黑山一處極爲偏僻的地方。在前領著路的正是善於偵查地形的水系幻武兵器。

他與幻武兵器的相處與一般人不同，他認爲幻武兵器能夠是同伴也能夠是戰力，既然是同伴，就不用每天都用寶石型態無言相對，所以學會了解放靈體之後，他試著與更多兵器交談，從幻武靈體與靈體當中學到更多不爲人知的知識。而這種做法，顯然也博得大部分兵器的滿意，一個接著一個的幻武靈體找上他，和諧相處，形成了一種別人看起來很詭異的場面。

領著路的水系靈體溫柔地微微一笑，點點頭，「在黑山岩之下，這裡太熱了，我必須回去躲一躲。」

「謝謝妳。」萊恩收了靈體回到寶石裡，然後依著剛剛靈體所說的路往下走。

黑山岩，曾是火精住過的地方，但因爲後來地形變遷以及異族入侵，火精從原本的住所遷走，消失到更隱密之處。

小心翼翼地往下探路，萊恩側耳聽著有無什麼奇怪的聲音。其實這一趟千冬歲本來要陪他一起跑，可是每次都麻煩千冬歲也不好意思，所以萊恩決定這一趟瞞著友人自己偷偷先來探尋。

他想要尋得更多幻武兵器，解開更多的謎。

幻武兵器的靈是從何時開始形成、爲什麼會有形成定律，他很想了解這些，這是除了術法之外他唯一可以做的事情。

黑山岩其實高度並不高，從上用滑的走下只用不到十來分鐘，所以他很快就到底。越是底部就越能感受到岩山中傳來的高溫熱度。記得千冬歲好像曾說過這下面本來有座火山是吧？後來被火精封住，火山雖然仍舊流動，但不會爆發，形成了一種特殊的景緻。

一腳踩在地面，他現在有點後悔應該穿好一點的鞋來，至少不會有種腳正在被平底鍋煎煮的感覺。想想，好像有什麼基本法術可以幫上忙……五秒之後，萊恩放棄。「我允許你脫離形體，屬於神名、熙睦。」他喚出另一名幻武兵器的靈體，是個跟他差不多年紀的少年。

「知道了知道了，又要打雜是吧。」少年用一種「受不了你」的語氣說著，然後指尖一彈，整個地面的熱度立即下降許多。「湘水姊姊要我跟你說這裡有幻武兵器的感覺，但是性格不是很好，很可能地熱溫度也與他有關係。」趴在萊恩的肩膀上，少年慵懶得像貓。

「嗯。」無視於靈體整個要掛在他身上的動作，萊恩在覺得腳底冰涼了些後才開始移動腳步。熙睦沒有探尋能力只有嘴巴能力，所以他也不指望這傢伙能大發慈悲幫忙。

走了一小圈之後，萊恩又原地停下。縱使地上不熱，可四周的空氣也還是熱著的，一下子就讓他抹汗了。這種地方會有什麼樣子的幻武兵器存在？

「要幫忙再降熱溫度嗎？」純粹出來觀光兼看風景的熙睦這樣問著。

「不用了，畢竟這是地熱，降太多不好。」千冬歲老是喜歡唸著什麼要合理合理，所以聽久了他也多少得跟著合理，若是在以前，萊恩肯定會立即叫熙睦把四周有多涼就降得多涼。

大致上又走了一圈，萊恩還是沒有看見什麼特別的現象，就連溫度都均溫得感受不到異常。如果是有幻武兵器存在的地方，空氣一定會特別不同。可是他走得人快蒸乾了，還是沒有什麼特別不對勁的地方。

「我看啊，大概是註定你找不到吧。」熙睦飄在一旁，灑著風涼話。

萊恩也不覺得特別怎樣，只是埋頭繼續找。

「你……」就在閒話正要繼續時，靈體突然止住聲音，「這是……」

同樣注意到不對勁的萊恩立即止住腳步，看見跟隨一旁的靈體猛地抽動了一下，「熙睦，快回寶石裡面！」

一點火焰從地面上捲出。

相當習慣這種場面的萊恩凝神戒備著即將出現的東西。

火焰慢慢地擴大，從五公分的大小成了十公分、三十公分，直到幾乎跟他要一樣高了，一張像是狼一般的野獸面孔才從火焰中出現。

「踏入黑山之地，你是誰？」一點也不客氣地質問，「黑山沒有火精、沒有水流，入侵者想要對這片土地做些什麼！」

萊恩看著眼前的火獸，感覺上這東西的講話方式還挺像他認識的某人。

「我要找一位幻武兵器，不曉得是先生、或小姐。」他看著眼前的火獸，語氣不波不動，一點也沒被火獸驚喝到。

「這裡沒有你要的東西，快滾！」火獸咧了嘴，紅色的火焰四溢燃燒，讓本來就不怎麼低的氣溫更加增長。

「找到之後我就會滾了。」萊恩很正直地點點頭，「我不說謊。」

「誰管你會不會說謊啊，給我滾就對了！」猛地自火焰當中撲出，火獸眨著金色的眼，殺氣騰騰地看著他，灼熱的火焰不斷從嘴中吐出，看起來有點嚇人。

看著眼前脾氣非常不好的火獸，萊恩嘆了口氣，「如果可以，我盡量不想動手。」跟頭火獸打架還不如將時間花在找幻武兵器來得好。

火獸咧著牙，猛然就往他臉上撲去。

「與我簽訂契約之物，請讓襲擊者見識你的剽悍。」

⁂

火獸摔在地上。

牠瞠大眼睛，不可置信的是幾秒過後自己的窘境——一條像是繩子的東西把牠緊緊捆成團垃圾包似的東西，怎麼也掙扎不開來，「你這個入侵者！有種把我放開！」

「狗狗乖，等等我就放開你了。」抓著繩鞭的另一頭，下定決心不讓異物來礙事的萊恩把火獸直接捆在旁邊的岩石上。繩鞭是他的幻武兵器之一，就算是火獸也解不開的。

「我不是狗！」火獸發出吼叫。

「好，你不是狗。」拍拍牠的狗頭，萊恩又開始四處走尋沒找到的東西。

「給我回來！」

無視於背後的吼叫聲，萊恩又在附近繞了一周，不曉得爲什麼，火獸出來之後他總覺得這一帶好像有什麼；只可惜他不如千冬歲的靈敏，不然應該很快就解決眼前疑問了。

「渾蛋！流浪漢！你這個像路邊石頭一樣不起眼的入侵者給我滾回來！」被綁在石頭上的火獸左右搖晃腦袋，凶狠地叫囂，「給我站住！你這個死人類！」

萊恩停下腳步，看了看那頭岩石上的火獸，然後試探性地又跨出一步。

「不准走！你這個死路邊平民！」

好創意的罵人法，沒想到他會有被火獸這樣罵的一天。不過這也證明了這地方有東西，不然那頭火獸不會急成這樣子，「在這一帶嗎？」走了幾步，在火獸轟隆隆不絕的髒話相伴下，萊恩繞過一塊大岩，終於找到他要的東西。

在一面岩壁上，鑲著一顆美麗的寶石。

「好漂亮……」忘情地看著眼前寶石的色澤與紋路，萊恩先是輕輕地用指蹭了寶石一下，就是這麼炎熱的環境下寶石依舊冰涼不受影響，這證明了此幻武兵器絕對擁有實力。

這是怎樣的兵器？熱情如火？溫馴如水？

他取出工具小刀一刀刺入岩壁上，輕輕鬆鬆地就將上面嵌著的寶石給撬下來。

「小偷！你這個小偷！」火獸的聲音從岩石另一邊咆哮傳來，立時讓萊恩的思緒清醒過來。

走回原來的地方，火獸還是被結實地捆在岩石上，「好吧，我放你下來。」他伸出手，繩鞭立即鬆脫回到他手上。

幾乎是解脫的那秒，火獸直接咧牙往他撲來。

輕鬆地一避身，萊恩亮出手上的繩鞭，「如果你想繼續被綁在石頭上的話。」

這句話果然讓火獸不敢輕易再度靠近，「小偷！」牠咧了嘴，語氣已經到達了百分之兩千地不友善，「你知道你幹了什麼嗎！你這個路邊的不起眼小偷！」

「我只是暫時把你綁在石頭上。」萊恩的語氣無辜到讓火獸想直接撲上去啃了他腦袋。

「你毀滅了這個地方！」

「有那麼嚴重嗎？」搔搔頭，萊恩全然不解。

「你……」就在火獸還想咧叫什麼的同時，整個地面猛然一震，一條裂痕鑽開了地面說明了現在情況突然直線下降地不妙，「快滾！快滾出這個地方！」

萊恩看見那條裂縫下面出現了灼熱的紅色液體，陣陣的熱煙往上竄來。

他突然想起來，千冬歲曾說過這下面是座火山。

看著手上的幻武寶石，他突然明白火獸爲什麼會那麼激動了。

寶石是封印火山的東西。

※

「萊恩！快上來！」

地面上出現第二條裂縫的同時，萊恩聽見某個應該是來救命的聲音，抬頭、果然看見那付厚眼鏡。

他想也不想就直接抄起地上的火獸直接往上層夥伴所在處拋去。

「你這個死平民人類想謀殺啊——」火獸的吼叫聲成拋物線飛出，整個摔在他好友旁邊。

「萊恩，別耽擱了快點！」順著線索追來的千冬歲看也不看那火獸一眼，急著對下面大叫，「剛剛這邊被偵測出來火山躍動的跡象，我們要馬上離開這邊。」

看了一眼手上的寶石，萊恩猜想果然還是因爲被自己拔了這東西。唯一不幸中的大幸，是這裡的居民老早就撤離了吧，即使爆發，也傷不了半個人或不是人的東西。

正想往上攀去，地面又是一個轟然震動，萊恩踉蹌了一下差點沒摔在地上，不過手沒握穩，那顆寶石卻被拋出遠遠的地方。

他不能丟下那顆寶石！

「萊恩！不要管那個東西了！」實在是很想衝下來砸他的頭，千冬歲氣急敗壞地吼，「快點給我滾上來！」

只要幾步就好。正在萊恩這樣想的同時，一點清風竄過他身邊，「老大，你快上去，我去撿就好了。」熙睦的身影往火光上面竄去，很快地便躍到寶石旁邊。轟隆隆的巨響很快，整個地面都崩裂開來。就像是被擊破的冰河碎冰一樣，下面整片都滿是流動的紅色岩漿。

高溫蒸得萊恩快要睜不開眼睛，但溫度卻沒有上升多少。

他知道，是熙睦的傑作，「熙睦，回來！」他看到靈體不穩地飄在好幾步遠的地方，兩人中間隔了好幾條岩漿河，熱氣將地面裂縫又衝得更大一些。

握著寶石，靈體有點惶恐地看著身邊的灼熱流液。沒有幻武兵器的外表與寶石的保護，靈體其實脆弱得像嬰兒。

他怕，他走不過去岩漿。

萊恩看著對面的靈體，整個人跟著緊繃起來。他知道熙睦只有嘴上功夫強，其實是很弱的，「你等一等。」紮起髮尾，他凝神注視著四周，銳利的眼不放過一點可能。

待在上面的千冬歲氣得跳腳，正想爬下去敲昏同伴拖回去再說。就在要動作時，某個紅色的東西竄過他的腳邊，急速地往下躍去，「你這個死路邊平民，抓好我！」火獸用力往萊恩的背後一撞，示意對方抓穩自己的身體，然後帶著人用力往對面一跳，快速地到達靈體面前。

一到對面，萊恩馬上鬆了手，抓了靈體就上下檢視，「還好，沒傷。」

熙睦衝著他一笑，「笨啊，我回得去的。」

「喔，我知道。」萊恩接過那顆寶石，然後讓靈體回歸自己的幻武寶石當中。

冷眼看著人與寶石賺人熱淚的友情愛，火獸不屑地冷哼，「這下可好，換我們兩個不用回去了。」剛剛來的地方已經被岩漿沖毀了，沒著地處可以讓他二段跳。

「你回去就好了。」萊恩把身上的東西都塞進小背包，包括那顆新的兵器，「去吧。」說著，他一把揪住火獸的脖子。

「給我住手！你這個死路邊百姓！」火獸這次機警地跳開，「你居然想把尊貴的我用丟的！你這個死路邊平民也不想想自己跟顆路邊的石頭差不多居然還想把我用丟的！」

「你如果想被踹出去，我也沒意見。」紮了髮，萊恩的眼銳利地直勾著眼前的火獸，口氣也逐漸改變，「不要反抗我，懂嗎，小狗。」

火獸倒退了一步。狗！居然又叫牠狗！

「我不是狗！」氣瘋地大吼。

「好，我知道你不是狗。不過你如果不乖乖合作，我就會讓你變成岩漿熱狗，聽見了嗎，小狗。」萊恩冷冷瞪著眼前不合作的異獸，說著。

火氣熊熊地瞪著眼前的人，過了半晌，岩漿越來越吞噬兩人所站的地面之後，火獸才開始妥協，「用我……」嚼在嘴巴裡面含糊不清的字。

「啥？」萊恩明顯沒聽見。

「我說用我啦死路邊平民！」火獸猛然暴漲開來，就像一開始出現的一樣，熊熊的烈火在空氣中灼燒，火焰當中，出現了一張面孔，然後是身體，女性的面孔緩緩睜開金色的眼睛，火焰組成的髮在空氣中瘋狂地飛舞。

冷冷的金色眼睛看著眼前的萊恩，「拿出你手中擁有的寶石。」澹然的語氣震動了空氣，就連岩漿翻騰的聲音都靜止了下來，「我是守護此地的火焰望族，只要是火焰都是我的力量。別以爲我跟你妥協，我只是不想死在一個路邊平民的手上。若你認爲你有資格駕馭我，就握著你手中的幻武兵器，尋找我的名字，那個、只容你呼喚的高貴之名。」

然後，火焰猛地又爆開，女人的樣子消散，在四周的火飛舞。

看著手上的兵器，萊恩勾出一抹弧度，「我當然有自信駕馭妳，但不是工具，而是未來的夥伴。」就像，與其他人一樣。

「膸火，與我簽訂契約之物，初現妳的形、艷麗奔狂而高傲，火是妳的驕傲、是我的武器，然後、幫助我，解決眼前迫境。」

那就是，他與幻武兵器膸火的初遇。

※

一年之後的現在

「臟火在鬧脾氣喔。」

被解放的靈體坐在桌上，懶懶望著他，「她說路邊的死平民果然腦袋都不長時鐘。」說著，就像貓一樣躺下蜷在桌上佔了大半面積，熙睦仰頭朝他涼涼一笑，「女人很難搞的，老大。」

「喔。」搔搔頭，不知道什麼樣子的人才會在腦袋長時鐘的萊恩，把火焰寶石放在桌邊的空角位，然後指尖敲了敲，「臟火，出來聊聊。」

給他的答案是猛然噴出的火，差點把萊恩的劉海都給燒了。

「下次要包養記得看能力啊。」蜷躺在桌上的靈體又丟來風涼話。

「……」無奈地又搔搔頭，萊恩又敲敲寶石，「臟火，出不出來？」

猛地，火焰再度爆開在他眼前，一頭好久不見的火獸含著一泡眼淚奔出，「我要離開這個傷心地！你一點都不關心幻武兵器的脆弱心思！」

愣了一下，萊恩總覺得這種話應該是出自於某同學的嘴裡會比較正常，「我……」

「我恨你！當初隨便就給你了，現在你居然連一週年都記不住！你根本不是一個好歸宿！我要回去火山，跟火山一起燒好了！」火獸淚奔地衝出涼亭，所到之處植物紛紛著火，有的還尖叫起來。

這樣下去，學校不知道要把多少損壞賠償往他頭上算了。

「發脾氣的女人最難搞，老大、你看著辦喔。」熙睦繼續在旁邊看戲，發出一點責任都沒有的風涼言語。

「是說，我們眞的已經遇到一週年了嗎？」對於時間完全沒有概念，萊恩到現在還不懂火獸是在發什麼飆。

「誰知道，你又不是跟我一週年，我記那個幹嘛。」靈體白了他一眼，翻過身趴著。

唉……只好使出最終絕招了。不過萊恩有種會有好一陣子不得安寧的覺悟。

紮了髮，他瞪著遠去還一路燒花燒草的紅色背影，放了一個喊話：「小狗！信不信我再把妳捆到岩石上去！」

這句話有效，火獸不用半秒衝回來，「我不是狗！」

一點進步都沒有。

萊恩無語了。

「萊恩．史凱爾！老娘今天跟你沒完沒了！」

〈沉靜之火〉完

下集預告

新版 特殊傳說 THE UNIQUE LEGEND VOL. 4 *9月，熱鬧上市！*

以「打雜」爲名義，菜鳥漾漾加入了Atlantis第二代表隊，
本以爲該和上場完全無緣，誰知淘汰賽前的暗算，
逼得漾漾和學長得搭檔上場？

比賽進入最後階段，眾人卻遇上鬼王手下第一高手。
他的任務是什麼，竟讓緊張情勢瞬間破表！

內心OS：

我完了……我玩完了……
從今天開始本篇故事即將改名叫學長傳說……

國家圖書館出版品預行編目資料

特殊傳說 / 護玄 著.
——二版.——台北市：蓋亞文化，2025.07
冊；公分. ——

ISBN 978-626-384-215-1（卷3：平裝）

863.57　　114008701

悅讀館　RE423

新版 特殊傳說 THE UNIQUE LEGEND 3

作　　者　護玄
插　　畫　紅麟
封面設計　莊謹銘
主　　編　黃致雲
總 編 輯　沈育如
發 行 人　陳常智
出 版 社　蓋亞文化有限公司
地址：台北市103承德路二段75巷35號1樓
電話：02-2558-5438　傳真：02-2558-5439
電子信箱：gaea@gaeabooks.com.tw
投稿信箱：editor@gaeabooks.com.tw
郵撥帳號 19769541　戶名：蓋亞文化有限公司
法律顧問　宇達經貿法律事務所
總 經 銷　聯合發行股份有限公司
地址：新北市新店區寶橋路二三五巷六弄六號二樓
電話：02-2917-8022　傳真：02-2915-6275
港澳地區　一代匯集
地址：九龍旺角塘尾道64號龍駒企業大廈10樓B&D室
電話：+852-2783-8102　傳真：+852-2396-0050
二版一刷　2025年07月
定　　價　新台幣 340 元
Published and printed in Taiwan

GAEA
ISBN 978-626-384-215-1

RE273
GAEA

特殊傳說 THE UNIQUE LEGEND VOL.3

蓋亞文化　讀者迴響

感謝您在茫茫書海中選擇了蓋亞，您的支持是我們最大的動力。
不要缺席喔，讓我們一起乘著夢想的羽翼，穿越時空遨遊天地！

姓名：	性別：□男□女　出生日期：　年　月　日
聯絡電話：	手機：
學歷：□小學□國中□高中□大學□研究所	職業：
E-mail：	（請正確填寫）
通訊地址：□□□	
本書購自：　縣市　書店	
何處得知本書消息：□逛書店□親友推薦□DM廣告□網路□雜誌報導	
是否購買過蓋亞其他書籍：□是，書名：	□否，首次購買
購買本書的動機是：□封面很吸引人□書名取得很讚□喜歡作者□價格便宜□其他	
是否參加過蓋亞所舉辦的活動：□有，參加過　場　□無，因爲	
喜歡出版社製作什麼樣的贈品：□書卡□文具用品□衣服□作者簽名□海報□無所謂□其他：	
您對本書的意見：◎內容／□滿意□尚可□待改進　◎編輯／□滿意□尚可□待改進　◎封面設計／□滿意□尚可□待改進　◎定價／□滿意□尚可□待改進	
推薦好友，讓他們一起分享出版訊息，享有購書優惠　1.姓名：　e-mail：　2.姓名：　e-mail：	
其他建議：	

廣告回信 郵資免付
台北郵局登記證
台北廣字第00675號

GAEA

TO：蓋亞文化有限公司　收

103 台北市承德路二段75巷35號1樓

Gaea

Gaea